Buttati con me

ROMANZO
DELLA SERIE
SUGARLAND CREEK

BROOKE MONTGOMERY

Playlist

Ascolta su Spotify

Belong Together | Mark Ambor
Holy Smokes | Bailey Zimmerman
What If | Ryan Kinder
Heartbreaker - Acoustic | Warren Zeiders
Rain | Sleep Token
Happiest Year | Jaymes Young
Selfish | Jordan Davis
imgonnagetyouback | Taylor Swift
Risk | Gracie Abrams
Your Heart of Mine | Jon Pardi
Holding Me Down | Picturesque
A Lot More Free | Max McNown
Wind Up Missin' You | Tucker Wetmore

Welcome to

SUGARLAND CREEK
RANCH AND EQUINE RETREAT

SUGARLAND CREEK, TN

**~Benvenuti al Ranch e Agriturismo con maneggio
Sugarland Creek~**

La cittadina di Sugarland Creek ospita oltre duemila
residenti ed è circondata dagli spettacolari monti Appalachi.
Ci troviamo a soltanto quindici minuti dal centro, dove
potete fare shopping nei graziosi negozietti, gustare un buon
caffè, guardare un film o semplicemente godervi il
panorama.

Il nostro è un ranch all-inclusive. Per quanto rustici, tutti i
nostri bungalow sono accessibili agli ospiti con mobilità ridotta
grazie alle rampe e ai sentieri con superfici stabili e lisce. In caso
di necessità e in qualunque momento, il personale può offrire
assistenza per il trasporto da un'attività all'altra con uno dei
nostri mezzi accessibili. Non esitate a contattare la reception;
altrimenti digitate il tasto "0" sul telefono della vostra stanza.
Siamo a vostra completa disposizione.

Per rendere il soggiorno ancora più speciale, vi consigliamo di
incontrare tutta la famiglia, per scoprire come il nostro ranch potrà
offrirvi la vacanza più memorabile della vostra vita!

**Ecco la famiglia Hollis:
Garrett e Dena Hollis**

*Il signore e la signora Hollis sono sposati da più di trent'anni e hanno
cinque figli. Il Ranch Sugarland Creek ha ospitato più di tre
generazioni Hollis. Oltre vent'anni fa, quando la famiglia ha
acquistato la proprietà, ha deciso di aggiungere un agriturismo con
maneggio per condividere con il pubblico il suo amore per i cavalli e la
natura.*

Wilder e Waylon
Fratelli gemelli, i maggiori

Landen
Il terzo figlio

Tripp
Il più giovane dei fratelli

Noah
L'unica figlia e la piccola della famiglia

Sia che abbiate scelto questo posto per rilassarvi e godervi il panorama, sia che siate pronti a sporcarvi le mani, svariate sono le attività che potete svolgere nel ranch:

Escursione a cavallo e tour
(10:00 e 16:00)
Trekking, mountain bike e pesca
(mappe disponibili alla reception)
Serata giochi di gruppo
(domenica e mercoledì)
Karaoke e square dance
(venerdì e sabato sera)
Miniclub
(aperto 24/24 7/7)
Piscina
(aperta dalle 9:00 alle 21:00 7/7)
Falò e marshmallow
(venerdì)
...e molto altro, a seconda della stagione!

L'agriturismo resta aperto 24 ore al giorno. Troverete la reception per gli ospiti, il ristorante e saloon "Sugarland" e una zona dedicata alla registrazione alle nostre attività.

Rimani sempre aggiornato su
sugarlandcreekranch.com

Siamo orgogliosi di offrire ai nostri clienti l'autentica cucina del Sud; quindi vi preghiamo di comunicarci in anticipo se avete eventuali restrizioni dietetiche o preferenze, così da potervi servire al meglio. Dalle 8:00 alle 13:00 offriamo il brunch. Il ristorante è aperto per la cena dalle 17:00 alle 19:00. Se gradite recarvi fuori dal ranch per un pasto o svolgere altre attività, distiamo a meno di un'ora da Gatlinburg e saremmo lieti di fornirvi mappe e suggerimenti.

Vi ringraziamo per la visita.
Speriamo di regalarvi un soggiorno magico!

-La famiglia Hollis e il team Sugarland

Vedi la mappa nella pagina successiva!

A	The Lodge/ Guest Services		**D**	Pool House & Swimming Area
B	Ranch Hand Quarters		**E**	Trail Horse Barn & Pasture
C	Guest Cabins		**F**	Riding Horse Corral

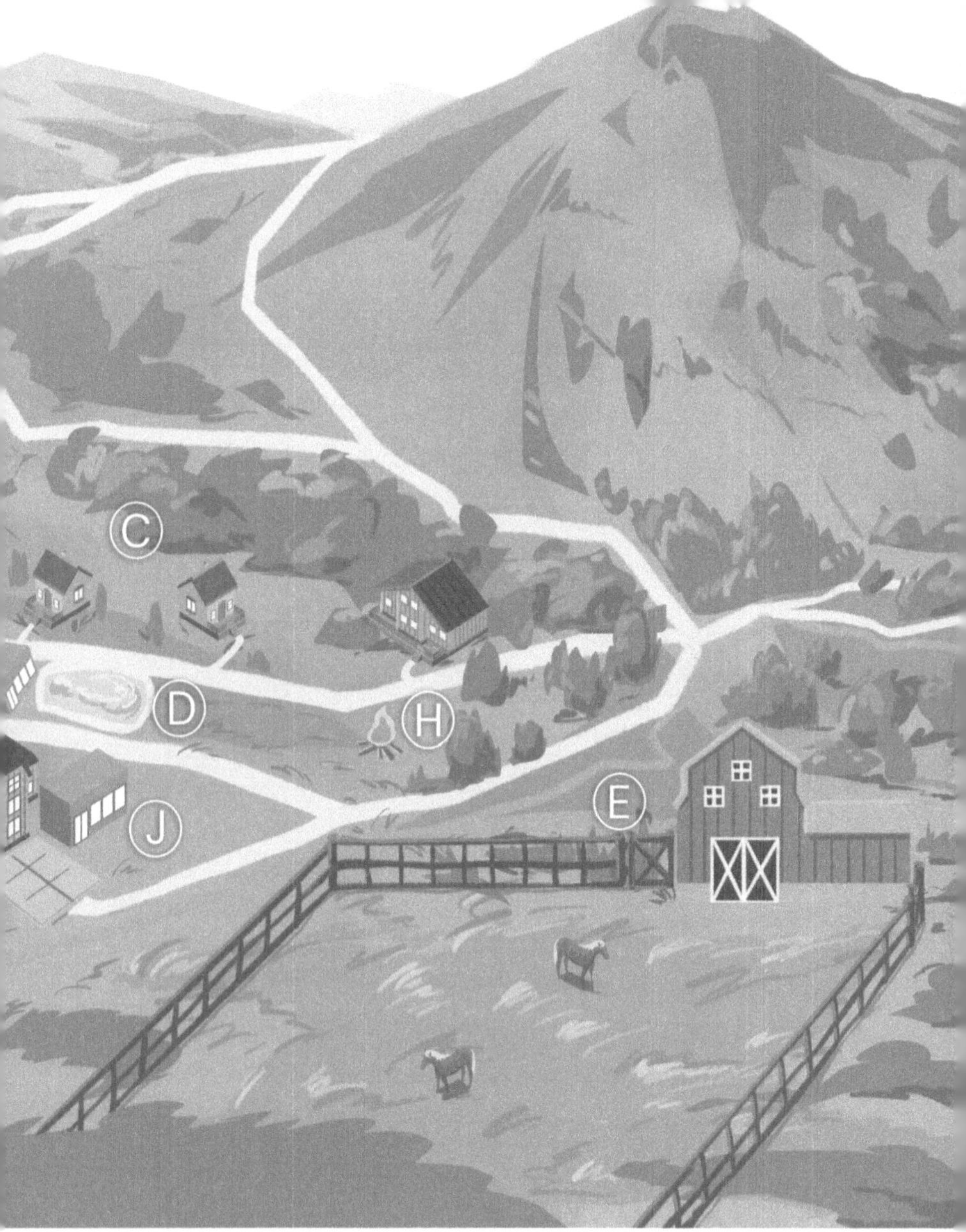

G	Hollis Fishing Pond & Hut
H	Bonfire Area
I	Family Game Nights Area
J	Gift Shop

Avvertenze sul contenuto

**Questo libro tratta temi che potrebbero turbare alcuni
lettori, quindi siete pregati di prestare cautela:**
Morte traumatica descritta nel prologo (lettura facoltativa)
Menzione di suicidio (no descrizione)
Menzione di somministrazione di droga e conseguente danno
(descrizione)
Discussioni circa la prigione e le ingiustizie
Menzione di un parente con problemi di salute mentale
Amnesia con conseguente incidente

Buttati con me è un romanzo autoconclusivo della serie
Sugarland Creek e la lettura è consigliata ad un pubblico adulto
per il suo contenuto esplicito. I seguenti temi sensibili vengono
menzionati e descritti nel prologo: morte traumatica
(descrizione: annegamento) e suicidio (menzione). Se anche solo
uno di essi dovesse metterti a disagio, salta pure al primo
capitolo. Non è necessario leggere il prologo per comprendere
il resto della storia, poiché i fatti verranno menzionati
brevemente in altre sezioni del libro.

Prologo
Landen

"Yi-ah, stronzi!" urla Tucker mentre si lancia giù da una rupe di quindici metri.

È la quarta volta in quindici minuti che lo fa; eppure restiamo lì a guardarlo mentre fa un doppio salto mortale all'indietro, per poi tuffarsi nel fiume alla base della cascata.

"È sempre stato così spericolato?" chiede mio cugino Warren.

"Non riesco a credere che non sia tutto indolenzito, dopo essersi schiantato contro l'acqua così tante volte", osserva Maisie, la ragazza di Warren.

Tucker nuota verso la riva rocciosa. Solleva un pugno in aria e urla qualcosa di incomprensibile.

"È matto da legare dal giorno in cui ci siamo conosciuti". Con un sorrisetto, ripenso alle decine di ricordi che condividiamo io e Tucker Sánchez da quando siamo diventati migliori amici, in terza elementare, dopo che lui si era trasferito qui a Sugarland Creek, nel Tennessee.

Siamo andati al nostro primo ballo delle medie insieme e lì

abbiamo chiesto di uscire alla stessa ragazza, finendo poi per gareggiare con le nostre moto da cross sotto un temporale per determinare chi l'avrebbe portata fuori.

Gli ho fatto il culo.

Portavamo i nostri trattori nei campi di mais e affrontavamo una prova di coraggio in cui guidavamo l'uno contro l'altro finché l'avversario non sterzava verso il fossato.

Quello stronzo non sterzava mai.

Uscivamo di nascosto nel cuore della notte per rovesciare mucche e rubare maiali soltanto perché eravamo dei coglioncelli annoiati.

E abbiamo ricevuto numerose denunce per violazione di proprietà privata.

Quando ci diplomeremo, fra un paio di mesi, lui andrà all'università in California per studiare medicina, mentre io rimarrò qui nel Tennessee a lavorare al ranch e maneggio della mia famiglia. È triste pensare che queste sono le ultime vacanze di primavera prima di separarci e che non ci vedremo per settimane intere.

Comunque sia, sarà bello poter finire le superiori.

Ma, soprattutto, sono pronto ad allontanarmi dalla mia ex, Angela, che per fortuna si trasferisce in Florida per studiare solo Dio sa cosa. Considerando il fatto che salta le lezioni almeno quattro volte alla settimana, sta andando male in quasi tutte le materie. In ogni caso, sono contento che si allontani così tanto da me.

Anche se è stata lei a spezzarmi il cuore l'anno scorso, sostenendo che ero *io* quello incapace di amare qualcuno per poi mollarmi per un tipo più grande, continua a starmi appicciccata ogni volta che può.

Pure adesso.

Nonostante affermi che sono un tipo "privo di emozioni", desidera comunque le mie attenzioni.

Giusto poco fa mi ha chiamato *tesoro* e ha provato a tenermi la mano per convincermi a tuffarmi dalla rupe insieme a lei.

Non lo farei neanche se l'acqua fosse piena di monete d'oro.

Non volevo nemmeno che venisse con noi in questo viaggio, però è la migliore amica di Talia, la ragazza che esce con Tucker.

L'altra coppia con noi è formata da Rhett e Addie. Lui si è trasferito qui quattro anni fa e si è unito alla squadra di baseball dove giochiamo io e Tucker. Addie è amica di Talia, ma non di Angela. La tollera tanto quanto me.

Dunque, naturalmente, dato che ci sono altre tre coppie, questa settimana Angela avrebbe voluto giocare alla famiglia con me.

Non succederà mai.

"Questo posto mi mancherà", commenta Rhett mentre tiene Addie per mano. Siamo venuti anche l'anno scorso, ma questa sarà l'ultima volta che potremo farlo in gruppo.

I miei zii ci hanno dato in affitto uno dei lodge di lusso del loro ranch resort e da quando siamo qui ce la stiamo spassando tutti i giorni tra festini, escursioni, nuotate e passeggiate a cavallo.

"Dovreste tornare durante le vacanze scolastiche", dice loro Warren, passando un braccio attorno a Maisie come se stesse suggerendo la stessa cosa anche a lei.

Mio cugino ha la mia stessa età, però vive a due ore di distanza, a Willow Branch Mountain. Risiede al ranch e lavora a tempo pieno per i suoi genitori; il che ha creato tensioni tra lui e Maisie, dato che lei si trasferirà a New York per intraprendere una carriera nell'editoria. Però lui giura che riusciranno a far funzionare la relazione e, per il suo bene, spero che ce la faranno.

"Questo posto sarebbe perfetto per una luna di miele romantica", dice Addie, scoccando un'occhiata d'intesa a Rhett.

Considerando il fatto che sono inseparabili ormai da tre anni, non mi sorprenderebbe se si fidanzassero ufficialmente appena dopo il diploma.

"Stando alle migliaia di recensioni online, è per quello che viene la maggior parte delle coppie. O per una fuga romantica senza i figli", conferma Warren.

I miei genitori hanno sempre portato me e i miei quattro fratelli quassù tutte le estati per fare una settimana di campeggio. O, per meglio dire, "glamping", come viene pubblicizzato. Qui non si soffre stando giorni fuori rete, in una tenda. Sono tutte strutture glamour e si può scegliere tra una cupola geodetica, un lodge a due piani oppure la loro famigerata casa sull'albero moderna. Qui hanno un Wi-Fi migliore di quello che ho io a casa.

È un luogo speciale da visitare, e non c'è da stupirsi che siano sempre al completo. Se l'agriturismo della mia famiglia è decisamente adatto ai bambini, il loro resort si concentra più sul relax e sull'aiutare le coppie a riavvicinarsi grazie ad attività all'aperto e al chiuso.

Durante il nostro soggiorno, abbiamo approfittato appieno del ristorante di lusso e dei massaggi in camera. Ieri, io e i ragazzi siamo andati a pescare, mentre le ragazze si sono rilassate nella vasca idromassaggio e hanno guardato un film di Netflix sul grande schermo del proiettore.

Sono state le vacanze di primavera migliori di sempre.

E mi dispiace che domani sia il nostro ultimo giorno.

"Quante volte tu e Maisie vi siete intrufolati in uno dei lodge per un *weekend romantico*?" lo punzecchio.

Warren fa un sorrisetto, mentre lei diventa tutta rossa. So già che lui ne ha prenotato uno sotto nomi falsi per la notte del ballo scolastico e per il weekend del compleanno di Maisie, lo scorso anno. Mi sorprende soltanto che i suoi non l'abbiano mai scoperto.

"Non ci credo che zia Lindsey non se ne sia resa conto". È la sorella di mio padre e una delle migliori amiche di mia madre.

"Questo perché sono bravo ad agire furtivamente". Warren sfodera un largo sorriso. "Aggiungo anche *non disturbare* nelle note".

Scuotendo la testa, rido.

"Chi è il prossimo a tuffarsi?" chiede Tucker, asciugandosi il viso con un telo, quando riappare.

"Talia!" esclama Angela. "È l'unica che sta facendo la fifona…"

Spostando lo sguardo su Talia, vedo che ha il volto in fiamme per le attenzioni indesiderate. È ovvio che non voglia farlo, però è una ragazza timida; il che mi ha sempre portato a chiedermi come faccia a essere amica di Angela, che è una tipa chiassosa, antipatica e non sta mai zitta.

Un tempo era quello che mi piaceva di lei. Il fatto che se la spassava alla grande quanto me e non si lamentava mai, se facevamo stronzate a caso nel weekend.

Adesso, la sua voce mi ricorda lo stridio di una motosega che taglia il metallo.

Preferirei ingoiare un cucchiaino di cannella e salsa piccante, piuttosto che sentirla parlare.

"Eddai, Talia! Non vorrai essere l'unica a non tuffarsi, vero?" la provoca Angela.

"Non sei costretta a farlo, Talia", le dico, dandole una pacca sulla spalla con un sorriso rassicurante. "Non fare niente che non ti faccia sentire a tuo agio".

Angela mi guarda in cagnesco, però la ignoro.

Ho seguito un corso per bagnini a sedici anni e lavoro alla piscina dell'agriturismo durante le vacanze estive. Però questo è molto più estremo rispetto a tuffarsi in una piscina profonda tre metri, e vedo che l'idea la mette a disagio.

"È *divertente*, Talia! Anche se soffri di vertigini, ne sarà valsa la pena per la botta di adrenalina", aggiunge Angela, però Talia impallidisce come se stesse per vomitare. È probabile che abbia paura dell'altezza, visto che, a differenza di tutti gli altri, non si è avvicinata al bordo per guardare giù.

Mi sposto accanto a Warren e Rhett, non volendo stare vicino ad Angela perché l'impulso di spingerla giù dalla rupe diventa sempre più forte ogni volta che apre bocca.

"Piccola, non è poi così male, giuro. Ma, se non vuoi farlo, possiamo andare a fare qualcos'altro", dice Tucker a Talia.

"Che sfigata!" mormora Angela a Addie, ma, quando l'altra non le dà corda, si mette a ridere.

Il suono mi fa accapponare la pelle.

Angela continua a sussurrare qualcosa a Talia mentre decidiamo quale attività fare adesso.

"Potremmo fare zipline. O un'escursione fino all'altra cascata, che è alta il doppio", suggerisce Warren.

"È bella da osservare durante il tramonto. La luce si riflette sull'acqua", aggiunge Maisie.

"Ooh, che cosa romantica…" commenta Addie mentre si avvicina.

"Talia soffre di vertigini; quindi dovremmo trovare qualcos'altro", consiglio.

"Potremmo fare un giro col quad lungo i sentieri e giocare ad acchiapparello con le torce al buio". Warren fa un sorrisetto come se gli fosse venuto in mente qualcosa. "Può essere un po' pericoloso, però io e i miei fratelli ci giochiamo sempre".

"E quanti di voi si fanno male?" Faccio una risata nasale, sapendo che i miei cugini sono tanto indisciplinati quanto me e i miei fratelli.

"Nessuno è mai finito all'ospedale, se è questo che intendi. Giusto qualche taglietto o livido di poco conto per essere stati colpiti dai rami".

Rido pensando a quanto sono simili le nostre famiglie anche se non possiamo trascorrere molto tempo insieme.

"Angela, aspetta!" urla Talia e, quando voltiamo la testa contemporaneamente, vediamo Angela che la spinge più vicina al bordo.

"Dai giusto un'occhiata, pappamolle". Angela si ferma appena prima che Talia possa cadere. "L'unico modo per superare le proprie paure è affrontarle. Non vuoi avere paura dell'altezza per sempre, vero?"

"Lasciala stare!" grido ad Angela.

"Fatti gli affari tuoi", ribatte in tono di scherno. "Talia vuole essere resa partecipe. Le serve soltanto un po' di incoraggiamento per riuscirci".

Talia rimane in silenzio e si sporge un poco, ma è rigida mentre si aggrappa alla mano di Angela con una presa mortale.

"Vedi, non è poi così alto", dice Angela.

"N-Non lo so… Non sono molto brava a nuotare". A Talia trema la voce mentre indietreggia.

"Ci tuffiamo insieme, così posso assicurarmi che torni a riva", propone Angela.

"Mi tuffo con te, piccola", la tranquillizza Tucker. "Ma solo se vuoi farlo".

Talia si morsica il labbro mentre riflette sulla risposta, ma poi annuisce.

"Evviva! Quindi ci tuffiamo tutti e tre insieme!" Angela si toglie i sandali. "Al mio tre!"

Noialtri li guardiamo posizionarsi sul bordo, mano nella mano.

"Uno, due, tre… VIA!" urla Angela, solo che lei e Talia non si tuffano. Angela ha finto di farlo piegando le ginocchia e sporgendosi in avanti, però non ha mai sollevato i piedi da terra.

Tucker arriva in acqua, ma le urla di Talia attirano la mia attenzione pochi secondi dopo. Sta agitando gambe e braccia mentre precipita. Non è nella posizione corretta per un tuffo sicuro. Il suo corpo dovrebbe essere rigido come una tavola, così da poter fendere facilmente la superficie, invece di schiantarsi contro l'acqua.

"Che cazzo hai fatto?" Aggredisco Angela proprio mentre Addie le chiede: "Non dovevi tuffarti con lei?"

"Le serviva la giusta motivazione, ma non volevo rovinarle l'esperienza; quindi sono rimasta quassù", risponde Angela come se fosse una giustificazione valida.

"L'hai *spinta*", aggiunge Addie.

Angela scuote la testa. "Si è tuffata dopo Tucker".

Stronzate.

Talia non avrebbe gridato in quella maniera se si fosse tuffata di sua spontanea volontà. E il modo in cui stava precipitando significa che non se lo aspettava neanche.

"Ehm, ragazzi, dov'è finita?" Warren guarda verso il basso e, quando scorgo Tucker, vedo che sta annaspando mentre la chiama freneticamente.

Lo scrosciare della cascata che si getta nel ruscello crea onde nell'acqua. Scruto dappertutto, alla ricerca di qualsiasi traccia di Talia che riemerge in superficie, però c'è solo Tucker.

"Talia!" grida Addie dall'alto della rupe mentre io mi precipito giù per il sentiero verso la riva più veloce che posso, senza scarpe.

Ho il cuore a mille mentre supero rocce e terra. Warren e Rhett sono alle mie spalle e, quando ci tuffiamo in acqua, mi immergo fino a dove riesco a nuotare. Quando non la vedo, riemergo per prendere aria e poi torno di nuovo giù. Anche gli altri ragazzi la stanno cercando, e il fatto che nessuno di noi l'abbia trovata dopo venti minuti mi fa venire un attacco di panico.

Dove accidenti può essere?

Non so quanto sia profonda l'acqua o dove vada il ruscello sotto la cascata, ma, quando mi immergo ancora più in profondità, vedo rocce grosse e macigni. Quando torno in superficie, Addie è ancora al telefono con il 911 e Warren mi dice che ha scritto ai suoi genitori.

"Che cazzo hai fatto?"

Sposto lo sguardo su Tucker, che sta urlando in faccia ad Angela.

"Niente!" Lei agita la mano in aria in modo sprezzante. "Perché te la stai prendendo con me?"

"Lei non voleva nemmeno tuffarsi". Torreggia su di lei, puntandole un dito in faccia. "Tu dovevi buttarti con lei, però ti ho visto spingerla!"

"Anche io", conferma Maisie tenendo le mani sui fianchi.

"Fottetevi, ragazzi! Voleva che lo facessi! Non voleva fare la figura della codarda davanti a voi e mi ha chiesto di aiutarla a trovare il coraggio; quindi ho fatto quello che mi ha chiesto!" si difende Angela, raddrizzando la schiena, senza però raggiungere minimamente il metro e ottanta di Tucker.

"È una stronzata". Mi avvicino. "Non l'hai avvisata ed è per questo che ha urlato come una disperata".

"Ma di cosa state parlando? Me l'ha chiesto lei!" Angela non demorde, ma nessuno se la beve.

Tucker torna in acqua per aiutare Rhett e, anche se ho il

corpo indolenzito e stanco, lo seguo. Cerchiamo come dei matti come meglio possiamo, chiamandola e nuotando in tutta l'area finché non arriva una squadra di soccorso. Ci viene detto di farci da parte e aspettare mentre loro si tuffano in acqua. Zio Grady spiega che l'insenatura è piuttosto profonda e che può essere difficile raggiungere il fondale senza l'attrezzatura adeguata. Zia Lindsey cammina nervosa mentre aspettiamo un miracolo.

Telefono ai miei e racconto cosa sta succedendo. Loro radunano i miei fratelli e cominciano il viaggio in macchina di due ore per arrivare quassù.

"Dovremmo chiamare i suoi genitori", dice Addie imbambolata, come se non volesse spostare gli occhi dall'acqua.

"Ho già dato il loro numero allo sceriffo", replica Tucker. Sta tremando senza sosta anche se ha addosso una grande coperta riscaldata. Però non lo biasimo. Pure io ho i nervi a fior di pelle.

Il suono di un elicottero attira la nostra attenzione e solleviamo lo sguardo. Il sole non batte più su di noi e, presto, verremo circondati dall'oscurità. I sommozzatori hanno delle torce attaccate alle mute, ma anche così non so fino a quale profondità riusciranno a vedere.

Dopo un'ora di ricerche, uno di loro emerge e fa cenno a un membro della squadra che aspetta sulla riva.

"Che sta succedendo?" chiede Addie.

"Non lo so… Però stanno bisbigliando qualcosa", rispondo, mantenendo la voce bassa.

Il tizio rimasto a terra ritorna e parla con un altro, che sembra il responsabile. Dopo un momento, questo parla in una radio e conferma che hanno trovato una persona annegata.

Mentre digerisco le sue parole, mi si gela il sangue nelle vene.

Dentro di me, sapevo che non ci sarebbe stato un lieto fine, ma sentirglielo dire rende tutto più reale e più difficile da accettare.

È rimasta lì sotto troppo a lungo.

Ma forse, e dico forse, in qualche modo potrebbero far ripartire il suo cuore e così starebbe bene.

"C-Che cos'ha appena detto?" A Tucker trema la mascella.

Mi viene la pelle d'oca quando il trambusto in acqua attira la mia attenzione.

Due dei sommozzatori stanno reggendo il corpo *senza vita* di Talia.

L'altro tizio sulla riva porta una barella piatta e, dopo che ce l'hanno caricata sopra, la trasportano fuori.

Uno dei paramedici arrivato con loro le controlla le vie respiratorie e poi inizia la rianimazione.

"Per quanto tempo è rimasta sott'acqua?" chiede tra una ripetizione e l'altra.

"Ci abbiamo messo mezz'ora solo per arrivare e un'ora per trovarla", risponde uno dei sommozzatori.

Per non parlare dei venti minuti di ricerche prima che l'operatore del 911 ci confermasse che avrebbero inviato i soccorsi.

Quando la realtà dei fatti lo travolge, Tucker cade in ginocchio.

Talia è morta.

Non possono riportarla indietro.

Io e Rhett ci sediamo accanto a lui mentre trema dalla testa ai piedi.

"Fa' respiri profondi", provo a confortarlo.

Sapendo che non c'è niente che possa fare per alleviare il suo dolore mi fa uscire di testa. O forse sto avendo un attacco di panico. Il mio cuore sta battendo talmente rapido che giuro che, di questo passo, mi balzerà fuori dal petto.

Comunque sia, le nostre vite non saranno mai più le stesse.

La morte di Talia è stata confermata due ore dopo che Angela l'ha spinta giù dalla rupe.

Nove giorni dopo si è tenuto il suo funerale, dove centinaia di persone si sono presentate per fare le condoglianze alla famiglia e dire addio a una delle ragazze più gentili che abbia mai conosciuto.

Talia avrebbe compiuto diciotto anni due giorni dopo che i suoi genitori l'hanno salutata per l'ultima volta.

Quello seguente, Angela è stata arrestata.

Dopo che noi abbiamo rilasciato le nostre dichiarazioni ed è stato confermato che Talia è morta annegata, lo sceriffo ha chiesto al giudice di emettere un mandato di cattura per Angela e di sottoporla a processo per omicidio.

Quando è arrivato il suo giorno in tribunale, noi sei abbiamo riportato ciò che avevamo osservato quel giorno e abbiamo testimoniato sia per Angela che per Talia. Io ho fatto in modo che si sapesse com'era Angela quando stavamo insieme e come trattava i suoi "amici". La mia deposizione ha dimostrato che, considerato com'era lei, la possibilità che avesse spinto Talia era reale, soprattutto tenendo conto del fatto che le avevamo detto di lasciarla in pace e lei non l'aveva fatto.

Il suo avvocato ha provato a dipingerci come ragazzini irresponsabili e testimoni inaffidabili, però la giuria ha creduto a noi e alle prove e non alla storia di Angela, ovvero che era stata Talia a chiederle di spingerla. Avendo sentito che soffriva di vertigini e che non era molto brava a nuotare, non hanno creduto che lei potesse averle chiesto di farlo.

Ero disposto a tutto pur di ottenere giustizia non solo per Talia e la sua famiglia, ma anche per il mio migliore amico. Pure Tucker ha perso tutto, quel giorno.

Sperava di sposarla e costruire un futuro insieme a lei dopo la scuola di medicina. Poi avrebbero avuto dei figli e messo le radici ovunque la sua carriera lo avesse portato. Non voleva altro che avere Talia al suo fianco e, insieme, sarebbero stati felici per sempre.

Però Tucker non ha ottenuto nulla di tutto ciò. Era straziato dal dolore e colmo di rimpianti per non aver tenuto testa ad Angela e non aver tirato fuori Talia da quella situazione. Non riusciva a concentrarsi durante le lezioni universitarie ed è stato espulso prima della fine del primo anno.

Un anno dopo che Angela è stata incriminata per omicidio volontario ed è stata condannata a quindici anni di prigione, le nostre vite sono state sconvolte di nuovo quando Tucker si è tolto la vita, portandosi dietro anche una parte della mia.

Avrei dovuto notare i segnali. Guardando indietro, sapevo che era in difficoltà e avevo sperato che con il tempo le cose sarebbero migliorate. Lo avevo incoraggiato a vedere uno psicologo, e mi aveva promesso che lo avrebbe fatto.

La settimana prima della sua morte, l'ho sentito più felice che mai. Parlavamo tutti i giorni e stavamo organizzando un altro viaggio a Willow Branch Mountain. Aveva una parte delle ceneri di Talia e voleva spargerle lassù. Mi sono sentito sollevato e non vedevo l'ora di rivedere il mio migliore amico.

Solo che, quando è successo, lui era in una bara.

Due persone sono morte a causa delle azioni sconsiderate di Angela e, anche se la famiglia di Talia ha ottenuto un risarcimento in una causa civile per morte ingiusta, ad Angela non hanno dato minimamente tutti gli anni che meritava. Dovrebbe marcire per il resto della sua triste e solitaria vita.

Quando avrà diritto alla condizionale, tra undici anni, farò tutto ciò che è in mio potere per tenerla dietro le sbarre il più a lungo possibile.

Capitolo Uno

Ellie

SETTE ANNI DOPO

*C*oncentrati.

Tieni gli occhi puntati sull'obbiettivo, Ellie.

E quell'obbiettivo è conquistare il primo posto.

Inspiro l'umida aria estiva mescolata all'odore di terra e cuoio. È una combinazione a cui sono abituata e che ogni volta riporta a galla ricordi che scaldano il cuore.

Non c'è nulla di meglio che partecipare a un rodeo. Mi fa sentire a casa.

La folla esulta per Marcia Grayson, che ha appena aggirato i barili alla velocità più alta che le abbia mai visto raggiungere, ma, quando annunciano il suo tempo, sorrido tra me e me.

È sufficiente per farle raggiungere il primo posto, ma non abbastanza per battere me.

Ho cominciato a fare *barrel racing* a tredici anni. È tutto ciò su cui mi sono concentrata negli ultimi sei.

Tra la partecipazione a diversi clinic e l'allenamento

costante, ho sviluppato una buona tecnica che ci consente di ottenere ottimi risultati. Anche se non sono sempre al massimo della forma, sono abbastanza competitiva e arrogante da pensare che vincerò comunque.

Fuori è quasi buio; quindi l'arena è illuminata da fari potenti. Anche se il sole è tramontato, il sudore mi cola lungo la schiena quando il nervosismo ha la meglio. Questo rodeo si tiene a una fiera di contea a un'ora di distanza dal mio paesino natale e, anche se si tratta di un evento aperto a tutti, sono comunque motivata a vincere. Ogni premio in denaro che ottengo finisce nei guadagni totali di Ranger e, dato che il rodeo si svolge così vicino a casa, non è stato un grosso problema muoverci. Visto che i cavalieri sono un mix di amatori e professionisti, posso gareggiare contro uomini e donne contro cui non competo di solito.

I tempi di gara dipendono dalla grandezza dell'arena e dalla velocità dei cavalieri. Stasera, si sono aggirati tra i sedici e i diciassette secondi. Beh, non contando le due persone che hanno rovesciato dei barili e a cui hanno aggiunto una penalità di cinque secondi.

Il tempo da battere è quello di Marcia, ovvero sedici punto uno uno due secondi.

Mentre sono in sella a Ranger, lui sbuffa e pesta gli zoccoli, impaziente che arrivi il suo turno. È tanto ansioso di entrare nell'arena quanto lo sono io.

Se non fosse impossibile, direi quasi che Ranger è più competitivo di me.

Ma la mia voce è sufficiente a calmarlo.

"Porta pazienza, bello". Mi chino verso il basso dalla sella e gli accarezzo il collo; poi gli parlo dolcemente all'orecchio: "Ce la faremo. Come sempre".

È il cavallo quarter castrato che ho da quando avevo sedici anni e gareggia sempre con me. Abbiamo passato centinaia di ore ad allenarci insieme, e mi fido ciecamente di lui.

Ora che ne ho diciannove, anche se non ho una vita sociale o amorosa, ho comunque Ranger.

Adoro vestirmi tutta di rosa per questi eventi e, anche se lui è un maschio, è agghindato allo stesso modo. Aggiunge un tocco di personalità al nostro duo. Un cappello da cowboy rosa scintillante, stivali da cowboy rosa sotto i jeans e una camicetta rosa brillante abbinata al sottosella, alla pettorina, alle fasce sulle zampe e alle briglie. È il mio bimbo che indossa il rosa con orgoglio.

"Buona fortuna!" mi augura Easton quando esco dal recinto di attesa.

"Non ci serve, ma grazie!" Saluto con la mano mentre guido Ranger verso il corridoio in cui la musica e le acclamazioni si fanno più rumorose.

Ranger è carico di adrenalina e, quando sente parlare il presentatore, fa dei passetti laterali mentre aspettiamo che il cancello si apra. Gli do sempre la carica prima di una gara, per prepararlo e ricontrollare il mio equilibrio.

"Sei pronto, Ranger?" gli chiedo, e lui inclina le orecchie verso di me in attesa del mio comando. "Mostriamo a tutti di che pasta sei fatto!"

Non appena gli do un colpetto rapido con il piede, schizza a tutta velocità lungo il corridoio. Il suo sguardo si fissa sul primo barile non appena lo vede.

"Come un tubetto di colla!" gli ricordo, poi sorrido con orgoglio perché è rimasto perfettamente nella *pocket* – lo spazio ottimale intorno al barile in cui eseguire una curva stretta senza toccarlo – e riesce ad aggirarlo senza perdere troppa velocità. "Bravo, così!"

Le mie parole escono tra respiri corti e affannati, però lui sente tutto.

Quando il mio corpo si sposta sulla sella, lo stivale scivola fuori dalla staffa e con il bordo del piede do un colpetto al secondo barile mentre ci giriamo attorno. Lascio andare il pomello della sella, che stavo stringendo con forza, afferro rapidamente il bordo del barile e lo tengo dritto mentre reggo fermamente le redini.

"Fiuu, per un pelo", dico prima che Ranger decolli come un razzo verso il terzo e completi il percorso a quadrifoglio.

"Sì, rapido come un fulmine!" Mi sporgo in avanti, avvicinandomi alla criniera e continuando a tenere le redini mentre torna di corsa nel corridoio.

Mi rifiuto di usare la frusta con lui, soprattutto perché non ne ho bisogno. Abbiamo una profonda connessione; quindi sa cosa fare semplicemente grazie al mio linguaggio corporeo e al tono della mia voce. Coglie piuttosto bene i miei segnali e sa cosa voglio da lui senza che io abbia bisogno di usare il frustino.

È la mia anima gemella sotto forma di cavallo e sarei persa, se dovesse mai accadergli qualcosa.

La folla urla talmente forte che ci giriamo per guardare lo schermo.

Col cuore a mille leggo il tempo e il mio nome accanto al primo posto.

"La Principessa del Rodeo colpisce ancora, gente!" annuncia il presentatore. "Ellie Donovan si porta al comando con quindici punto nove cinque due!"

Mi hanno dato quel soprannome dopo che avevo vinto ogni gara a cui avevo preso parte nel mio primo anno di partecipazione ai rodei per professionisti, ed è anche stato così che ho potuto effettuare l'upgrade, diventando una tesserata in meno di un anno.

Avvolgo le braccia attorno al collo di Ranger. "Sei proprio bravo".

Sono fortunata ad avere un legame così forte con lui. La maggior parte dei cavalieri passa da un cavallo all'altro prima di trovare quello perfetto per loro per il *barrel racing*.

I miei genitori vengono verso di me, correndo e agitando le braccia per aria, come fanno sempre quando sono strafelici.

Sono figlia unica; quindi ricevo *tutte* le loro attenzioni.

A volte *troppe*.

Però sono grata per il loro supporto. Se mia madre non mi avesse spinta a svolgere attività extracurriculari dopo quello che è successo a mia cugina, che per me è stata come una sorella maggiore, non mi sarei mai unita a un'organizzazione giovanile locale, per poi iscrivermi al loro programma di equitazione.

E chi può sapere dove sarei adesso, se non l'avessi fatto.

Ho cominciato a soffrire di episodi di depressione a tredici anni. Mia madre voleva distogliere la mia attenzione dalla notizia e che concentrassi le energie e l'impegno in qualcosa di produttivo. Onestamente, ha funzionato. Sono diventata ossessionata da questo sport.

Accidenti, lo sono ancora!

Pochi anni dopo aver cominciato, quando stavo mettendo in ombra tutti gli altri cavalieri nella divisione Junior, i miei genitori mi hanno regalato Ranger per il sedicesimo compleanno. Mentre molti dei miei amici avevano ricevuto macchine o pick-up, io ho avuto lui in dono; il che era ancora meglio. Fino a quel momento mi stavo allenando con i cavalli del responsabile dell'organizzazione, però ero pronta a passare al livello successivo.

È stato un punto di svolta.

Ranger mi ha salvata. E mi piace pensare di averlo salvato a mia volta. Il suo precedente proprietario lo trascurava e alla fine era stato messo all'asta. Sin dalla prima volta che ci siamo visti, per qualche motivo si è fidato di me.

Era come se sapesse che io avevo tanto bisogno di lui quanto lui ne aveva di me.

Abbiamo investito tempo e soldi perché ricevesse le cure e l'addestramento appropriati che gli servivano, e adesso non è mai stato meglio.

"Ce l'hai fatta, tesoro!" urla mamma.

Forse. Deve ancora gareggiare Easton.

Si sta allenando soltanto da tre anni, però è bravo.

Ma non tanto quanto me.

Ci siamo conosciuti durante una gita dell'organizzazione, qualche anno fa, e siamo amici che parlano di cavalli sin da allora.

Conduco Ranger verso il recinto, in attesa che Easton possa cominciare il suo turno. Quando gli passiamo accanto, allungo una mano e lui mi batte il cinque.

"Accidenti, sei proprio partita in quarta con quell'ingresso!" mi urla dietro, riferendosi alla corsa di Ranger lungo il corridoio. "E bel salvataggio, con quel barile traballante!"

"Grazie! Buona fortuna, E!" grido quando la distanza tra di noi aumenta.

Quando i miei genitori ci raggiungono, ricoprono Ranger d'amore e gli dicono che è stato incredibile.

"Noah non riusciva a strapparvi gli occhi di dosso! Le è piaciuto tantissimo e ha fatto il tifo con noi", mi racconta mia madre, emozionata.

Un angolo delle mie labbra si incurva all'insù. "Davvero? È fantastico!"

Ero talmente su di giri da essermi dimenticata che Noah Hollis era tra il pubblico a guardarmi.

L'addestratrice dei miei sogni.

È la numero uno dello stato ed è venuta a vedere *me*.

Mi alleno con una ex cavallerizza di *barrel racing* alla fattoria dei miei nonni, dove lascio Ranger in pensione, ed è grazie a lei se sono arrivata dove sono adesso. Tuttavia, se voglio far conoscere ancora di più il mio nome e sfidare me stessa a raggiungere tempi migliori, ho bisogno di un'addestratrice professionista che possa spingerci fino a quel punto. Noah è nota come "la donna che sussurra ai cavalli" e, se accettasse di farsi assumere da me, potrei lasciare Ranger al suo ranch e utilizzare il suo centro di addestramento.

Ciò che la rende ancora più unica è il fatto che ha soltanto ventun anni.

Gran parte dei suoi colleghi ne hanno il *doppio* e non hanno comunque il suo talento. È molto saggia per la sua età ed è dotata di ottime risorse e conoscenze che possono aiutarmi a trasformare la mia passione in una carriera di successo a tempo pieno.

Più gare vinco, più opportunità mi si presentano di ottenere soldi e premi, che possono variare da fibbie per cinture, pettorine per cavalli, selle, bardature o altra attrezzatura. Ciascun evento ha i suoi incentivi, ma ogni vittoria mi porta più vicina a qualificarmi per eventi di maggior spicco, come i campionati regionali, le finali nazionali o addirittura i rodei solo su invito. Però il mio sogno più grande è arrivare alle finali nazionali o mondiali e conquistare il primo posto almeno una volta nella mia carriera.

"Un ultimo cavaliere per questa sera..."

La voce del presentatore sposta la nostra attenzione verso l'arena, e osserviamo Easton e Scotty, il suo Paint Horse, sfrecciare attorno al primo barile.

"È veloce..." commenta papà con ammirazione.

Anche gli altri cavalieri, inclusa Marcia, lo stanno guardando.

Non sembra troppo felice della possibilità di finire al terzo posto.

"Eccolo che arriva…" Mamma trattiene il fiato mentre aspettiamo che Easton completi il percorso e ottenga il tempo finale.

"Quindici punto nove sei nove! E così Easton Hawthorne si aggiudica il secondo posto!"

"Sì!" urla papà. "Ce l'hai fatta, piccoletta!"

Non abbiamo tempo per festeggiare perché mi mandano di nuovo nell'arena per un giro trionfale. Non succede a tutti gli eventi, però, quando mi viene richiesto di farlo, mi stampo in faccia il mio miglior sorriso e saluto il pubblico mentre la musica riecheggia sopra di me. Anche se sono una novellina nei rodei per professionisti, sento il mio piccolo fan club che esulta. Dato che vengo da questo stato, più persone mi riconosco grazie alle interviste televisive e agli articoli che hanno scritto su di me quando sono stata proclamata miglior esordiente dell'anno.

I premi di questa sera vanno ai primi tre; quindi accompagno Ranger verso la commissione di sponsor dell'evento per ritirare un assegno gigante di duemila dollari e la fibbia da campionessa con sopra il nome, l'anno e il logo dell'evento. Quella che indosso stasera è dell'ultimo rodeo che ho vinto. Dopo che ne ottengo una nuova, la metto la volta successiva. È il mio portafortuna.

L'euforia post vittoria mi assale e, dopo essermi congratulata con Marcia ed Easton per la rispettiva posizione in classifica, aver scattato alcune fotografie e parlato con uno dei giornalisti di un quotidiano locale, riporto Ranger al nostro rimorchio, dove i miei genitori e Noah mi stanno aspettando.

"Sei stata bravissima!" Noah mi fa un sorriso raggiante. I suoi lunghi capelli biondi, raccolti in una coda alta, rimbalzano a ogni passo che fa verso di me.

Con le braccia ancora piene, lascio l'assegno e la fibbia a mia madre; poi papà prende le redini di Ranger per liberarmi le mani.

"Grazie! Sono così contenta che tu sia riuscita a venire!" Mi sporgo in avanti e la abbraccio di lato.

In precedenza abbiamo parlato al telefono e, dato che veniamo dallo stesso paesino, la conosco di nome da quando ho iniziato a cavalcare; quindi è come se fossimo già grandi amiche.

"Ma stai scherzando? Ero più che emozionata all'idea di vederti in azione. Non hai deluso le mie aspettative".

Ottenere la sua approvazione mi riempie d'orgoglio, però so che deve aver visto alcuni problemi su cui potrei lavorare.

"Quindi che ne pensi?" le chiedo con ansia.

"Penso che tu e Ranger formiate un'ottima squadra. Però c'è sempre un margine di miglioramento. Possiamo lavorare sul correggere la tua postura, così che la staffa non si muova come le pare". Mi fa l'occhiolino.

"Già, è stato inaspettato", ammetto.

Fa spallucce, con nonchalance. "Succede. Però hai gestito bene la situazione. Hai tenuto la curva stretta nella *pocket*, ma c'è sempre la possibilità che tu non riesca a essere così rapida da spingere di nuovo il barile al suo posto. È un problema su cui possiamo lavorare, così che in futuro non corriate più questo rischio".

Annuisco. "Hai notato qualcos'altro?"

"Per lo più cose di poco conto, che possono essere sistemate facilmente con un po' di impegno. Credo che le tue redini siano troppo lunghe e che ti troveresti meglio con altre più corte.

Allenati a cavalcare più dritta e rigida, così che il tuo corpo riesca a rimanere in posizione verticale. Anche se sembra che Ranger abbia una buona memoria muscolare, è anche vero che segue la tua guida, e questo potrebbe portarvi a ribaltare un barile, se ti sporgi troppo in avanti. È meglio non rischiare di ricevere quella penalità di cinque secondi. Quasi tutti i cavalieri dimenticano spesso di respirare correttamente durante il *barrel racing*. Possiamo svolgere degli esercizi per evitare che tu faccia lo stesso".

"Sembri una che sa il fatto suo". Mamma sorride, spostando gli occhi su di me, emozionata. Appoggia il mio desiderio di allenarmi più duramente.

"Tu gareggi?" chiede mio padre a Noah.

"No, però sono un'addestratrice professionista da molti anni. Ho ottenuto l'abilitazione a diciotto, ma, essendo cresciuta in un ranch, ero circondata dai cavalli già da prima che imparassi a camminare. Ho passato diversi anni a concentrarmi esclusivamente su di loro e su praticamente qualunque sport equestre".

"Noah ha intuito per risolvere i problemi e sa come aiutarmi a migliorare le mie abilità", spiego ai miei genitori.

Non sono decisamente una principiante, però mi serve qualcuno come lei che mi spinga nella giusta direzione, così che sia pronta a competere a quei livelli più alti.

"Ho altri due clienti professionisti che quest'anno stanno per qualificarsi per le finali", aggiunge Noah.

"Wow, è incredibile!" Mia madre mi passa un braccio sulle spalle e mi stringe contro il fianco.

È quasi più emozionata di me.

"Lavorerei anche sulla tua forma fisica. Sia tu che Ranger dovete essere in forma; quindi ti preparerei anche un programma di allenamento".

"Oh… fantastico!"

Noah fa un sorrisetto. "Nulla di ingestibile, promesso".

"Quanto spesso sarebbero gli allenamenti?" chiede papà.

"Questo dipende completamente da voi. Se volete lasciarci Ranger in pensione, l'esercizio quotidiano è incluso per i cavalli; poi potete fargli fare degli allenamenti aggiuntivi nella nostra struttura. Le due ragazze che adesso sono in tour ci lasciano i cavalli quando non sono in viaggio e poi lavoriamo insieme quando loro sono qui".

"Mi piacerebbe molto", dico.

"E potrai sfruttare il nostro servizio veterinario e il maniscalco; quindi non dovrai preoccuparti di star dietro anche a quelle questioni".

"Mi sembra perfetto. Quasi troppo bello per essere vero", afferma mamma.

"Io e la mia famiglia amiamo i cavalli e vogliamo rendere il più semplice possibile il prendersi cura di loro. Diciamo che sono una stacanovista: non mi stanco mai".

"Quando hai tempo per avere una vita sociale?" chiede ironica mia madre.

"Beh…" Noah ridacchia. "Sono single da un anno e Magnolia, la mia migliore amica, viene spesso a trovarmi. Ma, oltre a quello, vedo la mia famiglia tutti i giorni e organizziamo una cena speciale ogni domenica".

Tutti i residenti e perfino chi abita fuori dal paese conosce gli Hollis. Sono famosi in quanto proprietari del Ranch e Agriturismo con maneggio Sugarland Creek. In totale, i fratelli sono cinque e ciascuno di loro svolge svariati lavori al ranch. Noah è la più piccola, ma secondo me è quella che ha più talento e che lavora più duramente.

"Proprio come me. Parlo con alcune ragazze della mia

organizzazione giovanile, ma, a parte quello, sono super concentrata sulle gare", dico.

"Ellie quando può cominciare?" chiede mamma.

"Una settimana è troppo presto?" Noah fa un sorrisetto. "Ho un cavallo che se ne va tra sei giorni e poi possiamo prepararci ad accogliere Ranger".

Il sorriso più ampio della mia vita compare sul mio volto. "Sarebbe perfetto".

Capitolo Due
Landen

"Perché sei nudo?" mi chiede Tripp dopo che mi sono seduto al posto del passeggero del suo pick-up.

"Già, non è mica il tuo compleanno", ironizza Wilder dal sedile posteriore.

Ovvio che Tripp se l'è portato dietro perché assista alla mia umiliazione. Avevo inviato al mio fratello minore un messaggio di emergenza, chiedendogli di venirmi a prendere in paese. Dato che il ranch della mia famiglia si trova a quindici minuti buoni da Sugarland Creek, mi sono nascosto nella tromba delle scale di un appartamento, coprendomi il pacco con le mani mentre lo aspettavo.

Dopo aver messo la cintura, scocco il dito medio al mio fratello maggiore, dietro di me.

Già, sono il figlio di mezzo di cinque fratelli. Tecnicamente parlando, Wilder e Waylon sono gemelli; quindi sono entrambi i maggiori. Tripp ha due anni in meno di me e Noah, nostra sorella, due in meno di lui.

Perlomeno lei non è qui, a crogiolarsi nella gloria del mio imbarazzo.

Tripp ridacchia mentre si sposta sulla strada.

"Mi hai portato dei vestiti?" chiedo.

"Abbiamo preso dei pantaloncini da basket e una maglietta perché non sapevo cosa fosse classificabile come *vestiti di ricambio*", mi spiega Tripp.

Mi stringo nelle spalle. *Per me va benissimo.*

Wilder me li lancia e poi si sporge sul retro del sedile triplo con le braccia conserte, come se non volesse perdersi lo spettacolo.

Infilo prima i pantaloncini, che sono troppo stretti e non nascondono un fico secco, ma, dato che non posso permettermi di lamentarmi, tengo la bocca chiusa. Dopodiché, prendo la maglietta bianca e scoppio a ridere quando vedo la parola *Biposto* con due frecce nere. Una punta in alto verso la faccia e l'altra giù verso il cazzo.

"Dove diavolo l'hai trovata?" chiedo, indossandola.

"Nel tuo armadio", risponde Wilder.

Mmh. Non me la ricordo.

Però non mi sorprende, visto che io e i miei amici ci scambiamo spesso i vestiti quando ce ne servono di nuovi per una serata fuori. Probabilmente ho dormito da qualcuno e poi l'ho rubata il mattino dopo.

"Allora… ci dici cos'è successo ai tuoi vestiti?" chiede Tripp.

Girandomi a guardare il suo sorrisetto di merda, so che non mollerà finché non avrò confessato.

"Ieri sera ho conosciuto una tipa al Twisted Bull. Mi ha portato da lei e stamattina, quando mi sono svegliato, era sparita. Insieme ai miei vestiti e agli stivali".

Il Twisted Bull è il bar più popolare del paese. Ha una pista da ballo in piena regola e un toro meccanico su cui gli idioti ubriachi provano a stare in sella per otto secondi. Io e i miei fratelli lo abbiamo fatto diverse volte, sempre quasi del tutto sbronzi.

"Secondo me, sperava di costringerti a restare". Wilder ride.

"Già, magari è andata a comprare due caffè o chissà cosa", aggiunge Tripp.

"Vi ho aspettati per venti minuti e non ho visto la sua macchina arrivare; quindi ne dubito fortemente. Credo volesse soltanto fare la terrorista".

"Forse si è vendicata perché non l'hai soddisfatta". Wilder mi dà una pacca sulla spalla. "Vuoi che il tuo fratellone ti dia qualche dritta? Conosco un trucchetto spaziale con la lingua". La tira fuori, poi la muove su e giù mettendo in mostra il piercing. "Oppure ti è rimasto moscio?"

Guardandolo in cagnesco, sono tentato di strappargli il piercing con la forza.

"Col cazzo! Ce la siamo spassata".

"Come si chiama?" chiede Tripp.

"Ehm... Tessa". Deglutisco con forza. "O forse... *Jessa?*"

"Scommetto che l'hai chiamata con il nome sbagliato, e ha pareggiato i conti rubandoti i vestiti", dice Wilder, ironico.

"È per questo che non le chiamo mai per nome. È una mossa da dilettanti. Le chiami *piccola, tesoro, cara.* Tutto tranne il loro nome".

Tripp si fa una risata nasale. "Di classe".

"Che vuoi? È stato consensuale. Le è piaciuto... da *morire.* Sono piuttosto sicuro che i suoi vicini stessero battendo i pugni sulle pareti perché stava urlando troppo".

"Ah, vedi... Quando fanno troppo rumore, stanno fingendo", dice Wilder.

"E tu che ne sai?" chiedo.

"Perché quando una donna è nel bel mezzo di un orgasmo intenso, non ha abbastanza fiato per urlare. Se gridano così tanto, stanno cercando di far finire tutto per potersi nascondere in bagno e finire da sole". Sfodera il suo famigerato sorrisetto saccente. "Oppure, nel tuo caso, a tramare vendetta".

"È successo prima, molte grazie. Quando avevo la testa tra le sue cosce e stava tremando tutta attorno a me. *Non* stava senz'altro fingendo".

Tripp ridacchia. "Stando a uno studio recente, fino all'ottanta per cento delle donne ammettono di fingere con il partner".

"Ma che cazzo?" Assottiglio lo sguardo. "Adesso leggi articoli sul sesso?"

"Noah e Magnolia ne stavano parlando e le ho sentite", ammette.

Sorrido tra me e me perché il povero bastardo è ossessionato dalla migliore amica di nostra sorella. Solo che non lo vuole ammettere.

"Vabbè. Anche se stava fingendo, e non sto dicendo che l'abbia fatto, non è una scusa per rubarmi quei maledetti vestiti", affermo. "Oh, mi avete portato delle scarpe?"

"Sì, i tuoi stivali da lavoro", risponde Wilder, sollevandoli da sotto i sedili posteriori.

"Grazie. Noah mi ha chiesto di aiutarla alle scuderie questa mattina, dato che voi due mezze seghe oggi non lavorate". Infilo gli stivali e mi rendo conto di quanto sono ridicolo avendoli addosso con dei pantaloncini da basket.

"E io mi godrò ogni minuto", gongola Wilder. "Io e Tripp faremo un casino al festival, stasera".

Tripp aggrotta le sopracciglia, e io rido. Non ho mai visto Tripp fare casino. È una persona troppo attenta e prudente per farlo.

"Io finisco per le sei; quindi non andateci senza di me", dico. "Waylon viene?"

"Credo che stasera abbia un appuntamento", risponde Wilder. "Ma chi lo sa, probabilmente si tirerà indietro come l'ultima volta e annullerà tutto all'ultimo minuto".

Waylon tende a farlo. Si fa in quattro per chiedere a una ragazza di uscire e poi si fa prendere troppo dall'ansia per andare avanti. Non capisco perché. È un bel ragazzo e sa come divertirsi.

Si perde troppo nei suoi pensieri.

"Beh, in ogni caso, ci divertiremo un mondo". Faccio un sorrisetto.

"Non impari mai la lezione?" mi provoca Tripp, guardandomi con un cipiglio. "Magari evita di andare a casa di una tipa tutti i weekend, così non rischi di perdere i vestiti".

"Non lo faccio…" Ribatto. "A volte sono loro a venire da me".

Tripp alza gli occhi al cielo e Wilder ride.

Do una pacca sulla spalla a Tripp. "Oh, eddai! Puoi divertirti e bere una birra o due. Wilder dice che farete un casino".

"Non se devo portare a casa voi idioti ubriachi", replica.

Tripp è il nostro autista designato il novantanove per cento del tempo, però non gli dispiace.

Quando arriviamo a casa dei nostri genitori, al ranch, balziamo giù dal pick-up di Tripp e, invece di salire sul mio, opto per la mia moto da cross.

È molto più divertente.

"Ci becchiamo dopo!" urlo per sovrastare il motore prima di lasciare lentamente la frizione e mettere in prima.

Quando arrivo alle scuderie dei cavalli in pensione, Noah è all'esterno con Trey e Ruby, i nostri due garzoni che lavorano con lei.

"Landen! Spegni il motore!" urla Noah quando mi avvicino.

"Che c'è? Mi hai chiesto tu di venire!" Parcheggio e spengo la moto.

"Lo sai che spaventa i cavalli". Si acciglia, incrociando le braccia, e poi abbassa lo sguardo sul mio outfit. "Che cosa cavolo hai addosso?"

Guardo in basso e rido. "Non fare domande. Comunque, per cosa ti servo? Hai già i tuoi lacchè qui".

"Ehi!" Sia Trey che Ruby mi guardano con un cipiglio.

Noah si mette di fronte a me. "Ellie è una mia nuova cliente che pratica *barrel racing* e Ranger è il suo quarter. Voglio la tua opinione sulla loro performance; quindi ho pensato che dovessi conoscerli".

Ovviamente mi ha chiamato qui con l'inganno, così non posso dirle di no in faccia.

"Siamo in piena stagione riproduttiva", le ricordo. "Non avrò molto tempo libero".

Dopo le superiori, sono diventato il responsabile della gestione dell'accoppiamento e l'estate è il mio periodo più impegnativo. E, anche se fossimo in bassa stagione, sarei comunque impegnato, dovendo prendermi cura degli stalloni e prenotare giumente per l'anno successivo.

"Sarà qui quando non è in viaggio. Vuole diventare abbastanza brava da qualificarsi per le finali e le serve tutto l'aiuto che possiamo darle. Dai, l'anno scorso siamo stati un'ottima squadra sorella-fratello". Mi guarda con gli occhioni dolci e, maledizione, sa che con me funzionano. Soprattutto se si tratta di qualcosa di cui sono già appassionato.

Non sono un addestratore tanto bravo quanto Noah – maledizione, nessuno nel Tennessee lo è – però ho un buon occhio per riconoscere i problemi e dare idee su come apportare dei miglioramenti. I cavalli reagiscono bene a Noah; il che significa che ha sempre l'agenda strapiena. Io sono più un osservatore che guarda e dà suggerimenti, così che lei non debba passare troppo tempo a fare ricerche e possa invece lavorare di più con il cavallo.

"Quindi stai dicendo che *tu* hai bisogno di *me*?" la provoco.

"Non fare l'arrogante". Mi dà una spintarella. "È davvero brava, però la concorrenza di cavalieri con più esperienza la spazzerà via; quindi c'è bisogno dell'aiuto di tutti per farla avanzare".

Quando mi trafigge con uno sguardo implorante, alzo gli occhi al cielo. Solo la mia sorellina potrebbe aggiungere altri impegni al mio già notevole carico di lavoro.

"D'accordo", dico a denti stretti. "Ma solo quando è in linea con la *mia* agenda".

"Affare fatto!" Sorride vittoriosa.

"E mi devi un favore", aggiungo.

Aggrotta la fronte. "Tipo?"

Faccio spallucce. "Quello che vorrò io quando mi verrà in mente qualcosa".

"Sì, sì. Vedremo".

"Hai incontrato la ragazza di Ayden mentre era qui?" chiede Ruby intanto che aspettiamo.

"No". *Non sapevo nemmeno che ne avesse una.* "Chi è?"

"Si chiama Laney. Stavano insieme alle superiori, dieci anni fa, e si è presentata qui all'improvviso, dicendogli che ha una figlia di nove anni", mi informa.

Rimango a bocca aperta, perché è l'ultima cosa che mi aspettavo.

Ayden è il responsabile della gestione della pensione e ha soltanto tre anni in più di me. Non riesco a immaginare di avere un figlio in questo momento o di scoprire di averne uno di cui non conoscevo nemmeno l'esistenza.

Onestamente, credo sia il mio peggior incubo.

"È assurdo. Come l'ha presa?"

"Come meglio poteva, direi. Sta pensando di andare in Texas tra un paio di settimane per conoscere la figlia".

"Beh, l'ex è bona?" Agito le sopracciglia, e Trey si fa una risata nasale.

"Non c'ero lo scorso fine settimana per conoscerla di persona, però ho visto delle foto e sì, è bellissima", risponde Ruby. "Ma decisamente fuori dalla tua portata".

Sbuffo, ma la conversazione si interrompe quando una Ford Super Duty che traina un rimorchio per cavalli si avvicina alla scuderia dal vialetto sterrato. Ero talmente preso dal fatto che Noah mi avesse chiesto aiuto che mi sono dimenticato pure di chiederle chi è questa Ellie.

"Eccola. Sii *professionale*, Landen", dice mia sorella.

Aggrotto le sopracciglia. "Cosa significa?"

Si schiarisce la gola, guardandomi con la coda dell'occhio. "Copriti la maglietta!"

Non so come si aspetta che lo faccia senza incrociare le braccia e assomigliare a un armadio tutto muscoli. Ma non ho tempo per trovare una soluzione perché tre persone scendono dal veicolo e Noah le accoglie con abbracci e sorrisi.

A prima vista, noto che Ellie ha una corporatura molto minuta e i suoi pantaloncini corti mettono in mostra gambe lunghe e snelle. Non mi sorprende che sia rapida a cavallo e che probabilmente voli attorno ai barili. Lo so che le dimensioni non contano, però di certo non fa male alla velocità essere più bassottini.

I suoi capelli biondi mossi e selvaggi le arrivano sotto le spalle, e sembra che abbia passato diverse volte le dita tra le ciocche.

Quando abbasso lo sguardo sugli stivali da cowboy rosa, il mio cuore e lo stomaco fanno una strana capriola palpitante – un qualcosa che è successo soltanto una volta, secoli fa – e, sebbene sia una sensazione sconosciuta, sono piuttosto sicuro che lei ne sia la causa.

Ma non so perché.

Ruby e Trey rimangono accanto a me, in attesa che Noah ci presenti.

"Che creaturina carina!" mormora Ruby.

"Chissà perché sta guardando Landen come se volesse ucciderlo…" Trey ridacchia.

"Già… Che cos'hai fatto?" Ruby mi dà una gomitata.

"Non l'ho mai vista prima", ribatto, e poi ricordo di incrociare le braccia sul petto per coprire la scritta sulla maglietta come meglio posso. Ucciderò Wilder per aver scelto proprio questa tra tutte quelle che ho nell'armadio.

Sono piuttosto certo che l'abbia fatto di proposito.

E forse dovrei uccidere anche Noah per non avermi avvisato, così che prima potessi andare a casa a cambiarmi.

"Sei sicuro? Ha la faccia di una donna che è stata offesa". Ruby ridacchia.

Abbasso le braccia quando le do una spintarella perché adora rompermi le palle.

"Vi presento i miei garzoni e mio fratello", dice Noah, portandoli finalmente da noi per farceli conoscere.

I genitori di Ellie camminano dietro di lei e, non appena i loro occhi si posano sulla mia maglietta, i loro sorrisi si spengono.

Merda! Sollevo di nuovo le braccia per coprire il testo. Avrei dovuto metterla al rovescio, ma mi sono distratto nel momento stesso in cui ho visto Ellie.

"Loro sono Ruby e Trey. Puliscono i box, danno da mangiare e da bere ai cavalli in pensione e mi aiutano anche a sellarli. Probabilmente li vedrai spesso, quando sarai qui".

Mentre scambiano convenevoli con Ellie e i suoi genitori, io la studio per capire se ci siamo già visti prima, ma non mi viene in mente nulla. Non sembra nemmeno abbastanza grande per entrare in un bar e, se ci fossimo conosciuti a un rodeo o in realtà da qualunque altra parte, ricorderei quegli occhi azzurri luminosi. Ma, comunque, lei mi fissa come se l'avessi insultata o le avessi fatto un torto.

"Lui è uno dei miei fratelli maggiori, Landen. Ci aiuterà con l'addestramento", dice Noah ad Ellie.

Le porgo la mano per dirle che è un piacere conoscerla, però la ignora. Invece, le sue sopracciglia schizzano verso l'alto mentre un'ondata di panico le passa sul bellissimo volto.

Poi sposta rapidamente lo sguardo su Noah. "Pensavo che avrei lavorato solo con te".

"Principalmente, sì. Ma, dato che mancano solo tre mesi alla fine della stagione, ci faranno comodo un paio di occhi in più per l'addestramento e per far conoscere il tuo nome prima dell'anno prossimo. Lui è bravo a cogliere gli aspetti problematici e conosce l'ambiente del *barrel racing* da anni. Non ci sarà per ogni sessione; solo quando avrò bisogno di un secondo parere".

Finalmente gli occhi di Ellie incrociano i miei, gelidi come ghiaccio. "Oh".

Sua madre le tocca la spalla e la stringe. "Se è per il bene tuo e di Ranger, avere più aiuto ed esperienza è una buona cosa".

Anche se Ellie sembra tesa e pronta a mettersi a discutere, dopo le parole di sua madre rilascia un breve sospiro.

"Allora non dovrebbe essere un problema". Ellie abbassa lo sguardo sulla mia maglietta e mi ricordo di incrociare di nuovo le braccia.

Beh, è stato terribilmente strano.

Non mi conosce neanche e prova già rancore nei miei confronti.

Ma per quale cavolo di motivo?

Quando guardo suo padre, noto che mi sta fissando con aria severa come se fossi un teppistello che parla con la figlia per la prima volta. Non uno che la sta aiutando.

"Entriamo nella scuderia per fare un giro, così vi mostro la nuova casa di Ranger". Noah fa cenno verso le grandi porte, e io rimango imbambolato e confuso.

"Merda… non piaci a nessuno di loro". Ruby ridacchia.

"Quindi non l'ho notato solo io?" chiedo con un tono impassibile.

Si fa una risatina, scoccando un'altra occhiata alla mia maglietta. "Scommetto che ai suoi non è piaciuto il tuo look, però non capisco perché Ellie ti stesse guardando disgustata".

"Quanto devi essere conservatore per sentirti così tanto insultato da una maglietta? Cioè, eddai…" Afferro l'orlo e tiro il tessuto, leggendola di nuovo al contrario. "Non è nemmeno mia, però è come minimo esilarante. Sarebbe stata il modo perfetto per rompere il ghiaccio, se Ellie non avesse provato a farmi esplodere la testa con i suoi occhi da diavolo".

Ruby si fa una grossa risata. "Pagherei per vedere la scena".

"Forse hanno saputo della tua *reputazione* e non vogliono essere associati a te", suggerisce Trey.

"Quale reputazione?" chiedo, risentito. "Che sono un gran lavoratore, che aiuto al ranch di famiglia da quando ho cinque anni o che lavoro sessanta ore alla settimana? Già, accidenti! Proprio una reputazione da disapprovare!" Alzo gli occhi al cielo perché adesso sono proprio infastidito dall'accusa che abbia fatto qualcosa per farla incazzare, quando non l'avevo nemmeno mai vista prima di due minuti fa.

"Probabilmente che sei un playboy e non vogliono che ti avvicini alla loro preziosa cavallerizza". Ruby mi ficca un dito nel fianco. "Qualunque cosa sia, io non proverei in nessun modo a darle fastidio. C'è in ballo anche la reputazione di Noah".

Sbuffo perché Noah è una santa agli occhi di tutti e non ha nulla di cui preoccuparsi. Potrebbe portarsi a casa un uomo del doppio dei suoi anni e nessuno batterebbe ciglio.

"Per caso ha una sorella maggiore che ti sei portato a letto e che poi hai ignorato?" mi chiede Trey.

"Non credo…" Faccio spallucce, ma, onestamente, è l'unica cosa che avrebbe senso.

"Aspetta… Credo sia figlia unica. Sono piuttosto sicura che Noah mi abbia detto così, quando le ho chiesto se ha un fratello maggiore bono", afferma Ruby.

Beh, merda, fanculo quella teoria!

"Ma tu e Nash non avete festeggiato i vostri sei mesi insieme a Willow Branch Mountain giusto lo scorso weekend?" chiedo, dato che sono stato io a consigliarle il posto. Non ci vado da un sacco di tempo, però so che è ancora una meta ambita dalle coppie.

"Sì, ma questo non significa che sono vincolata. Posso comunque guardarmi intorno", si difende.

Faccio una risata nasale. "E poi sarei *io* quello con la reputazione da playboy?"

Passano dieci minuti prima che Noah ritorni con Ellie, e mi chiede di aiutare a scaricare Ranger mentre lei sbriga le pratiche con i genitori della ragazza.

Seguo Ellie fino al retro del suo rimorchio, ammirando ogni centimetro del suo corpo e, quando si gira di scatto, le sto ancora guardando il sedere.

"Se potessi tenere il tuo sguardo indiscreto lontano da me e comportarti in modo professionale, lo apprezzerei. Non pago duemila dollari al mese per essere mangiata con gli occhi. Specialmente non da te".

L'impulso di ridere mi fa tremare gli angoli delle labbra perché questa è la prima volta che una donna mi chiede di *non* guardarla.

"Chi lo dice che ti sto mangiando con gli occhi?"

"Perché ho due occhi e con questi ho visto che mi stavi guardando il culo".

"È un bel culo". Faccio spallucce perché non riesco neanche a negarlo, ma, accidenti, è stizzita come se lo avessi toccato o chissà cosa.

"In ogni caso, non sono qui perché tu ti rifaccia gli occhi, e apprezzerei se non mi sessualizzassi".

Faccio un paio di passi indietro come se mi avesse dato una sberla. "Ehi, ehi, ehi. Non sto facendo nulla di simile. Ti ho soltanto guardato il culo e ti ho fatto un complimento. Non significa che stavo pensando a te in quel senso".

"Oh, quindi guardi il culo a tutti?" Incrocia le braccia e spinge un fianco in fuori. "Anche la maglietta ha un bel po' di implicazioni sessuali".

"È una *battuta*. E non è nemmeno mia. Ma, comunque, non sta mica costringendo te o qualcun altro a sedersi *letteralmente* sulla mia faccia".

Non che le donne non l'abbiano fatto, ma non ho mai dovuto *costringerle*.

Trey deve aver sentito la nostra conversazione imbarazzante perché arriva al momento giusto e salva il *mio* culo.

"A me lo guarda sempre", afferma Trey. "L'hai visto?"

Trey fa una giravolta e sfoggia i jeans Wrangler aderenti, che mettono in mostra il sedere.

Questa storia è diventata ancora più strana, cazzo!

Ellie storce il naso e aggrotta le sopracciglia, infastidita. Non è affatto divertita.

"Ignorali". Ruby si avvicina, facendosi spazio tra me e Trey.

"Una cosa che impari stando qui regolarmente è che questi cowboy sono… beh, un tantino squilibrati. Lavorano turni di dodici ore, di solito hanno i postumi della sbornia e il più delle volte non hanno filtri o buon senso. L'unico modo per sopravvivere avendoli attorno è imparare a ignorare la loro stupidità.

Non so se dovrei sentirmi offeso o batterle il cinque. In ogni caso, Ellie non le dà corda.

"Preferirei essere lasciata in pace per potermi allenare e lavorare", dice. "Non sono qui per spassarmela.

"Capisco perfettamente". Ruby le sorride, ma, quando si gira a guardarmi, mi fissa assottigliando lo sguardo. "Ti aiuto io a portare Ranger al suo box".

Io e Trey ci facciamo da parte per permettere a Ruby ed Ellie di farlo uscire. Ha un meraviglioso manto color cioccolato con del bianco sul muso.

"Mamma mia, *non* le piaci proprio!" osserva Trey mentre seguiamo le ragazze nelle scuderie. "L'hai offesa ancora prima di dire una parola".

"È un mio nuovo record".

Quando Ranger è nel suo box ed Ellie ha raggiunto i suoi genitori nell'ufficio di Noah, mi appoggio alla porta e lascio che il cavallo mi annusi. Mi vedrà spesso; quindi è meglio che si abitui adesso alla mia presenza prima che io inizi a lavorare con loro.

"Perlomeno a lui piaci". Ruby è accanto a me; poi si sporge più vicina, abbassando la voce. "È la ragazza di città più rigida che abbia mai conosciuto. Ti conviene starle lontano".

"Io non la chiamerei "una ragazza di città"".

"Sarà anche una cavallerizza di *barrel racing,* però non ha mai vissuto in un ranch", precisa.

"Nemmeno tu", le ricordo.

"Lavoro qui sin dall'estate dopo le superiori; quindi conta qualcosa".

Ridacchio perché Ruby ha la stessa età di Noah e si è diplomata solo pochi anni fa.

"Allarme rosso…" mormora Trey mentre ci supera. Dietro di lui ci sono Noah, Ellie e i suoi genitori, e stanno camminando proprio verso di me.

"Allora, ho messo a punto tutti i dettagli per Ellie e Ranger. L'addestramento ufficiale comincerà lunedì con una sessione giornaliera fino al venerdì, tranne quando loro sono in viaggio. Io ci lavorerò per un po' nel paddock tutte le mattine e, quando Ellie arriva, lo portiamo al centro di addestramento e posizioniamo i barili".

"Quando vuoi che venga a osservare?" chiedo, sforzandomi di *non* spostare lo sguardo verso Ellie.

"Giusto un paio di volte alla settimana, per ora".

Annuisco. "D'accordo".

"Non vediamo l'ora di vedere i suoi progressi", dice la madre di Ellie.

"È in buone mani", le garantisco, e, dato che è l'unica che non mi ha guardato male, sorrido per darle un'ulteriore rassicurazione.

Noah li porta fuori, verso il loro pick-up, e io mi chiedo in cosa diavolo sia andato a cacciarmi.

Continuo ad accarezzare Ranger, apprezzando il fatto che lui non mi stia dando problemi, almeno non ancora. Magari può mettere una buona parola per me con la proprietaria.

Noah ritorna pochi minuti dopo e mi dà una sberla sulla testa.

"Ma che cavolo fai?" Massaggio il punto che ha colpito.

"Qualunque cosa tu stia pensando, smettila. Ellie è off-limit".

"Chi ha detto che…"

"È concentrata sulla sua carriera e troppo determinata ad avere successo per farsi abbindolare. Non sta cercando un'avventura che la distragga dal suo obbiettivo. E poi, ha sei anni in meno di te, ha appena finito le superiori. Quindi tienitelo nei pantaloni".

"Sappi che è tutto bello dentro i pantaloni".

"Bene, che ci resti". Poi abbassa di nuovo lo sguardo sulla mia maglietta. "Vai a cambiarti. Sei ridicolo".

Se ne va a passo pesante prima che possa chiederle perché mi ha fatto il terzo grado, ma, se conosco mia sorella tanto bene quanto penso, lei presuppone che vada dietro a tutte le belle donne che incontro.

Ma si sbaglia di grosso, perché Ellie ha messo bene in chiaro che preferirebbe investirmi con il cavallo, piuttosto che avermi vicino.

Però non riesco proprio a capirne il motivo.

Capitolo Tre

Ellie

"Ho l'impressione che siamo partiti con il piede sbagliato e, in nome della professionalità e dato che devo aiutarti nell'addestramento, ricominciamo da capo".

La mia schiena si irrigidisce come una tavola quando sento la voce profonda e riconoscibile alle mie spalle.

Speravo che oggi non avrei dovuto vederlo e mi sono perfino nascosta nel box per la toelettatura con Ranger. Ma questo dimostra che la fortuna non è sempre dalla mia parte.

Con riluttanza, mi giro e mi ritrovo davanti la sua faccia stupidamente bella e l'espressione compiaciuta. Non è un segreto che sia un ragazzo attraente, con un fascino evidente, però il mio corpo e il mio cuore non provano altro che rabbia per lui.

Non appena nota che ho abbassato lo sguardo sul suo fisico muscoloso, un angolo delle sue labbra si incurva in un sorrisetto soddisfatto. Poi mi porge la mano e, senza aspettare che gliela stringa, continua: "Ciao, sono Landen Hollis. Piacere di conoscerti".

Ignoro i suoi convenevoli e mi porto le braccia dietro la schiena. "Perlomeno oggi sei vestito normalmente".

Si guarda gli stivali da lavoro rovinati, i jeans sporchi e la maglietta grigia con sopra il logo del ranch della sua famiglia. "Mi hai beccato in una mattinata difficile, l'altro giorno. Non è stata la prima impressione migliore che potessi fare, te lo concedo".

Non c'era bisogno che conoscessi Landen di persona per sapere che non mi piace.

Ho passato gli ultimi sette anni della mia vita a disprezzare la sua stessa esistenza.

E a desiderare in segreto che il karma gli si ritorcesse contro il prima possibile.

"Come ho già detto, sono qui per allenarmi. Non c'è bisogno di fare gli amiconi".

Inclina la testa di lato come un cagnolino confuso, e di fronte a quest'immagine quasi scoppio a ridere. Ma poi lui penserebbe che mi piace, e il suo ego mi sta già soffocando; quindi mi mordo l'interno della guancia per fermarmi.

Assottiglia lo sguardo. "Perché non possiamo essere amici?"

"Non ne vedo il senso".

"Conoscenti?" chiede, inarcando un sopracciglio.

"Perché?"

La ruga tra le sue sopracciglia si intensifica, come se non riuscisse a spiegarsi perché una donna dovrebbe mai rifiutare la sua presenza. "Perché ci vedremo spesso. Non lavorerò soltanto sulla tecnica di Ranger, ma cercherò di migliorare anche la tua. Di solito sono in buoni rapporti con il cavaliere che alleno e preferisco conoscerlo un po', prima di cominciare. Ci aiuta a creare un rapporto di fiducia".

"Beh, se è quello di cui hai bisogno per svolgere

correttamente il tuo lavoro, allora suppongo che tu non sia poi chissà quanto bravo".

Trasalisce come se gli avessi dato un ceffone in faccia. "Sei…" Scuote la testa come per cancellare le parole che vorrebbe dire a voce alta. "Una bella gatta da pelare, eh?"

"Nella vita non può essere tutto facile, no?" Con un sorrisetto infido, mi giro di nuovo e continuo a spazzolare Ranger.

Prima che se ne vada, giuro di averlo sentito imprecare sottovoce, e sorrido tra me e me.

Bene. Forse adesso mi lascerà in pace.

E invece no.

Ma è da due anni che sogno di lavorare con un'addestratrice professionista come Noah. Mi ci è voluto quasi tutto questo tempo per scalare la sua lista di attesa; quindi non permetterò che suo fratello mi impedisca di ottenere ciò che voglio. Se devo sopportarlo per avanzare nella mia carriera, allora per il momento me ne farò una ragione.

Però non pensavo che lui sarebbe stato così coinvolto e insistente.

O stupidamente attraente.

Ma il suo bell'aspetto non ha importanza, quando l'impulso di allontanarmi il più possibile da lui è più forte di tutto il resto.

Un altro giorno di esercizi significa un altro giorno di Landen che prova a fare battute o a farmi ridere.

Non funzionerà.

Dopo essere riuscita a evitare Landen nelle due settimane in cui sono venuta qui, oggi sono bloccata da sola con lui.

E, anche se non sa da dove derivi la mia avversione nei suoi confronti, né si ricorda di avermi conosciuta anni fa, il fatto che continui a farmi notare ogni mia minima imprecisione non fa altro che incoraggiarmi a odiarlo di più.

"Smetti di afflosciare le spalle quando giri", mi dice. "Tieni i fianchi troppo angolati".

"Non è vero!" rispondo, tenendo i pugni ben stretti intorno alle redini per non essere tentata di balzare giù da Ranger e usarli contro di lui. Mi sta col fiato sul collo da un'ora, mentre Noah si sta occupando di un problema inaspettato.

Si erge alto e sicuro di sé, presuntuoso come sempre. "Ti sei spostata troppo presto e Ranger si è mosso lateralmente. Sposta leggermente il bacino, in modo da essere quasi seduta sulle tasche posteriori: ti aiuterà a correggere quest'abitudine".

"Il mio bacino è nella giusta angolazione. Ho i fianchi stretti", gli dico.

Un angolo delle sue labbra si solleva leggermente, e so che nella sua mente sta vorticando un commento inappropriato che vorrebbe disperatamente uscire.

Fa spallucce senza alcun rimorso, come se non mi credesse. "Non dal mio punto di vista. Abbassi la spalla sinistra al secondo barile".

"È quella più debole", ammetto. "L'ho lussata cadendo male da Ranger circa sei mesi fa. Brutta storia".

"Hai fatto fisioterapia?"

"Qualche volta, ma non mi fa male. Solo che ogni tanto esce di nuovo".

Aggrotta le sopracciglia, e so che sto per ricevere un'altra ramanzina.

"Scendi e vieni qui", mi ordina, e odio il modo in cui la sua voce profonda e roca mi fa finire in uno stato di trance in cui eseguo i suoi ordini senza pensarci due volte.

Un'altra ragione per detestarlo.

Lego le redini di Ranger a uno dei pali e vado da Landen.

Dato che il centro di addestramento è gigantesco, c'è una marea di spazio per esercitarsi e allenarsi, ma, non appena mi fermo di fronte a lui, sembra chiudersi attorno a noi.

"Posso toccarti il braccio?" chiede.

Sospiro. "Se proprio devi".

Sogghigna, poi mi fa cenno di voltarmi. Non appena lo faccio, mi prende il gomito e distende il braccio. "Ti fa male?" chiede mentre affonda le dita nella scapola.

"Non più di quanto non faccia di solito quando il figlio di Satana mi sta vicino".

Ridacchia, poi si china sul mio orecchio. "Oh, piccola, attenta con questo linguaggio sporco. Il mio cuore ha appena avuto le palpitazioni".

"Mi sa che hai un soffio cardiaco. Dovresti fartelo controllare, prima di morire di colpo".

"Ti piacerebbe, eh? Però dubito che troverebbero qualcosa. Fa i capricci soltanto quando ci sei tu".

Sbuffo, ma non in modo ironico. Piuttosto, sono incredula che non abbia colto il messaggio che non lo sopporto. "E questa battuta di abbordaggio di solito funziona?"

Rimane in silenzio per qualche istante prima di emettere un lungo sospiro. "Non era una *battuta*, Diavoletta".

È la seconda volta questa settimana che mi chiama così, e non oso chiedergliene il motivo. Probabilmente non mi sono fatta un favore chiamandolo "figlio di Satana", però *io* ero seria. Per lui *Diavoletta* è come se fosse un nomignolo carino.

Solleva il mio braccio e poi lo muove avanti e indietro. "Dovresti cominciare a fare stretching ogni giorno per provare a eliminare questo scricchiolio. Devi rafforzare la spalla, così non sarai tentata di abbassarla".

"Noah mi fa già correre cinque chilometri al giorno. Sono sicura che col tempo si rafforzerà".

"Ti recupero un tutore per la spalla da indossare durante gli allenamenti e ti stampo una lista di esercizi da fare a casa. Più ci lavori adesso, meglio sarà durante le gare".

Invece di mettermi a discutere, rimango in silenzio. La sua proposta è alquanto dolce, ma dovrà far freddo all'inferno prima che lo ammetta a voce alta. Sta soltanto facendo il suo lavoro e, finché la cosa mi aiuterà a lungo termine, non mi opporrò.

Continua a tastarmi la schiena e il braccio, ma, più tempo resta in silenzio, più mi dimentico quanto lo odio.

"Hai finito?" chiedo.

Mi lascia andare, ma non senza un'ultima stretta. "Di solito le ragazze non si lamentano quando le tocco. Anzi…" Si china finché il suo respiro non mi sfiora il collo. "Mi supplicano di non fermarmi".

Quando mi volto, trovo il suo sorrisetto presuntuoso. "E io sospetto che quelle donne poi si pentano di aver preferito la comodità alla personalità".

Prova a nascondere la sua reazione passandosi una mano sulla barbetta, come se stesse riflettendo su come gestirmi.

Bene. Prima capisce che non sono qui a lusingare il suo ego, meglio è per entrambi.

Si lecca le labbra. "Se continui a trattarmi male, potrei innamorarmi di te".

Storco il naso per il commento inaspettato. "È questo che ti piace? Farti umiliare dalle donne?"

"Per il momento, soltanto quando lo fai tu. E comincio a pensare che lo senta pure tu".

Allargo le narici, infastidita dalle avances indesiderate. *È delirante, cazzo!*

"Sei insopportabile, e l'unica cosa che proverò mai per te è *odio*. Se credi che stia flirtando con te, allora devi farti dare una controllata alla testa. Avrai qualche crepa. Questo spiegherebbe la mancanza d'ossigeno lì dentro".

Si sbatte una mano sul cuore. "Attenta! Più dici che non ti piaccio, più profondamente mi innamoro". Le sue labbra si incurvano nel sorrisetto più arrogante che abbia mai visto. "Innamorati di me, che ne dici?"

Incrociando le braccia, imito il suo ghigno. "Preferirei buttarmi da un aereo senza paracadute".

"Vedo che voi due andate ancora d'accordo…" canticchia Noah mentre ci viene incontro. "Sono arrivata troppo tardi? C'è già stato il primo pugno?"

"È lei quella che mi usa come sacco da box", dice Landen, spostando lo sguardo da Noah a me. "Ma non è nulla che non sappia gestire".

"Grandioso!" Noah sorride, con gli occhi luminosi. "Allora non ti dispiacerà prendere il mio posto per gli ultimi dieci minuti di allenamento per farmi vedere com'è andata, vero?"

"Con piacere". Landen agita la mano, con un'espressione d'intesa sul volto. "Vai pure, Diavoletta".

Storco il naso per l'irritante soprannome, ma non voglio litigare di fronte a Noah. Il rispetto che nutro verso di lei supera la rabbia per il fratello; quindi, senza dire una parola, recupero Ranger e monto in sella.

Landen prende il timer e, mentre Ranger trotta lungo il corridoio improvvisato, percepisco i suoi occhi penetranti addosso. Non ho idea del perché sia così determinato a provarci con me, ma è come se non ci fosse nulla che io possa dire per fargli capire che non sto solo facendo la difficile.

Non ci penserei due volte a metterlo sotto con il mio rimorchio, se sapessi che non verrei scoperta.

Con quel cervello delirante che ha, probabilmente scambierebbe il mio tentativo di omicidio per i preliminari.

"D'accordo, Ranger. Facciamo vedere a Noah cosa sappiamo fare". Schiocco la lingua, e poi gli do un colpetto con il piede.

Si precipita in avanti e mira dritto al primo barile. Non appena aggiriamo il secondo, mi concentro sulla mia tecnica perché lui non si muova lateralmente e, per fortuna, ci gira intorno alla perfezione.

"Sì, *vai, vai, vai!*" Le mie gambe sobbalzano contro di lui, però gli stivali riescono a rimanere fissi nelle staffe. Ci muoviamo attorno al terzo barile, stando un po' più larghi di quanto avrei voluto, però è comunque una buona posizione per tornare al punto di partenza.

"Corri, corri!"

Non appena Landen dichiara concluso il giro, butto fuori un respiro e tiro le redini per rallentare.

"Fiuu, sei proprio bravo". Accarezzo Ranger sul collo.

Quando lo faccio girare verso Noah, la vedo entusiasta.

"Quindici punto nove cinque uno", annuncia Landen. "Niente male. Hai perso due microsecondi sul terzo barile".

Il modo in cui pronuncia quelle parole smorza il mio entusiasmo.

"Già, ci lavoreremo", dice Noah mentre passo la gamba sopra la sella e balzo giù. "Però hai cavalcato bene e dritta. La respirazione sta migliorando. Vedo che l'attività fisica sta dando i suoi frutti".

Attività fisica è un termine un po' approssimativo per definire la corsa e i jumping jacks che faccio tutte le mattine, però non lo ammetterò.

"Dovresti provare a cantare".

Le parole di Landen attirano la mia attenzione e quella di Noah. Aggrotto le sopracciglia, confusa.

Dopo aver legato Ranger, mi avvicino. "Hai detto *cantare*?"

"Ti aiuterebbe a lavorare sulla respirazione mentre corri. Miglioreresti più in fretta la resistenza", spiega. "Dopo un po', ti sembrerà di non fare fatica durante le gare".

"Certo che ne sai proprio tanto di resistenza e respirazione…" Incrocio le braccia, poi sollevo un sopracciglio. "C'è qualche motivo sporco dietro?"

Landen mi fa l'occhiolino, poi si lecca le labbra.

Che schifo!

"Non è una cattiva idea". Noah mi indica, ignorando il commento che ho fatto a Landen. "Taylor Swift correva per tre ore e mezza mentre cantava, per prepararsi al tour. Scommetto che ti aiuterebbe anche con l'ansia".

"Così, più sei calma, più Ranger seguirà la tua guida e i tuoi ordini", aggiunge Landen.

Sbatto gli occhi, incredula. "Volete che *canti* mentre corro per cinque chilometri?"

"Non devi mica essere intonata". Noah ridacchia. "Fallo finché ci riesci e ogni giorno punta a resistere un pochino di più".

"Se può essere d'aiuto, vengo a correre con te". Landen fa un sorrisetto. "Faccio da corista".

No, grazie.

Assottiglio gli occhi. "Per quanto sia allettante l'idea di te che mi stalkeri mentre corro, preferirei decisamente farlo da sola".

"E, se ti servono idee per le canzoni, il suo album *Reputation* ti darà la carica". Noah fa un sorrisetto prima di prendere la sua cartellina per segnare il mio tempo. Sta tenendo traccia dei miei progressi e prende appunti dopo ogni lezione.

Quando lancio un'occhiata a Landen, mi sta scoccando un

sorrisetto, che imito con uno falso. "Buona idea. Sento una connessione con la sua canzone *Look What You Made Me Do* e potrei cantarla a ripetizione".

Noah scoppia in una risata. "Ricordami che devo presentarti la mia cuginetta Mallory, uno di questi giorni. Ha undici anni ed è ossessionata dalla sua musica. Ha perfino chiamato il suo cavallo Taylor Alison Swift e conosce a memoria tutti i testi".

La notizia mi strappa il mio primo sorriso genuino della giornata. "Sembra il tipo di ragazza che mi piace".

"Io e Magnolia organizziamo un pigiama party con Mallory una volta al mese, nel weekend, e ascoltiamo a tutto volume la sua musica mentre cuciniamo dolci e facciamo trattamenti al viso. Dovrai unirti a noi, una volta".

"Sembra divertente", dico con onestà, però la sua proposta mi riporta immediatamente a quando avevo l'età di Mallory e passavo le sere a guardare film horror con mia cugina più grande. Non ho più fatto un pigiama party da quando mi è stata portata via.

I ricordi felici che ho con lei mi aiutano a superare i momenti difficili, quando la mia salute mentale non è al massimo.

"Perché io non vengo mai invitato?" Il sussulto esagerato di Landen mi fa alzare gli occhi al cielo.

"Perché non sei né una donna né un fan di Taylor Swift", lo informa Noah, dandogli una pacca sulla spalla. "Dubito che batterebbe le serate in cui ti fai rubare i vestiti da ragazze *insoddisfatte*".

Landen rimane a bocca aperta, come se non si fosse aspettato l'accusa della sorella. Noah fa una risatina mentre si allontana, lasciandomi *di nuovo* da sola con lui.

Rimango di fronte a Landen e mi porto le braccia dietro la schiena. "Imbronciato. Il tuo look migliore".

Si china, imitando la mia posa. "Gongolante… non è il tuo".

"Buffo che pensi che la tua opinione conti qualcosa per me".

Landen serra la mascella e indietreggia. "Il tuo atteggiamento diventerà un problema, se ti aspetti che continui ad aiutarti".

"Correzione: *tu* hai un problema con il mio atteggiamento, e questo è un *tuo* problema, non mio. Inoltre, non ho mai chiesto il tuo aiuto. Io e Ranger ce la caveremmo benissimo con Noah".

Per la prima volta da quando si è infilato nella sessione di allenamento, un'ora fa, e mi ha rovinato la giornata, solleva il berretto da baseball tenuto al contrario e passa le dita tra i folti capelli castani.

Deglutisco per il modo intenso in cui tiene lo sguardo puntato su di me mentre lo fa. Poi se lo riposa sulla testa ed elimina la distanza tra di noi, chinandosi fino a invadere il mio spazio personale.

"Ci vediamo domattina alle sette. Porta le scarpe da corsa e prepara la voce per cantare".

Se ne va prima che possa dirgli in faccia che ha perso la ragione. Ma se Landen Hollis crede di poter continuare a fare irruzione nella mia vita, dopo che ho cercato di fargli capire in modo poco velato che lo odio, allora non gli renderò facile starmi intorno.

Anzi, arriverà a desiderare di non avermi mai conosciuta.

Capitolo Quattro
Landen

PRESENTE
QUATTRO ANNI DOPO

Vorrei non aver mai conosciuto Ellie Donovan.

Non è vero.

Beh, forse sì, forse no. Dipende dal giorno.

La conosco da anni, ma quella donna non è altro che un completo mistero.

È spietata, sgarbata e assolutamente cattiva.

Ma solo con me. Si comporta in modo quasi cortese con tutti gli altri.

E non ho la più pallida idea del perché.

Ce l'ha con me sin dal giorno in cui ci hanno presentati, anche se non sono mai stato altro che gentile nei suoi confronti. Cavolo, ho corso con lei cinque giorni alla settimana per tre mesi! Il tutto mentre la ascoltavo cantare canzoni di Taylor Swift e lei mi ignorava.

Nemmeno una volta, durante le nostre corse, mi ha rivolto la parola o ringraziato per averla accompagnata nel caso fosse svenuta o avesse avuto bisogno di incoraggiamento. Però mi faceva tenere la sua bottiglietta d'acqua. E, come il fesso che sono, gliela passavo ogni volta che tendeva la mano per chiedermela.

Ero praticamente il suo compagno di corsa-maggiordomo. L'unica cosa che mancava era che mi inginocchiassi ai suoi piedi e intonassi *Lunga vita alla regina*.

Si è qualificata per le finali nazionali dopo il suo primo anno completo e si è posizionata al terzo posto dopo la competizione di dieci giorni consecutivi, ma non si è portata a casa la vittoria. In generale, credo che per lei sia stata un'ottima esperienza, dopo aver vinto il campionato regionale sud-orientale. Una volta cominciata la stagione successiva, ha continuato a viaggiare a intermittenza per dieci mesi, e io sono andato a qualche rodeo, insieme a Noah, per vederla gareggiare agli eventi del circuito professionistico locale.

Adesso è al suo quarto anno e si sta allenando più duramente che mai per conquistare il primo posto alle finali nazionali. Negli ultimi anni è rimasta costantemente sul podio, perdendo però quello più alto per pochi, miseri secondi. Da allora, ha ottenuto più visibilità e opportunità di sponsorizzazione; il che ha contribuito a far conoscere maggiormente il suo nome.

È impossibile passeggiare in centro senza vedere un poster o uno striscione di Ellie e Ranger appesi alle vetrine di diverse piccole attività. Ogni bambina che vedo sotto i dodici anni indossa un cappello da cowboy rosa scintillante per supportare la sua cavallerizza locale preferita: tutte cose che me la ricordano, maledizione!

È una cazzo di tortura.

Non la vedo spesso di persona, soltanto tra una gara e l'altra, quando viene ad allenarsi. Anche quando è qui, la sua avversione nei miei confronti sembra non essere mai svanita; il che ci porta a oggi.

Vorrei non averla mai conosciuta.

Perché, perfino dopo tutto questo tempo e nonostante l'evidente odio che nutre verso di me, ogni volta che la vedo il mio cuore reagisce allo stesso modo. E la cosa mi fa incazzare da morire.

Perfino quando si comporta in modo quasi gentile, divento subito sospettoso.

L'estate scorsa, l'ho incontrata mentre usciva con Clara – una delle sue amiche dell'organizzazione giovanile – dalla gelateria Millie's Ice Cream Shoppe. Mi sono fermato un attimo a salutare, e l'altra mi ha riconosciuto, avendomi già visto al ranch. Quindi, dopo averci flirtato costantemente per qualche minuto, le ho chiesto il numero.

Ellie ha sorriso a Clara come se appoggiasse pienamente l'idea e non mi ha scoccato nessuna occhiata omicida; quindi ho pensato non ci fossero problemi. Ci siamo organizzati per quel fine settimana e, dato che Ellie aveva una gara, alla fine sono uscito con Clara.

Ci siamo divertiti e sembrava che avessimo diverse cose in comune. Ma poi, dopo la gara di Ellie, quando siamo andati a farle le congratulazioni per la vittoria, ha praticamente ignorato non solo me, cosa comunque normale, ma anche la sua amica. Quindi ho capito subito che non gradiva la nostra presenza. Dato che io ero già sulla sua lista nera e non volevo rovinare il rapporto tra lei e la sua amica, non ho chiesto a Clara di uscire una seconda volta.

Il weekend successivo, mi sono ubriacato al Twisted Bull e mi sono portato a casa una tipa. Non è stato il mio momento migliore, e dopo mi sono sentito una merda. Ma il mattino seguente, con i postumi della sbornia, sono uscito di casa e ho trovato un coltello conficcato in una ruota del pick-up. Erano state squarciate tutte.

Sono andato alla scuderia con la moto da cross e, quando Ellie ha visto il coltello che tenevo in mano, ha sfoderato un enorme sorriso. Prima ancora che potessi chiederle delucidazioni, mi ha *ringraziato* per averglielo riportato. Il fatto che avesse ammesso il crimine così apertamente mi ha scioccato al punto che non sono riuscito nemmeno a mettere insieme qualche parola per chiederle che accidenti di problema avesse o perché si fosse comportata in quel modo.

Forse perché ero uscito con la sua amica o perché mi ero portato a letto un'altra dopo averla scaricata? Non ne avevo la più pallida idea. Era un vero enigma perfino nei suoi giorni migliori.

Ma quella volta ha davvero superato il limite.

Durante le nozze di Noah e Fisher le ho chiesto di ballare, ma ha affermato di essersi rotta un dito del piede. Mi sono offerto di portarle del ghiaccio e, invece di usarlo, lo ha lasciato sul tavolo a sciogliersi. *Perché non si era rotta nessun dito.*

Dovrei dimenticarla e fuggire dall'illusione che un giorno proverà gli stessi sentimenti per me o che, perlomeno, vorrà darmi una chance. È chiaro che Ellie cova un odio unilaterale nei miei confronti. Non c'è ragione per cui dovrei essere così infatuato di lei; eppure, eccomi qui, incapace di togliermela da questa stupida testa.

Non aiuta nemmeno il fatto che sto insegnando tecniche con il lazo al mio tirocinante, Antonio – un coglioncello di quindici anni – che non la smette di parlare di lei. È già una tortura doverla vedere al ranch, e adesso mi tocca anche sentire lui che mi rompe le palle mentre la guarda allenarsi.

"*Cavolo, ce l'ha fatta!*"

"*È proprio la top*".

E poi, ogni volta che mi becca a fissarla, adora rimettermi al mio posto.

"Non credo proprio, sei troppo scarso per lei. Non hai il rizz".

"Piantala di fare il simpatico, bro. Sei troppo vecchio per lei".

Giuro su Dio, se mi chiama *bro* un'altra maledetta volta...

Figurati se un teppistello non prova a umiliarmi come se fossi un vecchietto viscido. Detesto che, a ventinove anni, mi sia trasformato in mio padre e non capisca lo slang dei giovani d'oggi.

Per molti versi, la personalità di Antonio mi ricorda la temerarietà di Tucker. Probabilmente è proprio per questo che, anche se a volte mi fa impazzire, voglio comunque spingerlo a fare del suo meglio. Tucker era intelligente e impavido, però nulla gli era stato regalato. Si era impegnato per ogni cosa che aveva.

"Credi che sei anni siano davvero chissà cosa?" gli chiedo, guardando oltre la sua testa per fissare Ellie, dall'altra parte del centro di addestramento. "Perché non è così".

Quando lo guardo di nuovo, sta facendo una faccia disgustata. "Che cringe!"

"Se vuoi saperlo, il marito di mia sorella ha ventidue anni in più di lei".

"Bleah, che schifo! Tipo che può essere suo padre!"

Non riesco nemmeno a nascondere la mia risata, al pensiero che ancora non sa che il marito di mia sorella è pure il padre del suo ex. Trovo la cosa terribilmente esilarante. Noah ha scaricato Jase e poi, tre anni dopo, l'ha fatto diventare il suo figliastro. Oh, e un fratello maggiore.

"Hanno pure avuto una bambina giusto l'anno scorso".

Rimane a bocca aperta, e io rido.

"Scommetto che ora sei anni non ti sembrano più così male, eh?"

Alza gli occhi al cielo e poi continua ad allenarsi con il manichino per il lazo. Anche se mi occupo delle operazioni di riproduzione, Noah mi ha convinto *un'altra volta* a offrire il mio aiuto all'organizzazione giovanile locale, così da dare ad alcuni di loro la possibilità di partecipare al rodeo per i ragazzi alla fiera che si terrà il prossimo weekend.

Ellie monta su Ranger dopo aver sistemato i barili e fa un giro dell'arena di fronte a noi. I suoi capelli biondi sono raccolti in trecce sotto il cappello da cowboy. Anche se di solito li lascia liberi per le gare, entrambi i look sono sexy da morire. Quando li lascia sciolti, ha dei ricci selvaggi. L'esatto opposto di lei. Ellie non saprebbe lasciarsi andare nemmeno se ne dipendesse la sua vita.

"Ciao, Ellie!" Antonio la saluta con la mano con ostentata disinvoltura, da ragazzino stracotto qual è.

"Ehi, vedo che lì procede bene". Ellie rallenta, scoccandogli uno di quei suoi sorrisetti provocanti che le ho visto fare soltanto poche volte. Mai a me, però. *Sempre a qualcun altro.*

Antonio lo prende come un segnale per potersi mettere in mostra e fa roteare la corda in aria, rischiando di colpirmi dritto in faccia, e poi la lancia sopra il manichino. Stringe il lazo e strilla un *yi-ah*.

Gli occhi di Ellie brillano con orgoglio. "Davvero incredibile! Non vedo l'ora di vederti conquistare il primo posto".

"Stai scherzando o vuoi venire sul serio?" le chiede con troppo entusiasmo.

"Certo!" Ellie sorride raggiante, sistemandosi la spallina della canottiera scivolata sul braccio. "Gareggio lì prima di partire per il rodeo di Franklin. Sarà divertente".

Il sorriso di Antonio si allarga. "Bomba!"

"Beh, buona fortuna! Io faccio qualche esercizio con Ranger per un po'".

Antonio è talmente cotto di lei che giuro che ha della bava sul mento.

Lo saluta in modo adorabile agitando le dita prima di spostare lo sguardo su di me. L'alta curva delle sue labbra si trasforma in un broncio e i grandi occhi luminosi si assottigliano non appena incrociano i miei.

Giusto per infastidirla di più, urlo: "È un piacere vederti, Ellie!" Poi le faccio l'occhiolino prima che si allontani verso l'altro lato della struttura.

Antonio ridacchia. "Mi sa che non ti fila proprio, bro".

È un eufemismo.

"Adesso chi è quello cringe, *bro*?" Alzo gli occhi al cielo e controllo l'ora. "Hai soltanto venti minuti prima che passino a prenderti; quindi resta concentrato".

Mi guarda scuotendo la testa. "Sei uno smidollato".

Che cazzo vorrebbe dire?

Mentre continua ad allenarsi, riesco a scoccare soltanto due occhiate a Ellie prima che arrivino a prendere Antonio. Guardarla ogni volta che è qui è un'ossessione di cui non riesco a liberarmi. Probabilmente sembro un maniaco, fermo a fissarla mentre si allena, però sono affascinato dal suo talento e da quanto sia riuscita a distinguersi in questi pochi anni. Anche se detesta quando interrompo le sue lezioni per dare consigli o dritte, di solito li applica comunque e alla fine la aiutano… Cosa che ovviamente odia, perché significa che avevo ragione.

"Porca… puttana!"

Muovo gli occhi sullo schermo del telefono mentre rileggo

l'allegato dell'email che ho ricevuto dalla madre di Tucker. Non ci sentiamo più spesso, però ci abbracciamo ogni volta che ci incontriamo in paese. Sapevo che vedermi non faceva altro che rattristarla, perché quando Tucker era ancora vivo mi chiamava il suo secondo figlio.

La lettera che mi ha inoltrato è dell'avvocato che ha aiutato la famiglia di Talia a vincere il processo nella causa per morte ingiusta. C'è scritto che tra un mese è prevista l'udienza per la condizionale di Angela e che, grazie alla buona condotta e alla laurea che ha preso in psicologia, potrebbero approvare la libertà vigilata. Sembra che voglia giocarsi la carta dell'*adesso sono una brava persona e posso aiutare gli altri grazie alla mia esperienza.*

Non mi importa se si è trasformata in Gesù stesso. Non merita di uscire così presto. Se dipendesse da me, non lascerebbe mai la prigione.

La madre di Tucker ha scritto nell'email che l'avvocato della famiglia di Talia suggerisce che tutti coloro che hanno testimoniato contro Angela scrivano una lettera alla commissione per la condizionale sul perché non dovrebbe essere rilasciata prima. Considerando che Tucker è morto dopo il processo, rimangono solo cinque testimoni: io, Rhett, Addie, Warren e Maisie. La commissione merita di sapere che Angela è tecnicamente responsabile della morte di due persone e che dovrebbe rimanere dietro le sbarre a scontare per intero la sua pena.

Ho sempre saputo che c'era la possibilità che potesse ottenere la libertà vigilata, però non mi ero reso conto che fossero già passati undici anni.

A volte mi sembra solo ieri il giorno in cui mi sono tuffato in quell'acqua fredda. Sento ancora l'odore dell'aria fresca di montagna mescolata ai pini. Per mesi, dopo la morte di Talia, il fragore della cascata ha tormentato i miei sogni mentre ricordavo ogni minuto di quel giorno. Perdere Tucker mi ha devastato più di quanto volessi ammettere. Ai tempi, non sono riuscito a riconoscere i miei problemi. Partecipavo in continuazione a feste, bevevo per attenuare il dolore, mi portavo a letto tipe per *dimenticare*.

Avevo intrapreso una strada pericolosa, ma poi mi sono reso conto presto che dovevo affrontare il dolore, invece di spingerlo in un angolo. Quando Tripp ha perso il suo migliore amico Billy durante il suo ultimo anno di superiori, è diventato l'ombra della persona che conoscevamo e a cui volevamo bene. L'ho visto impiegare tutte le sue energie nel lavoro. Invece di parlare dell'accaduto, affogava in silenzio nel rimorso. È successo due anni dopo che avevamo perso Talia, e sapevo di dover superare il mio dolore per aiutarlo a fare lo stesso.

Non volevo che seguisse la stessa strada sbagliata che avevo imboccato io.

Dopo il lavoro, faccio una doccia e indosso vestiti puliti; poi creo una chat di gruppo con Warren, Rhett e Addie. Parlo con mio cugino almeno una volta al mese, però non sento Rhett e Addie da un paio di anni, anche se vedo come se la passano sui social. Dopo essersi sposati, si sono trasferiti a un'ora a sud del nostro paesino e adesso hanno tre figli.

LANDEN

Avete ricevuto tutti l'email su Angela?

RHETT

La stiamo leggendo adesso.

ADDIE

Che grandissima stronzata! Scrivo subito una
lettera e mi assicuro che sappiano ogni cosa su
Angela e che genere di persona è.

Durante il processo penale, potevamo rispondere soltanto a domande sull'incidente e testimoniare sulla personalità dell'imputata, quando interrogati, ma durante la causa civile per morte ingiusta abbiamo avuto l'opportunità di parlare delle esperienze personali vissute con Talia e Angela.

La toccante testimonianza di Addie su Talia ha fatto piangere molte persone. Ha parlato di lei con così tanta grazia e gentilezza che perfino i giurati stavano per farsi sopraffare dalle emozioni. Basandosi sui molti anni di frequentazione, ha dichiarato espressamente che le azioni compiute da Angela non erano insolite per lei; dunque non ho dubbi che non si terrà dentro nulla e che non esiterà a ribadire la necessità di tenere Angela dietro le sbarre.

LANDEN

Lo penso anche io. Che sia cambiata o no,
merita di scontare tutta la pena.

La mia testimonianza girava attorno all'abuso emotivo durante la nostra relazione passata, al modo in cui riusciva sempre a manipolare gli altri per ottenere ciò che voleva, come nel caso della sua partecipazione, non richiesta, al viaggio. Ho fatto presente che la sua mancanza di autocoscienza feriva tutte le persone che aveva attorno. E, stavolta, includerò le ripercussioni delle sue azioni che hanno portato al suicidio di Tucker.

Era talmente sconvolto da non riuscire quasi a parlare

durante entrambi i processi. Guardandomi indietro, vorrei essere stato capace di dare più supporto a Tucker. Si è chiuso in se stesso, e pensavo di fare la cosa giusta lasciandogli spazio per elaborare il lutto. Sono passati nove anni da quando lo abbiamo perso, però riesco ancora a sentire la sua risata fragorosa nella testa.

WARREN

L'ho appena letta. Farò tutto il possibile per aiutarla!

Dato che Warren non conosceva molto bene né Angela né Talia, avendole viste solo poche volte durante le vacanze di primavera, la sua testimonianza si era focalizzata su ciò che aveva visto e sull'assenza di rimorso da parte di Angela dopo l'incidente.

Warren e Maisie si sono sposati dopo che lei si era laureata a New York, ma, quando Maisie ha trovato lavoro presso un'importante casa editrice, è tornata nella Grande Mela. Warren non voleva lasciare il suo paese natale, mentre lei non voleva sacrificare la sua carriera. Mio cugino non parla di lei né di tutto quello che lui ha passato, però so che quella storia l'ha rovinato. Non so nemmeno se ha più frequentato donne, dopo di lei, perché si concentra soltanto sul ranch e resort della sua famiglia.

LANDEN

Forse dovremmo vederci e scrivere una dichiarazione congiunta, per ogni evenienza. Sapete che, non appena la notizia salterà fuori, i giornalisti verranno a chiederci se abbiamo commenti.

RHETT

Non è una cattiva idea. E poi, è passato troppo
tempo dall'ultima volta che ci siamo visti.

ADDIE

Sono d'accordo!

WARREN

Sapete che quassù siete sempre i benvenuti.

RHETT

Veniamo volentieri! Aspettate che controlliamo
gli impegni e poi vi facciamo sapere.

WARREN

D'accordo!

LANDEN

Io mi organizzo per salire quando siete
disponibili voi.

Quando la conversazione finisce, scrivo al gruppo dei fratelli
e li aggiorno.

WILDER

Vuoi che seduca i membri della commissione?
Sarebbe una faticaccia, ma lo farei per la
causa.

Alzo gli occhi al cielo e scuoto la testa. Ovvio che Wilder
deve sempre causare disagio.

WAYLON

Meglio se cominciamo a mettere da parte i
soldi per la sua cauzione già da ora.

WILDER

Uh? Perché?

TRIPP

Google è gratuito, bello.

NOAH

Ma almeno lo sai da chi è formata la commissione per la condizionale?

WILDER

Ehm… un attimo.

LANDEN

Comunque sia… mentre lui usa internet, probabilmente salirò a Willow Branch Mountain tra un mese o due. Se qualcuno vuole venire con me, me lo faccia sapere, così posso dire a Warren di prenotarci un lodge.

Dato che Warren è il maggiore tra i suoi fratelli, si è fatto carico di molti dei compiti gestionali del ranch e resort. I miei zii si tengono comunque parecchio occupati con altre mansioni; però, man mano che i figli crescono, assegnano loro sempre maggiori responsabilità. Prima o poi, quando saranno pronti ad andare in pensione, lasceranno il posto ai miei cugini.

WILDER

Oh, sì! Contami.

NOAH

Dipende. Questo è il periodo in cui sono più impegnata perché viaggio con i clienti per i rodei e ho gli allenamenti. Dovrò parlarne anche con Fisher. Però mi piacerebbe venire, se posso.

TRIPP

Già, dovrò chiedere a Magnolia se vuole cercare una babysitter per Willow o portarla con noi.

Buttati con me

È già abbastanza buffo che Noah e Magnolia siano migliori amiche sin dalle elementari, ma poi Magnolia ha iniziato a uscire con Tripp un anno e mezzo fa e, poco dopo, ha scoperto di essere incinta dell'ex. Noah ha annunciato la sua gravidanza in quello stesso periodo e alla fine hanno partorito lo stesso giorno. Le bambine hanno solo dieci mesi; quindi mi fa ridere che Noah stia cercando di convincere Tripp a portare una neonata in un resort per coppie.

Anche se Willow non è la figlia biologica di Tripp, lui la ama come se lo fosse. Magnolia ha provato a lasciargli una via di fuga, però lui era determinato a restare e ad esserci per entrambe. Sono contento che finalmente si siano messi insieme, dopo anni di tira e molla. Non ho mai visto Tripp così felice come quando è diventato padre e marito.

Spero che capiti anche a me, un giorno.

Sin da quando ho conosciuto Ellie, quattro anni fa, la mia vita sentimentale è praticamente inesistente, fatta eccezione per un paio di avventure da ubriaco; quindi le probabilità che mi sposi e abbia figli nel prossimo futuro sono poche.

Però non sono ancora pronto ad arrendermi.

WILDER

Aspettate un attimo, cavolo… I membri della commissione sono tutti vecchi che svolgono vari lavori d'ufficio?

TRIPP

Congratulazioni per averlo scoperto.

WILDER

Beh, meno male che le vecchine mi amano!

WAYLON

Ti amano o ti tollerano?

NOAH

Pagherei un sacco di soldi per vederti fare un tentativo.

LANDEN

Non incoraggiarlo… Non gli servono altri incentivi.

WILDER

Adesso faccio qualche bella ricerca per scoprire chi sono le loro nipoti… Sono sicuro che riuscirò a fare magie, in un modo o nell'altro.

TRIPP

Sembra una minaccia… Dovremmo avvisarle?

NOAH

Che ne dite se nessuno commette un reato cercando di influenzare la loro decisione e lasciamo semplicemente che il sistema giudiziario faccia il suo lavoro?

LANDEN

Sempre che stavolta lo faccia…

Già, direi che dopo undici anni sono ancora pieno di rabbia. Angela meritava molti più anni di prigione. Non sarò mai soddisfatto sapendo che è colpa sua se Talia e Tucker sono morti e che non marcirà in una cella per il resto della sua patetica vita.

71

soddisfatto sapendo che è colpa sua se Talia e Tucker sono morti e che non marcirà in una cella per il resto della sua patetica vita.

Capitolo Cinque

Ellie

Se c'è una cosa che mi consente di dare il meglio di me, quella è la routine: svegliarmi alle sei, fare jogging sui sentieri fino alle sette e poi andare alle scuderie per strigliare Ranger e lavorare su alcune tecniche, prima di fare esercizio e correre. Entro mezzogiorno, Noah mi raggiunge al centro di addestramento per osservare i miei progressi e fornirmi eventuali critiche. Se ho una gara nel weekend, faccio i bagagli il giorno prima e poi preparo Ranger per il viaggio.

Sono a letto prima delle nove tutte le sere.

La chiave del successo è ripetere all'infinito.

Nessuna vita sociale inclusa, per arrivare dove sono ora e dove voglio arrivare.

Questo è ciò per cui ho lavorato sodo, e non darò nulla per scontato.

I miei genitori mi pagano le spese, e gran parte dei miei guadagni vengono investiti nella mia carriera, meno la cifra che carico su un conto risparmio.

Il *barrel racing* è un hobby costoso. Anche a livello professionale, arrivi a malapena a mettere qualche soldo in tasca, se consideri i costi per l'addestramento e la pensione, il mantenimento e la manutenzione del cavallo, le spese di viaggio e le quote dei rodei. Sono fortunata ad avere due genitori che mi supportano in ciò che amo. Concentrarmi su questo mi aiuta a evitare le mie ricadute depressive; in più, mi piace farlo. Quindi è una doppia vittoria.

Dopo quasi quattro anni di rodei a livello professionistico, so alla perfezione cosa mi aiuta a prepararmi per ciascun evento. Seguo orari e un programma di allenamento rigidi e resto al passo con l'addestramento e la salute di Ranger, così come con la mia. Allenarsi tutti i giorni richiede molto tempo ed energie.

Ma, se c'è una cosa – o meglio, una *persona* – che senz'altro mi rovina la giornata, quella è Landen Hollis.

Durante il primo anno di addestramento con Noah, si presentava qualche giorno alla settimana per osservarmi e sussurrare a Noah i consigli a suo parere necessari. Poi lei concordava e mi diceva come migliorare usando i suggerimenti del fratello.

Il sorrisetto presuntuoso di quel bastardo nel vedere che funzionavano mi portava a odiarlo ancora di più.

Negli anni successivi, ogni tanto passava mentre mi allenavo. A volte osservava in silenzio, e io fingevo che la sua presenza non mi facesse né caldo né freddo; altre invece si faceva sentire dando consigli non richiesti.

Proprio oggi, lo trovo nel box di Ranger ad accarezzarlo e mormorargli qualcosa, dopo che ieri ho ignorato completamente la sua presenza al centro di addestramento, quando era con Antonio.

"Che cosa ci fai qui?" sbotto, facendolo sobbalzare e voltare talmente in fretta che gli cade il cappello da cowboy.

Non lo indossa spesso; di solito soltanto nei giorni caldi e soleggiati, quando deve stare all'esterno per ore e vuole prevenire un'insolazione.

Detesto che mi piaccia così tanto vederglielo addosso.

Dopo averlo raccolto, mi guarda. "Accidenti, ti serve una campanella al collo, così non puoi prendere alla sprovvista la gente!"

"Non dovresti trovarti nel suo box", dico, aprendo la porta prima di infilarmi dentro.

Mi viene incontro, intrappolandomi vicino al suo corpo. Beh, cazzo, è stata una pessima idea.

"Lo sai che lavoro qui, vero? Spetta a me pulire e riempire le mangiatoie".

Sbuffo per il suo tono derisorio. "Non uscirtene con stronzate del genere con me. Queste scuderie non sono una tua responsabilità".

Lui si occupa delle operazioni di riproduzione, dall'altra parte del ranch; il che è il più grande vantaggio di stare qui nelle scuderie: deve venirci raramente.

Si porta le braccia dietro la schiena mentre inclina la testa con arroganza. "Mi fa molto piacere sapere che conosci le mie mansioni meglio di me, ma oggi sto sostituendo Ruby. Ha preso l'influenza".

Beh, merda!

Grazie mille, Ruby.

"Allora non stai facendo un buon lavoro. Di solito ha già finito di sistemare il box di Ranger, a quest'ora", rispondo con sufficienza, imitando la sua posa.

Landen fa un passo indietro, lasciandomi lo spazio di cui tanto avevo bisogno per poter finalmente respirare, e poi agita la mano. "Lasci che le mostri la zona, signorina Donovan. C'è della paglia fresca per terra, il secchio dell'acqua è pieno, ha fatto colazione con fieno e cereali, l'ho perfino portato nel paddock a fare affondi. Stavo soltanto finendo di strigliarlo per lei".

Sono in perfetto orario; quindi non capisco come abbia fatto a completare tutto prima delle otto.

"Lo porto io a fare affondi tutte le mattine", ribatto. "E lo striglio dopo".

Un angolo delle sue labbra si solleva appena. "Adesso non hai bisogno di farlo. È pronto per qualunque cosa tu debba fare oggi".

Digrigno i denti, infastidita dal fatto che mi abbia rubato un'ora dal programma giornaliero senza nemmeno chiedermelo. Molte persone gliene sarebbero grate, ma questo è il tempo prezioso che io e Ranger abbiamo ogni giorno. È importante legare, prima di entrare in modalità lavoro. Aiuta a mantenere il nostro rapporto e la fiducia.

È la nostra routine.

"È abituato a fare le cose in certi orari. Hai rovinato tutto".

"Parli di lui o di *te*?" Inarca un sopracciglio, stringendo le labbra. "Credo che la parola che stai cercando sia *grazie*. Quindi non c'è di che, *Diavoletta*. Adesso hai un'ora extra per allenarti o magari per andare a fare colazione al Lodge".

L'edificio principale dell'agriturismo è dove gli ospiti fanno il check-in o si registrano per le attività. Offrono un buffet completo per tutti e tre i pasti principali a cui possono servirsi anche i membri del personale. Mi è stato detto che sono libera di andarci, però non sono mai stata una che mangia molto a colazione. Di solito mi accontento di uno yogurt con del pane tostato, oppure bevo un frullato proteico prima di uscire di casa. Se butto giù di più, mi viene la nausea mentre corro o cavalco.

Spingo in fuori un fianco, incrocio le braccia e poi lo guardo in cagnesco. "Fammi indovinare: ci stai andando adesso per mangiare, vero?"

Il suo sorrisetto si allarga come se non lo sorprendesse che sia giunta a questa conclusione. "Potrei farlo. Ti va di salire con me sulla mia moto da cross? Puoi sederti sul mio grembo".

Alzando gli occhi al cielo per il patetico tentativo di farmi andare con lui, lo spingo via per superarlo e avvicinarmi a Ranger.

"No. Non dovresti comunque guidarla vicino ai cavalli".

"A patto che non do gas vicino al centro di addestramento, non è un problema".

"Beh, comunque sia, la mia risposta è no". Gli do le spalle mentre prendo la spazzola e parto dal collo di Ranger.

Il braccio di Landen mi sfiora la spalla e poi sento il clic del lucchetto del box e dei colpetti con le nocche sul legno. "Se dovessi cambiare idea, ho un casco in più".

"No, grazie. Non voglio spappolarmi il cervello sull'asfalto", ribatto.

Scoppia a ridere. "Dice la donna che rischia letteralmente la vita tutti i giorni col *barrel racing*, ma certo, come vuoi. Meglio non rischiare di salire su una moto da cross *con* il casco. Dio non voglia che per una volta tu ti tolga il palo che c'hai nel culo e ti diverti un po'".

Rimango a bocca aperta e mi giro di scatto verso di lui, però se ne sta già andando.

Cristo, lo odio!

Arrivo a casa alle quattro e un quarto precise. Il viaggio di quindici minuti dal ranch mi dà il tempo necessario per metabolizzare quanto accaduto durante il giorno.

Dopo le lezioni con Noah, ho concesso una pausa a Ranger mentre io pranzavo in macchina. A volte, faccio una passeggiata per cercare un posto dove sedermi a mangiare, ma oggi non mi andava. Dopodiché, ho portato Ranger su un sentiero e mi sono concentrata sull'equilibrio, lasciando che mi guidasse senza che io tenessi le redini. Per ridurre il rischio di infortuni o problemi agli zoccoli, lo conduco soltanto su uno in particolare che gira attorno al laghetto dell'agriturismo. Essendoci un passaggio frequente di cavalli, il terreno è principalmente piatto; il che lascia il sentiero completamente sgombro. Di solito incrociamo Wilder e Waylon, che guidano le escursioni a cavallo per gli ospiti dell'agriturismo, e ci fermiamo per un breve saluto mentre il gruppo passa.

Io e Ranger terminiamo la giornata con un'ora finale passata a esercitarci sulle tecniche e a fare affondi, prima di un'ultima strigliatura. Deve farsi vedere da Fisher – il marito di Noah e il maniscalco del ranch – per dei ferri nuovi e per farsi rifilare le unghie. Dovremo fare un viaggio di sei ore; quindi porterò il rimorchio per cavalli con zona living per poter trascorrere la notte lì.

Quando parto per il weekend, i miei genitori viaggiano con me a turno, dato che mia zia Phoebe vive con noi e non può essere lasciata sola per lunghi periodi. Se entrambi devono lasciare casa per qualche ora, ci va mia nonna, ma di solito almeno uno di noi tre sta con lei.

Zia Phoebe ha avuto un crollo psicotico dieci anni fa, dopo aver vissuto degli eventi traumatici uno dietro l'altro e non è più stata in grado di vivere in sicurezza da sola. Soffriva di problemi di salute mentale ancora prima che accadesse tutto, ma dopo ha cominciato a ricorrere all'autolesionismo. Quando la sua mente sfugge alla realtà, vede o sente cose che non sono reali e si confonde facilmente. Dopo che il marito l'ha lasciata, è andata in terapia. Dato che è la sorella di mia madre, mamma la voleva a casa con noi per poterla ricoprire d'amore e assicurarsi che continuasse a ricevere le cure.

Ottiene ancora assistenza medica e segue due sessioni di terapia bisettimanali, ma vedere quanto è cambiata dalla zia Phoebe che conoscevo da bambina ci ricorda costantemente ciò che è successo alla nostra famiglia.

Non è giusto che un solo evento o una singola persona possa rovinare vite e cambiare le nostre per sempre.

"Ciao, tesoro. Com'è andata oggi?" Mamma sfodera un sorriso raggiante non appena varco la soglia, e l'aroma di pepe e salsiccia mi arriva al naso.

È ai fornelli a preparare la cena, puntualissima.

Faccio spallucce, togliendomi gli stivali, per poi lasciarli sul tappettino. "Oggi Ranger non era in forma".

O meglio, Landen ha rovinato la nostra routine.

"Mi dispiace. Anche i cavalli hanno giornate no, proprio come gli esseri umani. Sono sicura che domani starà meglio". Si gira a sorridermi mentre continua a mescolare la salsa *country gravy*, uno dei piatti preferiti della famiglia.

"Lo spero. Per caso tu o papà venite con me, questo weekend?" chiedo, camminando verso il lavello per lavarmi le mani prima di apparecchiare.

"Io non riesco a venire, tesoro. Mi dispiace. Zia Phoebe sta soffrendo per i sintomi dell'astinenza, visto che il suo dottore le ha cambiato uno dei farmaci, e questo la fa andare in bagno ogni ora. Non vorrà che me ne vada".

"Ok, nessun problema. Sono sicura che papà filmerà comunque ogni secondo per fartelo vedere". Sorrido pensando a quanto mio padre mi ha appoggiata negli ultimi anni. È sempre in prima fila con il telefono in mano e fa il tifo insieme al pubblico. La mia famiglia è proprietaria del mangimificio locale e papà comincia a lavorare alle cinque ogni giorno per tornare a casa la sera e avere i weekend liberi.

Dopo aver posizionato piatti, bicchieri e posate sul tavolo, entro in soggiorno, dove papà e zia Phoebe stanno guardando *Seinfeld*. È la sitcom preferita di mia zia e lei ne guarda due episodi al giorno tra le quattro e le cinque di pomeriggio. Dopo l'ultimo, noi quattro ci mettiamo a tavola e mangiamo insieme.

"Ciao, papi". Gli do un bacio sulla guancia, e lui sorride.

"Ciao, tesoro. Com'è andata la giornata?"

"Tutto bene. La tua?" chiedo, non volendo entrare nei dettagli circa la mia.

"Benone. Oggi il mio nuovo dipendente mi ha chiesto di te. Vuole sapere se può avere il tuo numero".

Arriccio il naso, confusa. "Come fa a sapere che faccia ho?"

Un angolo della sua bocca si incurva all'insù. "Ho soltanto l'ufficio pieno di tue foto".

Scuoto la testa per l'imbarazzo, perché so esattamente a cosa si riferisce. Ha le pareti tappezzate di fotografie di me con Ranger, di noi due che gareggiamo, dei miei ritratti professionali, di fotografie di famiglia.

"E fammi indovinare: gli hai detto che sono single".

"Beh, lo sei, no?"

"No, sono in una relazione a lungo termine con la mia carriera". Ridacchio, poi lo supero per abbracciare zia Phoebe.

"Non chiedi nemmeno se è carino?" dice lei quando la avvolgo tra le braccia.

Mi ritraggo, accigliata. "Da che parte stai?"

"Da quella in cui ti fai una vita fuori dalle gare".

Alzando gli occhi al cielo, mi metto in piedi tra di loro e incrocio le braccia. "Va bene. È carino?"

Lo sto chiedendo soltanto per farli contenti, dato che mi tormentano sempre perché sono troppo focalizzata sul lavoro.

"Lo definirei "attraente". È un po' più basso di me, ha quel tipo di capelli biondi spettinati che uno deve spostarsi dagli occhi ogni tre secondi, ed è snello, ma forte. Non può non esserlo, per sollevare confezioni di mangime di quarantacinque chili. Oh, ed è dell'ariete. Qualunque cosa voglia dire".

"Grandioso! Quindi è una versione adolescenziale di Justin Bieber, la debolezza del suo segno zodiacale è l'insicurezza e deve tagliarsi i capelli".

Zia Phoebe ride di gusto per l'immagine che ho dipinto. "Potrebbe essere il tuo futuro marito?"

"Non credo proprio", rispondo, e poi torno in cucina.

Mentre mia madre toglie i biscotti dal forno, prendo il tè freddo dal frigorifero e mi riempio il bicchiere.

"Sai, Gage è un bravo ragazzo. Dovresti dargli una possibilità".

Aggrotto le sopracciglia. "Chi è Gage?"

Agita una mano verso papà. "L'appassionato di astrologia che assomiglia alla pop star".

"Argh, non ti ci mettere pure tu!" Bevo un lungo sorso. "E poi, quando ce lo avrei il tempo per frequentare qualcuno?"

Quasi ogni parte della mia giornata è già occupata. È così che ho imparato a metabolizzare tutto quando la mia vita è stata messa sottosopra, ed essere costante mi aiuta a raggiungere i miei traguardi. Qindi è una doppia vittoria. Lavorare sodo, concentrarmi, vincere le gare: è questo il mio obiettivo.

Gli uomini sono una distrazione. E, basandomi sull'esperienza che faccio con Landen tutti i giorni, sono anche fastidiosi.

"Il tempo potresti trovarlo, Ellie. Sei bellissima, di talento, intelligente e hai molto da offrire in una relazione, se ti impegni almeno un po' a trovare qualcuno".

"Parli come se avessi quarantacinque anni e non ventitré. Ho ancora tempo per tutta quella roba".

"I quarantacinque non sono poi così lontani".

"Mamma!"

Ride. "È giusto per dire. Fai *barrel racing* da molto tempo. Puoi permetterti di aggiungere altri hobby e farti degli amici. Altrimenti, finirai vecchia e sola".

"Ce li ho degli amici". Rubo un biscotto e gli do un bel morso, bruciandomi quasi la lingua. "E non posso avere altri *hobby*, se voglio arrivare prima alle nazionali. Non posso permettermi di rallentare, quando ormai sono così vicina alla meta".

"Ci riuscirai, tesoro. Però non ti farebbe male avere una vita fuori dalle gare". Mamma mi dà una pacca sulla spalla con un sorriso sincero. "E mi piacerebbe conoscere questi tuoi *amici*".

"Noah l'hai conosciuta".

"Qualcuno che non paghiamo". Mi scocca un'occhiata di sfida.

Sollevando la mano, conto sulle dita. "Magnolia, Mallory, Fisher, Wilder, Waylon, Ayden, Tripp, Ruby".

Negli ultimi quattro anni, ho fatto amicizia con quasi tutte le persone che vivono e lavorano al ranch. Magnolia è proprietaria di un chioschetto di caffè mobile e, ogni volta che parcheggia all'agriturismo, passo sempre a prendere un caffelatte e scambiare due chiacchiere.

Fisher mi ha aiutata a curare Ranger quando gli si è conficcato un chiodo nello zoccolo, qualche anno fa, però continuo a vederlo in giro.

Ayden e Ruby lavorano nelle scuderie; quindi li vedo quasi ogni giorno. Ayden è sposato con due figli, Ruby sta con il suo ragazzo da anni, però ci ricorda di continuo che non sono fidanzati ufficialmente. Trey si è trasferito in Georgia con la sua ragazza delle superiori più di un anno fa, ma quando era qui lo salutavo.

Mallory ha quindici anni e adora massacrarmi le orecchie parlandomi di Taylor Swift e dell'ultimo ragazzo per cui si è presa una cotta. Di solito uno col nome che inizia per J, anche se io l'ho avvisata di stare alla larga da quelli così.

E con gli altri fratelli Hollis, *escluso* Landen, sono gentile ogni volta che li vedo.

Quindi, se questo non è avere amici, allora non so cos'altro lo sia. Magari non usciamo né parliamo di cultura pop o di chi si porta a letto chi. D'altronde, essere socievole non mi viene facile. Le chiacchiere vuote mi mettono a disagio, però ci provo comunque perché la gente non pensi che sono maleducata o che la sto ignorando.

Mia madre inclina la testa. "Tutte persone del ranch. E parlarci di sfuggita non conta. Devi avere delle conversazioni reali fuori dal lavoro. Vai in un bar come una ventenne normale. Beviti qualcosa e balla. Non tutti gli aspetti della tua vita devono essere strutturati".

Sospirando, abbasso il braccio e butto fuori un respiro frustrato. Non è la prima volta che mi fa la ramanzina perché non ho una vita sociale, e sono pronta a scommettere che non sarà l'ultima; quindi, purché lasci perdere, cedo.

"*Va bene*. Organizzerò qualcosa, se così la pianterai di dirmi che diventerò una vecchia circondata da cavalli".

Ride piano, e lo prendo come una conferma dell'accordo.

"*Seinfeld* è finito. Si cena". Zia Phoebe entra e prende posto di fronte a me. Prima di sedermi, aiuto mamma a portare il cibo a tavola e poi ci teniamo tutti per mano per la preghiera. È mercoledì; il che vuol dire che mangiamo piatti da colazione a cena: biscotti e salsa *gravy* con contorno di uova strapazzate.

Mangiamo fino alle cinque e mezza, quando mamma serve il

dolce: la crostata di mele fatta in casa col gelato. Poi, prima delle sei, carico la lavastoviglie e pulisco i ripiani. Stasera faccio la lavatrice, così domani potrò preparare i bagagli per la gara. Dopodiché, come un orologio svizzero, faccio la doccia, mi preparo per andare a letto e leggo per un'ora, prima di addormentarmi entro le dieci.

Routine. È l'unico modo che conosco per riuscire a destreggiarmi nella vita, dopo che ho avuto un crollo mentale in seguito alla perdita della persona che, per me, era più importante di ogni altra cosa.

Capitolo Sei
Landen

Mentre osservo uno dei nostri stalloni che prova ad accoppiarsi con una delle tante giumente che teniamo a pensione durante la stagione di riproduzione, trovo divertente che il mio lavoro sia guardarli fare sesso.

Diversi proprietari di ranch da tutto lo stato ci portano le loro cavalle. Io mi assicuro che rimangano incinte e poi, quando la stagione finisce, le rimandiamo a casa per farle partorire.

Al momento, Rocky è nel pascolo con Maggie Mae, a spassarsela più di quanto io non abbia fatto negli ultimi due anni.

Quando non assisto ad amplessi tra cavalli, attacco i nostri stalloni a un manichino da monta, inserendo i loro cazzi giganti in una vagina artificiale e raccogliendo lo sperma. È un'opzione alternativa per quei proprietari che vogliono ingravidare le loro giumente senza doverle portare in un allevamento. Dopodiché, inviamo il seme per la valutazione e l'elaborazione, prima di spedirlo.

Quindi, ogni giorno, osservo. Mi assicuro che le giumente

rimangano incinte, così da riuscire a mantenere il nostro tasso di successo del novantanove per cento.

La parte peggiore? Mi sono proposto io per farlo.

E i miei fratelli adorano prendermi per il culo. Wilder ha cominciato a mandarmi webcam in diretta per scherzo, ma lo scherzo gli si è ritorto contro, perché chi sono io per dire di non guardare delle belle ragazze? E, dato che i miei fratelli non sono capaci di tenere la bocca chiusa, la voce si è sparsa in giro. Non solo, ho fatto a Tripp *una* domanda sulla depilazione delle parti basse e Magnolia ha visto varie angolazioni del mio uccello, dato che loro due hanno libero accesso ai rispettivi telefoni.

Quella è stata l'ultima volta che l'ho contattato in cerca di aiuto.

Dopo aver completato le mansioni mattutine, ovvero spalare il letame dai box e riempire le mangiatoie, raggiungo a piedi l'agriturismo per un caffè al Mocaccino Mattutino di Magnolia. Parcheggia qui il suo chioschetto mobile due volte alla settimana e, prima che diventasse la moglie di Tripp, eravamo grandi amici. Direi che lo siamo ancora, però adesso è impegnata a portare avanti l'attività e gestire la famiglia.

Sono felicissimo per lei e per mio fratello, però ora mi sento più solo che mai.

Quando arrivo dove ha parcheggiato, noto che c'è Ellie in fila e mi metto dietro di lei.

"Dovresti provare il Pazzi per l'Acero", le dico, avvicinandomi al suo orecchio.

Si gira di scatto, indietreggia e mi guarda male. "Perché?"

"Per provare qualcosa di nuovo. Prendi sempre la stessa cosa". Infilo le mani in tasca, scoccandole un sorrisetto innocente, anche se lei sembra pronta a tirarmi una ginocchiata tra le gambe. Non mi fa nemmeno i complimenti per aver memorizzato il suo ordine. "E poi, ti si addice di più, perché fai sempre impazzire *me*".

Incrocia le braccia, girandosi del tutto verso di me. "Questa era un'altra delle tue battute d'abbordaggio? Pensavo che un playboy come te ne avesse di migliori, onestamente. Sei fuori forma".

"Se proprio devi saperlo, non ho bisogno di usare *battute*. E non sono neanche quello che sostieni tu. Non ho un appuntamento da mesi".

Almeno da più di un anno. Ma non c'è bisogno di fare una figura ancora più patetica.

"Quindi direi che ho ragione".

"Non è così".

"Dimostralo".

Sbuffo, mentendo spudoratamente. "Non sono fuori forma".

"Dice quello che ha appena ammesso di non avere un appuntamento da mesi".

"Quando è stata l'ultima volta che tu ne hai avuto uno?" ribatto, non volendo conoscere la risposta. Tuttavia, se dovessi tirare a indovinare, direi addirittura più tempo di me. È troppo ossessionata dalla sua carriera per sprecare tempo con qualunque altra cosa.

Si arriccia una ciocca di capelli, passandosela dietro l'orecchio ancora e ancora: uno dei suoi tic quando è frustrata. "Non sono affari tuoi".

"Motivo in più per uscire con me". Sollevo un sopracciglio, sperando che abbocchi. "Un po' di allenamento farebbe bene a entrambi".

Invece di accettare, si fa una risata nasale. "Arriveranno *il ghiaccio e il gelo* all'inferno prima che io scenda così in basso. Anzi, meglio che qualcuno mi dia un sedativo, se quel giorno dovesse mai arrivare".

Sbattendomi una mano sul cuore, mi fingo afflitto. "Mi ferisci, Diavoletta".

Il suo sguardo truce si intensifica per il soprannome sgradito, ma giuro che le stanno anche brillando gli occhi. Proprio come quando la becco ad ammirarmi nei momenti in cui crede che sia distratto.

"Ooh, povero piccolo!"

Non posso fare a meno di sogghignare per il suo tono sarcastico. "*Piccolo*? Aspetta… Stiamo litigando o flirtando?"

Finge che non le piaccio. Di detestare le attenzioni che le do.

Ma il fuoco che ha negli occhi ogni volta che le sto vicino mi dice l'opposto.

Non mi degna neanche di una risposta, prima di voltarsi di nuovo verso Magnolia.

"Ellie, ciao!" Sorride, raggiante, quando Ellie si avvicina.

"Ehi! Adoro il tuo nuovo taglio".

Sentendo lo scambio, mi viene da sbuffare e alzare gli occhi al cielo. Ovviamente, con lei Ellie è gentile.

"Grazie! Willow non la smetteva di tirarmi i capelli; quindi era arrivato il momento di cambiare". Magnolia arriccia una ciocca di capelli, adesso più vicini alle spalle.

La mia nipotina è attaccata alla sua schiena in un marsupio e sbircia da sopra la spalla della madre. Invece di aspettare in fila, entro nel chioschetto e le faccio il solletico ai piedini.

"Oggi aiuti la tua mamma?" chiedo a Willow. "Come osa indossarti come uno zaino?"

Fa una risatina quando le faccio le pernacchie sulla guancia. So che di solito, quando Magnolia lavora, la tiene mia madre, ma forse oggi non era disponibile.

"Landen Michael", dice in tono di rimprovero Magnolia, spingendomi via. "Sei troppo grosso per stare qui dentro con noi".

"O forse il tuo rimorchio è troppo piccolo".

"In ogni caso, non posso muovermi con te intorno". Prova a spostarmi con un colpo d'anca, non una vera e propria spinta, per prendere un bicchiere. Indietreggio comunque per farle spazio.

"Non ti dava fastidio quando ero qui a farti da bodyguard e ho sparato a un uomo per salvarti la vita", affermo ad alta voce, incrociando le braccia. E sì, l'ho detto davanti a Ellie di proposito.

La scorsa primavera, quando Magnolia era al quinto mese di gravidanza, il suo ex e l'allibratore cui lui doveva dei soldi l'avevano presa di mira. Dato che lei non poteva smettere di lavorare, Tripp la teneva d'occhio durante ogni turno, tranne che negli ultimi trenta minuti, giusto il tempo per arrivare al Lodge in orario per il suo. In quell'ultima mezz'ora, rimanevo io fino alla chiusura. Ma poi l'allibratore ha scoperto la sua posizione prima che la polizia potesse trovarlo. Il giorno in cui si è presentato, Magnolia era carponi perché stava cercando qualcosa sotto il bancone; dunque lui non l'ha vista quando si è avvicinato al chioschetto. Non appena mi ha puntato addosso la pistola, esigendo che gli rivelassi dove fosse Magnolia, ho tirato fuori quella che tenevo infilata nei jeans dietro la schiena e gli ho sparato al cazzo.

Non avevo intenzione di mirare tanto in basso, però è stata una fortunata coincidenza. Quel tipo ha avuto ciò che si meritava e poi è finito in prigione per aver ucciso l'ex di Magnolia.

Sugarland Creek mi ha nominato "eroe del paese", titolo che ho accettato con gioia. Però sembra che a Ellie non sia mai importato. Non c'è *nulla* che la colpisca.

Magnolia mi guarda male. "Per quanto tempo hai intenzione di tirare fuori quella storia?"

"Finché campo, baby!" rispondo strascicando le parole e scoccando un'occhiata a Ellie, che sta guardando il cellulare e poi *sbadiglia*.

Maledizione!

"*Fuori!*" Magnolia mi spinge via.

"Non posso passare qualche minuto con mia nipote?"

"Non mentre lavoro. Se vuoi vederla, scendi venti gradini e vieni a fare da babysitter".

Lei e Tripp vivono sotto di me, in uno dei bungalow bifamiliari del personale, ma con gli impegni che abbiamo ci vediamo soltanto di sfuggita o durante la cena della domenica.

"Va bene, lo faccio stasera. Adesso prepara il mio caffè". Faccio un sorrisetto.

"Mettiti in fila e lo *farò*…" dice a denti stretti guardando verso Ellie, che sembra avercela con me perché le ho interrotte. E adesso ci sono altre due persone dietro di lei, in attesa.

Beh, non è andata come previsto.

Mi guarda con quella sua espressione che dice *sei un idiota*.

Prima di uscire, do un bacio a Willow sulla guancia e poi, con la coda tra le gambe, torno in fondo alla fila.

Ogni domenica sera, io, i miei genitori e i miei fratelli ci raduniamo per la cena e per lo *scrapbooking*. È una tradizione da anni e, anche se a me non fa impazzire decorare una pagina piena di fotografie, mi faccio convincere comunque a restare. Non è poi così male, dato che nonna Grace prepara i dolci più buoni del mondo.

Adesso che due di noi sono sposati e hanno figli, ci sediamo a due tavoli perché possano starci tutti; il che vuol dire che ci sono più urla ma anche molte più risate. È sempre una piacevole serata.

"Perché sei seduto così vicino a me?" Mallory sbuffa, dandomi una gomitata al braccio.

"Perché *tu* sei seduta così vicina a *me*?" Ricambio il gesto e, anche se so che è infantile, è troppo divertente infastidire una quindicenne. "Ti conviene comportarti bene, se vuoi che ti insegni a guidare".

Noah lancia uno strillo dall'altro tavolo. "Credi davvero che, tra tutti noi, sceglierebbe te come istruttore?"

"Hai visto il mio pick-up? È una bomba!" urlo per farmi sentire sopra le altre conversazioni.

Tripp mi ha aiutato a rimettere in sesto un Chevrolet C10 del 1970 e abbiamo finito solo sei mesi fa. Lo guido soltanto in paese o sulle strade secondarie quando c'è luce, per ridurre il rischio di fare un incidente o colpire un cervo. Invece, per muovermi nel ranch, uso il Ford malridotto o la moto da cross.

"Davvero me lo faresti guidare?" chiede Mallory.

Le scocco un'occhiata penetrante. "Solo se mi tratti con gentilezza".

Si acciglia. "Sempre o solo quando guidiamo?"

Noah ridacchia, e la fulmino con lo sguardo dal mio posto.

"Perché le ragazze provano gusto a trattarmi male? Per caso, ho un cartello sulla fronte che dice *Odio i cagnolini* o qualcosa del genere?" Perlomeno quella sarebbe una ragione valida.

"Beh, significa solo che a quelle ragazze piaci", commenta nonna Grace, passando delle fette della sua cheesecake alla fragola.

"No, non credo. Ellie mi pugnalerebbe a un occhio, girerebbe il coltello una decina di volte e poi farebbe la stessa cosa con l'altro senza pensarci due volte".

"Grazie per l'immagine…" Mallory fa scivolare il piatto del dolce lontano da lei.

"Sono sicura che ci sono tantissime ragazze single che uscirebbero volentieri con te", dice mamma.

Grandioso, adesso parleremo della mia vita sentimentale.

"La madre della mia amica è single", afferma Mallory.

La guardo male. "Ma, secondo te, quanti anni ho?"

Fa spallucce. "Che ne so! Ad alcuni uomini piacciono le donne più grandi".

"I cacciatori di cougar! Si chiamano così", spiega Wilder. "A me non dispiacerebbe trovarmi una cougar".

"*Wilder!*" papà fa riecheggiare il suo nome e lo guarda duramente; al che mio fratello china il capo per concentrarsi sulla sua cheesecake.

"Comunque sia… Cambiamo argomento. Quando avrete un altro bambino, Fisher?"

Solleva la testa di scatto, cercando palesemente di tenersi fuori dalla conversazione.

"Ne abbiamo avuto uno giusto l'anno scorso!" esclama Noah. "Adesso tocca a voi".

"Non mi dispiacerebbe avere altri nipoti". Mamma sorride mentre tiene Poppy in braccio e, di nascosto, le mette un pochino di formaggio spalmabile in bocca.

"Basta aspettare che una cougar sia talmente disperata da mettersi con Wilder, e vedrete che la metterà incinta in un baleno", dice Waylon.

"*Waylon*", papà mormora il suo nome, e giuro su Dio che è per colpa loro che sta perdendo i capelli.

"Preferiresti che uscissi con una che ha vent'anni in meno di me?" chiede Wilder.

Di nuovo, Fisher solleva lo sguardo come se stesse cercando disperatamente di starne fuori.

"Bleah, farebbe schifo!" Mallory fa una smorfia.

Trattengo una risata. "E sarebbe illegale".

Quando tutti hanno finito di mangiare, mamma e Noah tirano fuori i contenitori pieni di *scrapbook* e tutto il necessario per decorarli. Io sto lavorando su uno degli album di famiglia che mamma mi ha incaricato di completare e, per fortuna, è quasi finito.

"Ooh, guardate! Mallory quando era carina e dolce", dico, ironico, sollevando una delle pagine. È stato il nostro primo servizio fotografico professionale dopo che Mallory è venuta a vivere con noi.

I suoi genitori sono morti in un incidente automobilistico quando aveva nove anni, e noi l'abbiamo accolta al ranch. Sin da allora, è stata un po' una sorellina fastidiosa. Però le voglio bene. Non posso immaginare come dev'essere perdere i genitori in così tenera età e poi essere portato via dall'unica casa che hai mai conosciuto per andare a vivere in un'altra.

Ma è stata una fantastica aggiunta alla nostra famiglia.

Aggrotta la fronte. "Stai dicendo che non lo sono più?"

"Sto dicendo che… adesso sei un pochino meno dolce". Faccio un sorrisetto, dandole un'altra gomitata.

"Provaci tu a essere una giovane donna in un mondo patriarcale, dove viene considerata inferiore a un uomo semplicemente perché ha una vagina, e vediamo quanto saresti *dolce*. Manca solo che mi dici di sorridere di più".

"Soltanto se vuole una ginocchiata alle palle", commenta Magnolia.

Non la vuole.

"Alexa, metti su *The Man* di Taylor Swift", dice Noah con una risata, e nel giro di pochi secondi la canzone riecheggia per tutta la casa.

"Ovvio", mormoro, scuotendo la testa. Non è bastato sentire

Ellie cantarla durante le nostre corse; adesso la sta canticchiando tutta la mia famiglia.

"Non si può negare che è orecchiabile". Wilder balla seduto al suo posto.

Gli lancio un rotolo di nastro washi, e lui ride.

"Di solito sono io che le faccio incazzare; quindi è una piacevole novità", dice ironico.

Noah si fa una risata nasale. "Non preoccuparti, è solo domenica. Hai tutta la settimana per farlo".

Capitolo Sette

Ellie

Dopo che, questo weekend, ho primeggiato con successo nella mia divisione, sono di nuovo alle scuderie per lasciare Ranger nel suo box, visto che è sera. Io e mio padre siamo rimasti al rodeo un pochino di più per guardare gli altri eventi e concederci qualche cibo fritto, ma poi abbiamo incontrato il suo nuovo dipendente, Gage. Papà l'ha invitato a passare il resto della serata con noi; il che è stato imbarazzante e fastidioso. Comunque ho apprezzato il fatto di poter passare del tempo in più con mio padre, soprattutto perché dal prossimo fine settimana comincerò a viaggiare senza sosta e lo farò da sola, dato che lui lavora e mamma resta a casa con zia Phoebe.

"Sei proprio un bravo cucciolo", dico dolcemente, facendo scivolare la spazzola sulla schiena di Ranger.

"Grazie".

Mi si blocca il cuore quando sento una voce familiare alle mie spalle. Ovvio che è qui.

Quando mi giro verso di lui, mi ritrovo davanti il suo famigerato sorrisetto presuntuoso e il cappello da cowboy inclinato.

"Oh, aspetta… Non parlavi con me?" Indica se stesso. "Accidenti! Pensavo avessi scoperto il mio kink segreto".

"Perché hai preso l'abitudine di infastidirmi ogni volta che ne hai l'occasione? Forse non sono stata chiara sul fatto che non mi piaci, oppure sei semplicemente un masochista che si eccita per queste cose? Devo tatuartelo sulla fronte? Noleggiare un aereo che lo scriva in cielo, magari? Ma sai leggere? Perché so che non ascolti…"

"Sento soltanto che ti stai sforzando per avere le mie attenzioni, Diavoletta". Ondeggia all'indietro sul tacco degli stivali come lo stronzo arrogante che è. "Ma puoi averle quando ti pare, se me lo chiedi *per favore*".

"Udito selettivo… Ora ha senso". Alzo gli occhi al cielo e mi giro di nuovo verso Ranger, che merita sul serio la mia attenzione.

"Dopo quattro anni, ancora non mi dici che problema hai con me. La maggior parte della gente ormai lo avrebbe fatto, ed è per questo che penso che tu non abbia una ragione valida per disprezzarmi".

"Non devo dirti un fico secco".

"Ma perché no? Sin dal primo giorno che ci siamo conosciuti hai deciso che sono il cattivo della situazione, e non avevo nemmeno fatto niente".

"Il mio istinto mi ha detto che lo eri, e non si sbaglia mai. Inoltre, beh, guarda quanto sei insopportabile da allora. Suppongo che avesse ragione".

"Molte donne…"

Mi ribolle il sangue nelle vene mentre mi giro di scatto con la spazzola in mano, pronta a lanciargliela addosso. "Io non sono molte donne! Non mi inginocchierò ai tuoi piedi né sverrò per la tua mera presenza". Quando alzo la voce, mi viene il fiato grosso. "No, non sto facendo la difficile. Ho le mie ragioni, ma non devo condividerle con te". Serro la mascella prima di aggiungere: "E *smettila* di chiamarmi così".

Sbatte le palpebre con aria assente prima di leccarsi lentamente le labbra come se stesse trattenendo il piacere che sta provando. "Stavo per dire, prima che mi interrompessi in malo modo… che molte donne sarebbero molto felici di avere l'opportunità di dire a un uomo perché lo odiano così tanto. Ed è per questo che il fatto che tu non lo faccia mi confonde".

Deglutendo con forza, abbasso la mano e raddrizzo la schiena. "Non mi interessa avere alcun tipo di conversazione con te, nemmeno per criticarti, ed essere costretta a parlarti di qualsiasi cosa per me è una tortura!"

Trasalendo per le mie parole aspre, indietreggia un poco, come se la mia aggressione verbale lo avesse colpito fisicamente. In quel caso, va bene così. Non mi sento in colpa e non mi scuserò per aver parlato chiaramente dei confini che ha superato spesso.

È già una seccatura che Gage non abbia smesso di tormentarmi per avere il mio numero. Non voglio venire nel mio posto sicuro e avere un altro uomo che ci prova con me e non sa accettare un rifiuto.

"Ok, hai ragione, e mi scuso". Si tocca il cappello. "Non ti darò più fastidio, Ellie".

Se ne va e gli fisso la schiena, provando soltanto un briciolo di rimorso per essere stata così dura. Gli ho fatto la ramanzina un sacco di volte nel corso degli anni, però non avevo mai detto che parlargli è una *tortura*. Ma non è una bugia. Solo vederlo mi fa battere forte il cuore e sudare le mani, e alimenta la rabbia che ho dentro e che nascondo.

Potrei dirglielo. Rivelargli cosa ci collega e da dove nasce il mio odio, ma non solo rischierei di rovinare il rapporto con

Noah, se venisse a saperlo anche lei, ma dovrei anche stare a sentire la versione di Landen della storia.

E non mi interessa conoscerla.

Dato che mia madre insiste che mi faccia una vita oltre le gare, oggi mi sono organizzata con Noah e Magnolia per pranzare al Lodge. Siamo in rapporti amichevoli sin da quando ho cominciato a venire qui, però non siamo mai uscite insieme né abbiamo chiacchierato al di fuori del lavoro. E, anche se non è molto, è pur sempre un inizio. Socializzare è fuori dalla mia zona di comfort; quindi cominciare così mi sembrava l'opzione meno rischiosa per non farmi venire un attacco d'ansia.

Quando entro, vengo accolta da una decina di ospiti e da tutti e cinque i fratelli Hollis.

Maledizione! Speravo che lui non ci fosse.

Però non solleva lo sguardo su di me quando Noah chiama il mio nome, mentre i suoi fratelli sì.

"Ehi, non ti avevo mai vista qui dentro", commenta Wilder.

Faccio spallucce, ma non mi piace avere l'attenzione puntata addosso. "Pensavo di passare a controllare perché è così popolare".

"Sei venuta nella giornata giusta. Oggi c'è la zuppa di broccoli e formaggio!" Waylon mi rivolge un sorrisetto.

Noah si alza e fa il giro per abbracciarmi. "Puoi mangiare quello che vuoi. Il bancone delle zuppe e dell'insalata è laggiù, i piatti caldi sono in mezzo e tutti i prodotti da forno che riesci a mangiare sono alla fine".

"Ottimo, grazie".

Dopo che ho preso un piatto, Magnolia mi raggiunge al buffet dell'insalata. "Che resti tra noi, ma la salsa italiana è la migliore che potresti mai mangiare. Però non dire ai ragazzi che te l'ho detto, altrimenti la finiscono tutta loro".

Ridacchio per l'informazione inaspettata. "Ricevuto, grazie".

Quando torno ai tavoli con dei bocconcini di manzo e un'insalata come contorno, mi siedo tra Noah e Magnolia e le ringrazio per avermi tenuto un posto. Ruby è di fronte a me e si sta ficcando una forchettata piena in bocca.

"Beh, sei emozionata per il rodeo di Franklin?" mi chiede, mentre mastica. "Vorrei potermi prendere dei giorni di ferie per venire a vederti…" Sposta uno sguardo torvo su Noah.

"Non guardare me. È Ayden che si occupa dei tuoi turni, non io".

"Potresti mettere una buona parola per me, così per una volta potrei andarci. Mi piacerebbe proprio vedere Ellie che asfalta tutti".

Sorridendo per il bel commento, mangio il primo boccone e rimango piacevolmente sorpresa nel sentire quanto è buono.

Con riluttanza, trovo con lo sguardo Landen, che ha la testa china e la solleva soltanto quando qualcuno gli parla. Ascolto i suoi fratelli chiacchierare mentre Noah, Magnolia e Ruby discutono dell'imminente fiera del paese. Qui si terrà la mia prossima gara, poi andrò a Franklin per un evento di tre giorni e infine mi sposterò a ovest per qualche settimana per partecipare ad altri rodei.

"D'accordo, vedrò cosa posso fare", dice infine Noah. "Ma non prometto niente".

"Copro io il suo turno", interviene Landen, trovando finalmente i miei occhi prima di spostare i suoi su quelli di Noah.

Tutta la famiglia Hollis va sempre al rodeo di Franklin;

quindi il fatto che uno resti a casa non sarebbe una cosa da poco.

"Sì!" esulta Ruby proprio mentre Noah dice: "Bel tentativo! Non eviterai un'altra volta di aiutare al bar della Cantina".

"No, aspetta! Posso farlo io. Servire birra a cowboy sexy? Conta pure su di me". Ruby fa un sorrisetto e annuisce.

"Hai mai fatto la barista?" le chiede Noah.

Ruby affloscia le spalle. "Beh, no. Ma importa davvero?"

Noah la guarda con un'espressione dispiaciuta, annuendo. "Il ranch è uno degli sponsor; quindi si aspettano che le persone che mandiamo sappiano il fatto loro".

Trattengo un sorriso divertito perché ho sentito la storia di come Noah e Fisher si sono incontrati proprio lì tre anni fa – durante un evento di *barrel racing*, per giunta – e lei l'ha invitato al bar quella stessa sera. Sono piuttosto sicura che hanno fatto sesso e poi, il mattino dopo, quando lei ha scoperto che lui era il padre del suo ex, se n'è andata e non l'ha più contattato. Soltanto una settimana dopo, quando Fisher è arrivato al ranch in veste di nuovo maniscalco, hanno capito entrambi che tra loro c'era feeling.

Ruby sospira. "Quanto può essere difficile?"

"Secondo te, perché cerchiamo sempre di tirarci fuori?" Waylon ridacchia.

Ruby allunga le braccia, indicandolo. "Visto? Scommetto che sono una barista più brava di lui!"

Il loro scambio di battute mi strappa una risata mentre mastico, però, quando poi ingoio, un pezzetto di carne mi si blocca in gola. Provo a mandarlo giù con un sorso d'acqua, ma non si muove. Cerco di non farmi prendere dal panico mentre allungo il collo e massaggio l'esofago. Si muove appena, ma non abbastanza da scivolare giù.

"Stai bene?" mi chiede Noah al mio fianco.

Non riuscendo a parlare, scuoto la testa e mi stringo la gola. Mi sento soffocare perché non mi arriva l'aria ai polmoni, e quando provo a tossire non succede niente.

"Porca troia, sta soffocando!" Noah mi dà una pacca sulla schiena mentre attorno a me si scatena il caos.

La sedia di Landen cade per terra quando si alza. Poi corre dall'altro lato del tavolo, mi tira su e mi avvolge le braccia attorno alla vita.

Non faccio nemmeno in tempo a metabolizzare che mi sta facendo la manovra di Heimlich che già il pezzo di carne mi schizza fuori dalla bocca, e riesco finalmente a prendere un respiro profondo.

"Oh, santo cielo, Ellie!" Magnolia è in piedi accanto a me e mi passa la mano sul braccio coperto dalla pelle d'oca. E non ammetterò che è dovuta al fatto che Landen mi stava toccando. "C'è mancato poco".

Quando lui mi rimette giù, mi dà una pacca sulla spalla come per osservare la mia reazione al suo tocco. "Stai bene?"

"Credo di sì". Annuisco, senza riuscire a guardarlo mentre il mio cuore martellante non vuole saperne di rallentare.

"Le hai salvato la vita, Landen". Noah gli fa i complimenti, avvicinandosi per passarmi un braccio attorno al corpo. "Non ti permetto di morire. Hai una finale nazionale da vincere!"

Le sue parole mi strappano una lieve risata. "Farò del mio meglio per non morire".

Dopo il pranzo che ha quasi messo fine alla mia vita, sono tornata al box di Ranger per portare a termine gli impegni della giornata. Dopo quello che è successo, non ho avuto l'occasione di parlare con Landen; perciò quando entra nelle scuderie, prima che io me ne vada, lo chiamo e gli corro incontro.

"Volevo soltanto dirti che, ehm… quello che hai fatto per me a pranzo… è stato carino".

Non ti sarai impegnata troppo, Ellie?

Inclina la testa come un Golden Retriever divertito, si infila le mani nelle tasche anteriori e poi, cazzo, fa un sorrisetto.

"Comincio a pensare che tu non sappia pronunciare la parola *grazie*. Perché, secondo me, è quello che stavi cercando di dire con le tue divagazioni".

Sbuffo, odiando che abbia ragione. Non sul fatto che non riesco a pronunciare quella parola, ma che non voglio dirla a *lui*.

Invece di cadere nella sua trappola per farmelo ammettere, raddrizzo la schiena e dico soltanto: "Grazie".

Aggrotta le sopracciglia. "Per cosa?"

Vuole farmelo dire. *Stronzo.*

Sospirando, incrocio le braccia e resisto all'impulso di alzare gli occhi al cielo per le sue bambinate. "Per non avermi fatto morire soffocata".

"Aah, sì, quello". Incurva le labbra all'insù, mettendo in mostra il suo sorrisino innocente. "Cioè, tecnicamente parlando, non potevo mica starmene lì a guardare senza fare niente. Va contro il mio giuramento".

Assottiglio lo sguardo, confusa. "Hai fatto un giuramento?"

A parte quello di rendere la mia vita un vero inferno.

"Sono un bagnino certificato e un pompiere volontario. Ho fatto l'addestramento EMS. Ho giurato di aiutare chiunque in qualsiasi momento".

Questo spiegherebbe perché è stato così coraggioso da precipitarsi dentro le scuderie della sua famiglia avvolte dalle fiamme tre estati fa. Ha perfino trascinato fuori uno dei responsabili dell'incendio.

"Combatti acqua e fuoco, eh?"

"Sono una doppia minaccia". Fa l'occhiolino.

"Quindi è solo per questo che mi hai aiutata? Per via del tuo… *giuramento*?"

Fa spallucce. "Ho anche pensato che una morte all'agriturismo avrebbe fatto male agli affari".

"Spiritoso", dico con sarcasmo. Ci fissiamo duramente per un istante e poi aggiungo: "Giusto per chiarirci: non mi piaci comunque".

"Bene". Rimane immobile. "Ho deciso che nemmeno tu mi piaci, *Diavoletta*". Poi, un angolo delle sue labbra si solleva lentamente e con malizia prima che lui aggiunga: "Adesso ti si addice ancora di più".

Capitolo Otto

Landen

Un'altra notte passata a casa a fare il bucato, guardare le repliche di *New Girl* e smangiucchiare popcorn è, purtroppo, la parte migliore della mia giornata.

Dato che oggi Rocky era di cattivo umore, il mio lavoro è diventato super stressante quando ho provato a farlo salire sul manichino da monta e per poco non mi ha dato un calcio.

Ho già ricevuto una montagna di ordini; il che vuol dire che non ho tempo per gestire stalloni che si comportano male o provano a castrarmi.

Antonio è venuto per la sua ultima sessione di allenamento prima della fiera di questo weekend e non l'ha smessa un attimo di rompermi i coglioni per il fatto che Ellie mi stava ignorando e rivolgeva tutta la sua attenzione a lui.

Sapevo che Ellie lo stava facendo di proposito, ma non per questo mi ha fatto meno male.

Abbiamo convenuto che non ci piacciamo, e ho giurato che non l'avrei più infastidita.

Non vuol dire che il mio cuore abbia recepito il messaggio.

Non mi stanco mai di vederla cavalcare. Il modo perfetto in

cui lei e Ranger lavorano insieme è talmente raro e bello che è impossibile non fissarli meravigliato. Il fatto che sia perfetta in tutto ciò che fa, ma anche sorprendente, non aiuta. Dà l'impressione che vincere sia una passeggiata, però so personalmente quanto impegno c'è dietro.

Mi squilla il telefono, strappandomi dai miei pensieri e, quando vedo il nome di Warren, rispondo senza manco salutare.

"Quale pianeta avverso, in questo momento, sta facendo impazzire tutti più del solito?" Gli piacciono queste stronzate di astrologia; quindi dovrebbe saperlo.

"Ehm… la Terra?"

Scoppio a ridere, prendendo una birra dal frigorifero. *"Touché"*.

"Devo chiedertelo?"

"Ho solo avuto una giornataccia. Allora, che si dice?" Dopo essermi seduto sul divano, mi appoggio allo schienale e poso i piedi sul tavolino.

"Maisie si è appena presentata alla mia porta".

Mi strozzo con il liquido che ho appena ingoiato e subito raddrizzo la schiena. "Come, scusa?" dico tossendo. *"Maisie? Maisie la tua ex moglie?"*

"Già…" Sembra angosciato. "Solo che non è la mia ex. Siamo ancora sposati".

"Sono solo alla prima birra; quindi so che non sono ubriaco e non ho sentito male. Non avete divorziato?"

"Lei voleva farlo. Io no".

"Avrebbe potuto chiedere il divorzio senza di te. Ci sono leggi o altre stronzate del genere che le permetterebbero di ottenerlo anche se tu non firmi", osservo.

"Lo so. Eppure, non l'ha fatto".

Bevo un altro sorso di birra, rilassandomi di nuovo sul

divano. "Allora, perché è tornata? Le hai parlato dell'udienza per la condizionale di Angela?"

"Non ancora. Si è fidanzata ufficialmente e ha bisogno che firmi il divorzio, così può sposarsi un altro uomo. Non vuole che lui sappia che per tutto questo tempo è stata sposata; quindi vuole farmi firmare e finalizzare il divorzio di nascosto".

La sofferenza nella sua voce mi fa venir voglia di farmi due ore di viaggio per abbracciarlo. Però non risolverebbe niente. Maisie è il suo primo e unico amore.

"Cazzo! Mi dispiace, Warren. Che cosa le hai detto?"

Buttando fuori un respiro, risponde: "Le ho detto di no e le ho sbattuto la porta in faccia".

Cerco di non ridere per la facilità con cui ha pronunciato quelle parole, ma non riesco a trattenermi. "Posso solo immaginare quanto quello l'abbia fatta incazzare".

"Avresti dovuto sentirla mentre mi urlava contro e sbatteva i pugni sulla porta. L'ho proprio fatta infuriare quando ho messo la musica a palla e spento tutte le luci in casa. Sono piuttosto sicuro che Maisie abbia svegliato le mie galline".

"Cristo santo!" Scuoto la testa, ridacchiando. "Ma è così da tipo… sette anni? Perché vuoi che resti sposata con te? Ha la sua vita a più di mille chilometri da te".

Da quanto mi risulta, ha aperto un'agenzia letteraria a New York.

Rimane in silenzio talmente a lungo che ho paura che sia caduta la linea, ma poi alla fine parla: "Perché è l'amore della mia vita. L'unica donna che abbia amato o che amerò mai. Come posso lasciarla andare così?"

Deglutisco con forza perché quello che sto per dire non è ciò che vorrà sentire, ma ciò di cui ha bisogno.

"Forse è tempo che volti pagina. Sta vivendo la sua vita. Dovresti farlo anche tu".

Sospira. "Vorrei sapere come".

Cambia argomento prima che possa rispondergli.

"Ci sentiamo presto, ok?" dico dopo aver parlato con lui dei casini con Ellie. Tanto valeva raccontargli della mia triste vita sentimentale, così non si sente solo.

"D'accordo. A presto".

Dopo aver chiuso la chiamata, fisso lo schermo per qualche minuto prima di decidere di seguire il mio stesso consiglio sul voltare pagina facendo quello che dicevo che non avrei mai fatto: scarico un'app di incontri.

Che aspetto ha la ragazza dei tuoi sogni? chiede un messaggio in cima al profilo di Cecilia e, prima di poterle scrivere, devo rispondere alla domanda.

Però è una domanda insidiosa, perché quello che conta non è l'aspetto della ragazza dei miei sogni, ma chi è lei come persona, qual è la sua etica del lavoro e come tratta amici e familiari. È qualcosa che va oltre l'aspetto fisico: per me l'attrazione è importante, ma non penso sia sufficiente per creare una vera connessione.

Col senno di poi, non ho alcun motivo per essere così infatuato di Ellie. Il suo aspetto piacerebbe a qualunque uomo, ma è vedere la sua grinta e la sua determinazione ad avere successo, giorno dopo giorno, che mi intriga. E, se proprio devo essere onesto, il suo immediato disprezzo nei miei confronti è stato eccitante.

Forse sono un masochista.

Non nel senso fisico, ma per il fatto che trovo ogni scusa per starle vicino anche quando lei mi manda brutalmente a quel paese.

È una malattia, onestamente.

Quando avevo poco più di venti anni, molte donne a cui riservavo attenzioni coglievano al volo l'opportunità di rimorchiare uno come me. Si basava tutto strettamente sull'aspetto esteriore e su quanto bevevamo. Non c'era niente di reale o che andasse oltre una notte sola.

Però adesso eccomi qui, che mi costringo a perdere questa mia brutta abitudine per trovare di più e qualcuno che non mi odi da morire.

Che idea!

Quindi rispondo alla domanda di Cecilia il più onestamente possibile senza fare la figura del fesso e, poco dopo, mi scrive.

CECILIA

Scommetto che il tuo cappello da cowboy
starebbe meglio a me.

Avrei dovuto aspettarmelo, dopo aver messo l'immagine del profilo in cui ne indosso uno.

LANDEN

Dici? Suppongo che ci sia solo un modo per
scoprirlo.

Per le quattro ore successive, tra il bucato e le pulizie, ci scriviamo di continuo. È spiritosa e dà facilmente corda alle mie avances. Rido più di quanto non abbia fatto per mesi, ed è bello comunicare con qualcuno che non mi vuole morto.

LANDEN

Domani mi sveglio presto, quindi devo andare a
dormire. Ma quando posso portarti fuori?

CECILIA

Finalmente me lo chiedi!

LANDEN

Non volevo sembrare troppo aggressivo.

CECILIA

Che ne dici di questo weekend?

LANDEN

Io vado alla fiera per il rodeo sia domani sera
che domenica, se è qualcosa che potrebbe
interessarti.

CECILIA

Cibi fritti, birra troppo cara, giostre e un
cowboy sexy che mi tiene per mano? Oh, no,
come potrei mai sopravvivere…

La sua ironia mi strappa una risata, e mi domando se tutte le donne sono così alla mano sulle app d'incontri o se sono stato soltanto fortunato al primo tentativo. Comunque sia, mi sto mettendo in gioco e voglio vedere che succede. Per ora, ho scoperto che è una parrucchiera di venticinque anni che vive nel paesino qui vicino. Non ha una relazione seria da oltre un anno, però le piace andare al bar con gli amici e ballare la *line dance*.

LANDEN

Sarà dura, ma sono sicuro che ce la farai.

CECILIA

A che ora ci troviamo lì?

LANDEN

Va bene alle cinque e mezza?

CECILIA

Sarò quella con il vestitino bianco e gli stivali
marrone chiaro che mangia un corn dog
lunghissimo ricoperto di senape.

Con un largo sorriso, scuoto la testa visualizzando
l'immagine molto specifica.

Dalle foto sembra bellissima: capelli castani lunghi fino alle
spalle uguali agli occhi color cioccolato e un fisico a clessidra
sexy da morire nel vestitino blu che indossa.

Non vedo l'ora di conoscerla di persona.

LANDEN

Sai proprio come conquistare il cuore di un
uomo parlando sporco.

CECILIA

Aspetta quando ci incontriamo dal vivo.

Dopo esserci dati la buonanotte, mi infilo a letto con un
sorrisetto ebete sulla faccia e mi addormento speranzoso per la
prima volta dopo anni.

Capitolo Nove

Ellie

La fiera locale è tra quelle a cui preferisco partecipare perché, pur essendo piccola, offre numerose attrazioni. Ci saranno praticamente tutti gli abitanti di Sugarland Creek; quindi sarà ancora più divertente assistere agli eventi in programma, tra uno e l'altro dei miei.

"Ehi, Ellie!" Quando balzo giù dal pick-up e vado verso il retro del rimorchio, qualcuno che urla il mio nome attira la mia attenzione.

Harlow mi viene incontro a passo svelto con indosso l'uniforme per il salto ostacoli. È una cliente di Noah che vedo almeno una volta alla settimana al ranch. Non parliamo molto, però quando lo facciamo è sempre gentile.

"Ciao, Harlow. Stai proprio bene!"

Fa scivolare i palmi sulla giacca blu marino. "Grazie! Sto andando al polo fieristico per preparare Piper, però volevo augurarti buona fortuna per stasera. Io e Delilah faremo il tifo per te".

"Lo apprezzo molto. Buona fortuna anche a te!"

Anche se si allena da solo tre anni, è piuttosto brava per

avere soltanto diciannove anni. Sua sorella maggiore pratica equitazione acrobatica ed è stata la ragazza di Waylon; quindi lui la evita ogni volta che è qui. Visto che Delilah si esibirà stasera al rodeo prima che inizi l'evento di *barrel racing*, la guarderò dall'area di attesa: un modo divertente per dare la carica alla folla in anticipo.

"Grazie! Ultimamente Piper è un po' capricciosa. Spero davvero che cooperi". Controlla velocemente l'orologio. "Però è meglio che vada. Ci vediamo dopo".

"Va bene". La guardo correre via. Dato che il salto ostacoli non è un evento del rodeo, la fiera lo ospita al polo fieristico all'interno di un ampio edificio.

Quando apro lo sportello del rimorchio, entro e afferro la cavezza di Ranger; poi gli faccio qualche grattino. "Ehi, bello, sei pronto per un'altra vittoria?"

Mi strofina il naso sul viso, e io rido.

Aggancio la briglia e lo conduco fuori, per poi legarlo a un lato del rimorchio.

"Vado a prenderti dell'acqua, bello. Torno subito". Prendo il secchio, mi dirigo verso l'idrante e aspetto dietro a un altro cavaliere.

Dato che l'evento comincia fra poco più di un'ora, presto ci recheremo al recinto di attesa per restarci fino al nostro turno. Ci sono entrambi i miei genitori e anche zia Phoebe, dato che è vicinissimo a casa. Sono emozionata all'idea che mi veda gareggiare, visto che sono passati un paio d'anni dall'ultima volta.

"Ellie, ciao!" mi saluta Delilah quando mi avvicino all'idrante. Indossa l'attrezzatura per l'equitazione acrobatica, che le sta proprio bene addosso. La tutina glitterata con le frange viola le dona.

"Ehi! Ho visto tua sorella giusto qualche minuto fa".

"Oh, sì, sto andando proprio lì per guardare la gara finché posso, prima di dover andare all'arena. Quei poveracci dei nostri genitori dovranno correre dal suo evento al mio". Ride.

"Però è bello che possono esserci".

"Sì! Ho appena incontrato Noah e Magnolia. Stanno spingendo le bambine in un passeggino doppio troppo carino. Non ci posso credere che tra poco avranno un anno".

Questo genere di chiacchiere mi rende ansiosa, però sorrido e annuisco come ci si aspetta che faccia. Se Noah è presente a una delle mie gare, passa sempre da me prima del mio turno e mi fa un discorsetto di incoraggiamento, che è sempre apprezzato.

"Oh, magari tu puoi dirmelo, visto che loro non lo sapevano: sai come si chiama la tipa che è con Landen? Li abbiamo notati vicino alla ruota panoramica, però nessuno di noi l'aveva mai vista prima e lui sta ignorando i messaggi".

La notizia mi fa girare la testa, non perché mi interessi la sua vita sentimentale, ma perché Delilah pensa che io possa conoscere qualcosa di personale su Landen. A parte quello che vengo a sapere senza volerlo.

"Non ne ho idea", dico onestamente. Anche se mi sorprende che stasera abbia portato una ragazza, dopo che ha ammesso di non avere un appuntamento da mesi. Però la cosa non mi sconvolge più di tanto, dato che la sua reputazione da playboy era nota praticamente a tutti in città, quando ci siamo conosciuti.

Si mette le mani sui fianchi e sospira. "Accidenti! Beh, sono sicura che prima o poi Noah gli farà sputare il rospo. Waylon e Wilder sono inutili, ma questo perché Waylon corre nella direzione opposta non appena mi vede". Alza gli occhi al cielo, e non ce la faccio a chiederle del loro passato, ma principalmente perché non mi interessa. Delilah e Waylon hanno otto anni in più di me e vivono in mondi molto diversi dal mio in fatto di relazioni.

Magari, se avessi una vita sociale mia che include appuntamenti, nutrirei un interesse maggiore per quel genere di gossip, ma al momento riesco a concentrarmi solo su questa gara, sulla successiva e su quella dopo ancora.

"Comunque sia, buona fortuna per stasera! Farò il tifo per te!"

"Grazie! Anche a te".

Trasporto il secchio d'acqua per Ranger al rimorchio e poi prendo tutta la bardatura e l'attrezzatura che mi serve per prepararlo. Indosso il mio solito look rosa, ma, dato che questa è una serata ancora più speciale, essendo un evento locale, ho portato alcuni glitter sicuri per i cavalli da strofinare sul manto e lungo le zampe di Ranger.

"Fidati, ti piacerà", provo a convincerlo quando pesta gli zoccoli.

Ma Landen quando avrebbe avuto il tempo per conoscere una ragazza nuova? La stagione della riproduzione è quella in cui è più impegnato e, di solito, se i fratelli escono insieme, ne sento parlare di sfuggita da Ruby o uno dei gemelli.

Scuotendo la testa, mi do una sberla mentale. Non voglio pensare a Landen e alla sua tipa perché… che me ne frega?

Forse è perché è da quasi due anni che non sento che ha un appuntamento. Lui ha detto che non succedeva da mesi, ma probabilmente parliamo più di anni. Dato che lavora così tanto, dove potrebbe aver incontrato qualcuno? E da quanto tempo si parlano o si frequentano, se si è sentito pronto a portarla in un posto in cui sapeva che ci sarebbe stata tutta la sua famiglia?

No. Non mi importa. Non voglio saperlo. Non ho *bisogno* di saperlo.

L'unica cosa che merita la mia attenzione è questa gara. Devo vincerla a tutti i costi.

Quando io e Ranger entriamo nel recinto d'attesa, Noah, Magnolia e Tripp, che sta tenendo Willow in un marsupio, mi salutano. È comico vedere un cowboy tenebroso, alto più di un metro e ottanta, con jeans Wrangler e stivali da cowboy, andare in giro con una neonata sul petto.

Non posso nemmeno biasimare Magnolia se ha avuto una cotta per lui per tutto quel tempo.

I geni Hollis sono di altissimo livello.

Noah sorride a Ranger e lo accarezza. "Oggi sei ancora più carino". Poi solleva lo sguardo su di me. "Come ti senti, stasera?"

"Benone. Pronta a correre". Sistemo il cappello da cowboy, assicurandomi che stia ben fermo.

"Vedo che ci sono Marcia Grayson e altre ragazze nuove. Le conosci?" Sposta l'attenzione su Sarah e Samantha.

"Sì, sono le gemelle Smith. Vengono dall'Alabama, ma hanno iniziato a venire quassù per fare più gare".

Noah aggrotta la fronte. "Sono brave?"

Faccio spallucce perché, anche se non sono poi così male, non sono tanto brave quanto me. "Suppongo che stasera lo vedremo".

Ride. "In quel caso, so che non ne hai bisogno, ma… buona fortuna!"

"Grazie". Le batto il cinque quando solleva la mano.

"Urlerà per te, non preoccuparti", dice Magnolia, scherzosa.

"Per il rodeo di Franklin del prossimo weekend prepareremo

un cartellone", aggiunge Noah. "Però stasera faremo un sacco di rumore".

Sospiro. "Grandioso!"

Magnolia ridacchia.

"So che non ti piacciono le attenzioni, però stai bene sotto i riflettori. Tutti ti adorano e fanno il tifo per te. C'è tutta una sezione della mia famiglia che ti acclamerà", dice Noah.

Sorrido. I miei genitori sanno che per zia Phoebe sarebbe uno shock vedere gli Hollis; quindi troveranno posto dal lato opposto dell'arena, nella parte meno affollata. È per questo che non viene troppo spesso, però a volte mamma riesce a convincerla per farla uscire di casa.

"Beh, mi assicurerò di non deludervi".

Ci sono anche le due ragazze che Noah ha allenato e aiutato a diventare professioniste prima di me; quindi passa velocemente a salutarle. Ormai viaggiano in ogni parte della nazione, però, anche se non lavorano più con lei, so che hanno mantenuto i contatti.

Il cuore mi batte all'impazzata quando vedo Noah allontanarsi, e finalmente ho tempo per avere un crollo mentale in privato. Di solito non mi innervosisco così prima di una gara, soprattutto durante gli eventi di minor importanza come questo, ma sapere che ci sono tante persone che si aspettano che vinca mi mette addosso molta più pressione.

"Va tutto bene?" mi chiede Marcia quando, in sella al suo cavallo, si affianca a me.

"Sì, perché?"

Solleva velocemente una spalla. "Sei più pallida del solito".

Non so se è davvero preoccupata e sta dicendo la verità o se vuole impensierirmi, ma, in ogni caso, agito la mano e sorrido per nascondere il mio fastidio, come al solito. "Va tutto benone. Non vedo l'ora di gareggiare".

"Fantastico!" Abbassa lo sguardo sulla sella di Ranger prima di fare un largo sorriso. "Buona fortuna!"

So che dovrei dire qualcosa di carino tipo *anche a te*, però non me la sento proprio di ricambiare il suo augurio. Invece, prendo le redini di Ranger e lo porto sul davanti del recinto d'attesa, dato che sarò la terza a gareggiare.

Il presentatore annuncia i cavalieri di equitazione acrobatica e, mentre si esibiscono, la musica viene sparata a palla. Il costume viola acceso di Delilah è facile da individuare, e sorrido in modo sincero mentre la guardo. Anche se non conosco nulla di personale sulle sorelle Fanning, so che anche loro lavorano sodo e sono focalizzate sulle loro carriere. Delilah viaggia tanto quanto me, mentre Harlow si sta facendo ancora conoscere. Non so quanto spesso si vedano, però è bello che possano appoggiarsi l'una all'altra.

È una cosa che io non posso comprare né ottenere lavorando sodo, perché la persona che mi ama e sostiene incondizionatamente non può essere qui a guardarmi o fare il tifo per me. Anche se sarò per sempre grata di avere Noah e la sua famiglia e sono contenta quando i miei possono venire, è comunque diverso. Come se il mio cuore non fosse mai del tutto pieno perché ne manca sempre un pezzo.

Non appena l'esibizione è finita, faccio a Ranger il mio solito discorso di incoraggiamento. Il nostro turno sarà tra pochi minuti. La musica riparte e lui fa i suoi passettini mentre sente crescere l'eccitazione. "Ce la faremo, bello".

Stasera la pressione è più pesante del solito, ma provo a impedire che mi soffochi mentre la prima ragazza corre lungo il corridoio. Il pubblico esulta, il presentatore annuncia il suo tempo e, pochi secondi dopo, inizia l'altra.

"Tocca a noi, Ranger. Andiamo!" Gli do un calcetto per caricarlo ulteriormente e usciamo dal recinto d'attesa.

"Tre volte campionessa regionale sud-orientale e tre volte qualificata alle finali nazionali, Ellie Donovan! Fatevi sentire per la cavallerizza di Sugarland Creek e il suo quarter di dodici anni, Ranger!"

Ranger si precipita nell'arena non appena parte la musica e gira attorno al primo barile alla perfezione.

"Bravo! *Vai, vai, vai!*" Sollevo le redini mentre si lancia verso il secondo e poi afferro il pomello quando lo aggira.

"Un altro, bello".

Passo rapidamente gli occhi sul pubblico quando sento Noah e Magnolia urlare per noi. Landen e una bruna sono accanto a loro.

Proprio quando tiro di lato le redini, abbasso la spalla e Ranger si infila troppo nella *pocket*, tagliando la curva troppo presto. Sfilo il piede dalla staffa appena in tempo per sollevare la gamba sopra il barile, così da non rovesciarlo. La staffa lo sfiora, ma questo non è sufficiente a farlo cadere.

Merda, per un pelo!

"Corri a casa, Ranger!" Schioccando la lingua, mi sporgo in avanti con le redini morbide sul grembo e sento la folla gridare ancora più forte quando tagliamo il traguardo.

"E così la Principessa del Rodeo sale in testa con quindici punto otto nove due!"

Non è il mio tempo migliore, ma nemmeno il peggiore.

Dopo aver infilato di nuovo il piede nella staffa, porto fuori Ranger per far entrare la prossima.

"Cavolo, è stato pazzesco!" mi dice Sarah non appena ho ripreso fiato. "Non ho mai visto nessuno farlo prima".

"La mia addestratrice mi ha fatta allenare per qualunque tipo di situazione".

E, porca miseria, è stata un'idea proposta da Landen quando mi rompeva le palle per la spalla lussata. Ha detto a Noah che dovevo allenarmi a sollevare il ginocchio con e senza la staffa, nell'eventualità che Ranger si avvicinasse troppo al barile. Ovviamente lei ha adorato l'idea e ha detto che non avrebbe fatto male essere preparata a tutto.

"Hai tagliato la curva troppo presto, altrimenti non avresti avuto bisogno di farlo", si intromette Samantha, avvicinandosi alla sorella.

Serro la mascella. "Ne sono consapevole".

Le gemelle Smith hanno almeno dieci anni in più di me e credono che, dato che sono più giovane, non sappia quello che sto facendo.

Ma, ironicamente, quando vengono annunciate, nessuna delle loro presentazioni contiene le parole *campionato* o *qualificata alle finali* prima dei loro nomi.

Capitolo Dieci

Landen

Restare al rodeo fino a tardi e poi alzarmi il giorno dopo alle sette per lavorare è micidiale, ma, se voglio pulire i box e riempire le mangiatoie dei cavalli prima dell'evento di Antonio, non ho scelta.

Sono ancora mezzo addormentato un'ora dopo, quando entro barcollante al Lodge per fare colazione e per poco non finisco contro Ellie nella fila per il buffet.

"Merda, scusami!" Le afferro istintivamente il gomito e poi sbatto due volte le palpebre per schiarirmi la vista quando i suoi occhi incrociano i miei. "Non mi aspettavo di vederti qui".

Prima dell'incidente di qualche giorno fa in cui si è quasi strozzata, non era mai venuta a mangiare qui.

"Non sapevo di doverti informare quando ho bisogno di cibo". Abbassa lo sguardo sul suo piatto che scivola sul tavolo del buffet.

Suppongo sia un tantino di malumore, dopo il secondo posto di ieri sera.

"Oh, fai ancora la scontrosa, dopo che ti ho salvato la vita? D'accordo, va bene. Allora, se fossi in te, eviterei qualunque pezzo di carne. Non aiuto le persone che ce l'hanno con me senza alcun motivo".

"Dubito che tu sia l'unica persona qui dentro capace di praticare la manovra di Heimlich". Prende tre piccole salsicce per sottolineare la sua testardaggine.

"Strozzati e scoprilo".

Solleva di scatto la testa e mi lancia uno sguardo assassino. *Bene.*

Farla innervosire è il mio nuovo hobby. Adesso che proviamo un disprezzo reciproco, tanto vale fare leva su tutte quelle cose che la fanno arrabbiare, come lei ha sempre fatto con me negli anni.

Inarcando un sopracciglio, la sfido a ribattere.

Prima che lei possa farlo, la persona dietro di me si schiarisce la gola, e mi rendo conto che stiamo bloccando la fila. Essendo in corso la fiera, l'agriturismo è al completo.

Ellie coglie il messaggio e va avanti, restando in silenzio mentre ci riempiamo i piatti. Sul suo, aggiunge solo della frutta. La seguo con lo sguardo mentre si avvicina a un tavolo con Waylon e Wilder.

Porca puttana!

È già abbastanza strano che stia mangiando qui, ma il fatto che vada a sedersi con loro lo è perfino di più.

In ogni caso non le permetterò di rovinarmi la giornata, soprattutto dopo che ho avuto un fantastico appuntamento con Cecilia. Abbiamo riso quasi tutta la sera e ci siamo divertiti molto. Abbiamo deciso di rivederci stasera, alla fiera, per qualche ora e poi andremo al Twisted Bull a berci qualcosa.

Mi avvicino al loro tavolo e mi siedo accanto a Waylon, ignorando il modo in cui Ellie mi sta perforando la testa con lo sguardo. Wilder sta parlando di alcune gemelle che hanno conosciuto al rodeo, e lei non ne sembra contenta.

Sarà gelosa?

"Beh, se il vostro obiettivo era quello di trovare le sorelle più stronze del sud, ci siete riusciti", commenta Ellie.

Waylon fa un sorrisetto. "Secondo te, perché le abbiamo portate nella casa degli specchi e poi ce la siamo data a gambe?"

"Probabilmente sono ancora lì dentro a cercarci", aggiunge Wilder.

"Un attimo… Le avete scaricate?" chiede Ellie, sorpresa.

Io non lo sono. Mi sorprende solo che lei lo sia. *Sa con chi sta parlando?*

"Non appena hanno cominciato a sparlare di te, ce ne siamo liberati", dice Waylon. "Di sicuro non erano contente perché hai fatto il culo a entrambe e non avevano capito che sei una di noi".

"Una di voi?" Ellie solleva un sopracciglio.

"Sì, sei una Hollis onoraria. Significa che nessuno può permettersi di sfotterti". Wilder fa un sorrisetto.

"Tranne Landen". Waylon ride, e io gli do una gomitata.

Ellie si ficca un'intera salsiccetta in bocca mentre mi fissa, come se stesse aspettando che confermi o meno l'affermazione.

"No. Siamo nemici reciproci. Non riceverà più i miei servizi salva-vita. Quindi ti conviene *masticare*", dico prendendola in giro, con un sorrisetto.

"Da nemici ad amanti, eh?" chiede Noah dietro Ellie, comparendo dal nulla. "Il mio tropo narrativo preferito. Beh, dopo i racconti erotici con mostri. Le code mi smuovono qualcosa dentro".

Io, Wilder e Waylon la guardiamo con la stessa espressione disgustata.

"Sei venuta a salvarmi?" chiede Ellie, voltando la testa.

Noah si siede accanto a lei. "Sì, scusa il ritardo. Stamattina Donut mi ha dato del filo da torcere e Fisher non la smetteva di scocciarmi dicendomi di smontare dalla sella".

Donut è il cavallo da esibizione di Noah con cui lei si esercita in tutti gli allenamenti. Qualche anno fa, è caduta mentre faceva un'acrobazia e si è fatta molto male. Dopo la nascita di Poppy ha promesso a Fisher che non l'avrebbe più fatto, però Delilah voleva una mano per portare la sua tecnica al livello successivo, prima di partire in tour. Quindi adesso Noah si allena solo quando c'è Fisher a tenerla d'occhio.

"E questo cosa c'entra col fatto che vi siete date appuntamento qui a colazione?" chiedo.

"Abbiamo un incontro tra cliente e addestratrice, se proprio devi fare il ficcanaso". Noah sbuffa.

"Dovete parlare di quella mossa pazzesca di ieri sera, quando hai sollevato la gamba?" chiede Wilder.

"Già, non c'è di che per avergliela insegnata", dico con sarcasmo. "E un attimo… Perché io non sono stato invitato a questo incontro? Sono il suo addestratore part-time".

Invece di curarsi di quello che ho detto, Ellie sposta l'attenzione su Noah. "Dato che la settimana scorsa non abbiamo controllato gli zoccoli di Ranger, speravo che Fisher potesse vederlo prima della partenza, vale a dire entro mercoledì. Così passa un paio di giorni con i ferri nuovi, prima della gara di venerdì".

"Assolutamente. Questo weekend Fisher va a pescare con Jase, però inserisco Ranger nella sua agenda per lunedì mattina presto. Mercoledì usciamo, dopo le solite faccende, però noi due possiamo vederci per un'esercitazione veloce giovedì".

"Ci sarò anche io", mi intrometto, tenendo la forchetta sollevata. "Ditemi giusto quando e dove".

"I miei genitori non verranno; quindi sarò libera in qualunque momento", dice Ellie a Noah.

Non mi degnano nemmeno di un'occhiata.

"Guidi da sola?" le chiede mia sorella.

"Potrei accompagnarla. Dato che ci vado anche io", suggerisco, mettendo enfasi su ogni parola.

"Sì, non avrò problemi. Ascolterò un audiolibro e mi scolerò della Red Bull". Ellie sorride a Noah quando lei ride.

"*Pronto?* Qualcuno mi sente?" Inclino la testa verso Wilder e Waylon, che osservano divertiti.

"Credo che ti stiano ignorando", dice Wilder in tono di scherno, con la bocca mezza piena. "Puoi parlare con me di quella bruna sexy con cui sei uscito ieri sera, se vuoi".

Non voglio.

"Beh, dato che nessuno mi sta ascoltando, allora *non* suggerirò che Ellie indossi il tutore per la spalla per impedire che si abbassi di nuovo. E *non* suggerirò che lavori sul terzo giro di Ranger. Inoltre, *non* menzionerò il fatto che si è un po' spaventato quando la staffa ha sbattuto contro di lui; cosa che vi ha fatto perdere qualche microsecondo. Potevate arrivare primi. Ma, dato che nessuno mi sta ascoltando, *non* dirò come potete evitare che accada, la prossima volta".

"Mi porto anche il tutore per la spalla", dice Ellie a Noah mentre trafigge violentemente un pezzo di anguria. "L'avrei fatto comunque… però so che mi impedirà di abbassarla e girare le redini troppo presto".

"*Ottima* idea". Noah fa un sorrisetto perché sa che ho appena detto la stessa dannatissima cosa.

"Sei pronto, giovanotto?" Do una pacca sulla spalla ad Antonio mentre aspetta con ansia il suo turno.

"Ellie ha detto che mi avrebbe guardato. Non c'è. Viene?"

Guarda verso gli spalti, principalmente occupati da genitori. È ancora primo pomeriggio, e molte persone vengono soltanto per gli eventi serali.

"Se ha detto che l'avrebbe fatto, allora sono sicuro che verrà". Provo a rassicurarlo senza promettergli nulla.

"Ieri sera l'ho guardata con mia madre. È la migliore di tutti! Però meritava il primo posto".

"Sì, l'ho vista", dico impassibile, prendendo un respiro profondo.

Continuiamo ad aspettare mentre qualche altro ragazzino lancia il lazo e, più ci avviciniamo al turno di Antonio, più nervoso diventa.

"Non c'è!" esclama sussurrando.

Con un sospiro, tiro fuori il telefono. "Aspetta".

Abbiamo messaggiato giusto poche volte, ma mai per qualcosa di personale, solo per lavoro.

LANDEN

> Antonio si sta chiedendo se verrai a vederlo. È quasi il suo turno.

Quando appaiono i puntini, mi aspetto quasi che faccia la gnorri e dica qualcosa di stupido, tipo *chi sei*, e rimango sorpreso quando risponde.

ELLIE

> Due minuti e sono lì!

Mostro lo schermo ad Antonio, che fa un largo sorriso. "Lo sapevo che sarebbe venuta".

Resistendo all'impulso di alzare gli occhi al cielo, rimango con lui ad aspettare finché Ellie non corre nell'area di attesa.

"Ellie!" Il viso di Antonio si illumina.

"Ehi! Scusami, la fila per il bagno era infinita". Lo stringe in un abbraccio ed è come guardare una versione di Ellie che non conosco.

Antonio ricambia il gesto. "Che bello che ci sei!"

"Ma certo! Te lo avevo promesso". Fa un sorriso stupendo, e mi chiedo cosa servirebbe per indurla a guardarmi in quel modo.

Probabilmente il mio funerale. Quando mi guarda nella bara dall'alto.

Prima del turno di Antonio, gli faccio un discorsetto di incoraggiamento.

"Puoi farcela!" esclama Ellie ad alta voce.

Quando Antonio entra nell'arena, rimango accanto a lei con le braccia incrociate mentre lo guardiamo fare esattamente ciò che gli ho insegnato.

"Non ti capisco", mormoro, strofinando appena la spalla contro la sua, e giuro che la sento tremare.

Tiene lo sguardo fisso su Antonio. "Non c'è bisogno che tu lo faccia".

"Hai appena migliorato la vita intera di quel ragazzino. Sei il suo idolo. Ma, con me, sei fredda e distante. Maledizione, hai finto che non esistessi per tutta la mattina! E non mi dici il motivo".

So che dovrei rinunciarci e lasciar perdere, ma non ci riesco. È come un prurito che devo grattare, per capire cos'è stato ad avermi reso il cattivo della situazione.

Deglutisce con forza mentre evita di guardarmi. "Tutti abbiamo bisogno di una persona da ammirare, a cui appoggiarci e di cui fidarci. Una volta ce l'avevo; quindi so cosa significa quando ci viene portata via. Se avere il mio supporto lo aiuta ad acquisire sicurezza con il lazo o in qualsiasi altro sport equestre dovesse intraprendere, allora sono felice di darglielo".

Cosa significa che un tempo ce l'aveva? Chi ha perso?

Antonio torna di corsa da noi e riceve il punteggio finale.

"Hai spaccato!" Gli batto il cinque.

"Sono tanto fiera di te!" Ellie lo abbraccia di nuovo.

"Mi sa che continuerò a farlo e magari imparerò perfino a essere un cazzuto cavalcatore di tori. Poi, tra cinque anni, sarò abbastanza bravo per diventare un professionista". Agita le sopracciglia mentre la guarda.

"E saresti comunque troppo giovane per lei", gli ricordo.

Ellie mi dà una gomitata allo stomaco, facendomi sfuggire un grugnito.

"È un ottimo obiettivo per cui lavorare". Ellie gli fa un sorriso caloroso. "Il marito di Noah un tempo cavalcava tori. Scommetto che ti darebbe volentieri qualche consiglio o magari delle lezioni".

"Davvero? Sarebbe super".

"Gliene parlo la prossima volta che la vedo e ti faccio sapere", dice Ellie.

La madre di Antonio si avvicina, e io mi allontano per lasciar loro spazio.

"Grazie per il messaggio. Ho perso la cognizione del tempo". Finalmente Ellie si gira verso di me e, quando sta per superarmi, l'afferro per un braccio.

"Aspetta! Chi è che ammiravi?"

"Cosa?" Il suo sguardo si concentra sul punto in cui la sto toccando.

"Hai detto che sapevi cosa significa quando quella persona ti viene portata via. Dimmi chi hai perso", la imploro piano.

Fammi entrare.

Sto per supplicarla.

Gli angoli dei suoi occhi si riempiono di lacrime non versate, e lotto contro l'impulso di farle scorrere il pollice sulla guancia giusto per toccarle la pelle morbida.

"Quella persona è morta?"

Finalmente solleva lo sguardo su di me, con un mix di rabbia e tristezza scritto sul viso.

"No, non è morta. Però *io* sì, il giorno in cui mi è stata portata via".

Capitolo Undici

Ellie

Fare il viaggio da sola non è stato poi così male. In situazioni normali ci vogliono quattro ore per raggiungere Franklin, ma, con il peso aggiunto di Ranger e del rimorchio, ne ho impiegate quasi sei. Però è stato sufficiente per arrivare a metà dell'audiolibro e bere due lattine di Red Bull.

Quando arrivo al Ranch Serenity Springs, dove lascerò Ranger, sono pronta a trovare un bagno e del cibo caldo che non provenga da una stazione di servizio.

"Ehi, ce l'hai fatta!" Easton mi saluta con un abbraccio, e io ricambio il gesto. Questo è il ranch di suo zio, che ospita me e pochi altri professionisti che partecipano al rodeo quando siamo in città.

"Certo che sì", Sorridendogli, noto che ha messo su molta massa muscolare dall'ultima volta che l'ho visto. "Ti sei irrobustito".

Solleva il braccio e flette il muscolo. "Sto andando in palestra e mi alleno per il *bronc riding*. Quando finisco l'anno come professionista di lazo, cambio disciplina".

Sbarro gli occhi perché è la prima volta che sento questa storia. "È pericoloso!" Gli conficco un dito nel petto solido.

Per me Easton è come un fratello; quindi mi preoccupo per lui. Dopo che si è ritirato dal *barrel racing*, qualche anno fa, è passato al lazo e adesso, a quanto pare, al *bronc riding*.

"Che carina! Sei preoccupata per me?"

Alzando gli occhi al cielo, incrocio le braccia. "No. Non sono tua madre. Per quanto mi riguarda, vai pure a spezzarti il collo".

Ridacchia. "Mi fa piacere che non sei cambiata dall'ultima volta che abbiamo parlato".

Dopo che mi ha aiutata a scaricare Ranger, lo portiamo in un box. Poi mi presenta alcuni dei suoi nuovi cavalli e mi conduce dentro una grande cascina bianca, in cui suo zio mi saluta.

"Ma chi si vede, la Principessa del Rodeo in persona!" dice, ironico.

Mi si surriscaldano le guance per le attenzioni. "Mi guarderai conquistare la vittoria, questo fine settimana?"

"Lo sai che non me lo perderei mai. Spero tu abbia fame", mi dice, mentre apparecchia.

Annuisco. "Da lupi".

Dopo aver usato il bagno ed essermi data una rinfrescata, mi siedo accanto a Easton e iniziamo a divorare il famoso brasato dello zio Pip. Intanto mi aggiornano su tutti i pettegolezzi del paese e fanno anche qualche battuta sulla frequenza con cui Easton viene disarcionato dai cavalli.

"Mi sto allenando. Datemi tregua".

"Non vedo l'ora di vederlo in azione", lo stuzzico.

Mentre gustiamo il dolce, parliamo dell'imminente rodeo e di quanto siamo elettrizzati. Tecnicamente comincia domani con la serata gratuita per le famiglie, ma a partire da giovedì ci saranno sette eventi ogni sera, fino a domenica.

Dato che è uno dei più grandi rodei dello stato, l'intera famiglia Hollis viene qui e passa la notte in alcune roulotte, visto che sono tra gli sponsor. Noah ha addestrato molti dei cavalieri in altri vari eventi professionistici; quindi viene a vederli tutti.

"Sicura di voler dormire là fuori? Abbiamo una camera libera", dice Easton mentre mi accompagna all'esterno.

"Sì, non avrò problemi. Tutte le mie cose sono già lì dentro, e mi piace stare vicino a Ranger".

"Ok, beh, se ti servisse qualcosa, scrivimi".

Apro la portiera del rimorchio e gli sorrido riconoscente, voltando la testa. "D'accordo. Grazie, Easton. Ci vediamo domattina".

Dopo la colazione, mi organizzo per fare la mezz'ora di viaggio per raggiungere Nashville e vedere mia cugina più grande. Ogni volta che mi trovo a ovest, programmo una visita. Ci scambiamo lettere tutti i mesi, ma è diverso dal vedersi di persona.

Dopo aver fatto la doccia ed essermi cambiata per andare a letto, chiamo i miei genitori per la buonanotte. Mi dispiace che non potranno esserci, ma nella nostra situazione può succedere. L'unica altra persona che mamma si fida a lasciare insieme a zia Phoebe è mia nonna, che però di solito non se la sente di passare la notte da noi.

Prima di infilarmi sotto le coperte, sfoglio il mio raccoglitore pieno di atti giudiziari, pratiche legali e fogli contabili con le spese e i guadagni. Tengo traccia di tutto e registro ogni movimento finanziario per sapere esattamente quanto possiedo e quanto è stato speso.

Aspettare in questa stanza fredda mi rende sempre ansiosa.

Anche se non dovrei esserlo. Riuscire a vederla e a parlarle fisicamente mi riempie di quella stessa felicità che un tempo provavo durante i nostri pigiama party e quando fantasticavamo sul nostro futuro. Diceva sempre che, subito dopo il diploma, avrebbe sposato un uomo ricco, mi avrebbe portata su un jet privato e avremmo viaggiato insieme per il mondo. Perfino a dodici anni, sapevo che era un sogno irrealizzabile, però adoravo perdermi in quei pensieri. Finché fossimo rimaste insieme, non mi importava cosa avremmo fatto o dove saremmo andate.

Mentre aspetto che arrivi il mio turno per entrare nell'area visitatori, guardo le persone in attesa e mi chiedo quante altre famiglie siano state rovinate da delle condanne ingiuste.

È una tragedia, onestamente. Il fallimento della giustizia.

"Ellie Donovan".

Quando viene chiamato il mio nome, mi alzo e passo i palmi sudati sui jeans; poi attraverso la porta e vengo indirizzata verso il suo tavolo.

Vorrei poterla abbracciare. Avvolgere le braccia attorno al suo corpo scheletrico e stringerla.

Quando i nostri occhi si trovano, sorride raggiante. "Ciao, cuginetta".

Mi siedo davanti a lei, con un largo sorriso. "Ciao, Angela".

Ci sono guardie in tutta la stanza e, per quanto forte sia la tentazione di allungare la mano e toccarla, stringo i pugni sul grembo.

"Ti trovo bene", dice, facendo sferragliare gli anelli di metallo attorno ai polsi.

"E io te".

Alza gli occhi al cielo con fare drammatico perché sa che, dopo tutti gli anni che ha passato qui dentro, non può essere vero. "Starò molto meglio dopo che avrò ottenuto la condizionale".

Annuendo, concordo. È qui da undici anni.

Undici anni *troppo* lunghi.

Per un reato che non ha commesso.

"La otterrai. Non hanno motivo di negartela, dopo che ti sei comportata al meglio. Sto lavorando sulla mia lettera di supporto. L'ho letta a tua madre l'altra sera e mi ha consigliato alcuni dettagli importanti da aggiungere; quindi, non appena la completo, la mando".

"Sì? Come sta mia madre? Non parla molto quando la chiamo e non risponde mai alle mie lettere".

"Piuttosto bene. I miei l'hanno portata alla fiera dello scorso weekend, dove gareggiavo. Si è sentita soffocare un po' troppo dalla folla e hanno dovuto riportarla a casa poco dopo, però era felice di essere venuta. Le manchi".

"Eppure non viene mai a trovarmi".

Aggrotto la fronte, perché so che la ferisce non avere altri visitatori, oltre me. Dato che viaggio molto, non riesco a venire a trovarla tanto spesso quanto vorrei.

"Per lei sarebbe un viaggio troppo lungo", dico, però lo sa già.

Angela fa spallucce, liquidando la cosa come al solito: "Vabbè, non fa niente. Se avrò qualche soldo dopo essere uscita da qui, affitterò un appartamento là vicino per poterla vedere ogni giorno".

"Ne avrai. Aggiungo soldi al tuo conto di risparmio ogni volta che vinco un premio. Se non ti dovessero bastare per una casa, sai che i miei genitori faranno spazio e ti accoglieranno volentieri".

I miei genitori adorano Angela, però non si scomodano per venire a trovarla. Quando lei chiama per parlare con zia Phoebe, si scambiano convenevoli, ma tutto lì.

"Ellie, non posso. Stai già pagando le mie spese legali. Di questo passo, non riuscirò mai a rimborsarti".

"Sei mia cugina e la mia migliore amica. Meriti di ricominciare da capo, dopo tutto questo. E poi, voglio farlo e non accetterei comunque soldi da parte tua".

Ogni volta che vinco una gara, metto da parte una fetta del guadagno, così da poterle dare dei soldi quando uscirà di prigione. So che per lei sarà dura farsi una nuova vita a ventinove anni; quindi, se posso aiutarla rendendo più semplice il suo rientro in società, farò tutto il possibile.

"Ti ammazzerai di fatica cercando di prenderti cura di me. Troverò un lavoro, spero". Fa di nuovo spallucce, perché sarà una sfida anche con una laurea. Ha dei precedenti penali e nessuna esperienza lavorativa.

Quando la famiglia di Talia ha vinto la causa per morte ingiusta, per pagare i danni i miei zii hanno dovuto vendere la casa, la proprietà e praticamente ogni altra cosa che possedevano.

"Per fortuna, amo quello che faccio; quindi non è un grosso problema", la rassicuro.

L'obiettivo è sempre la vittoria, perché mi porta un gradino più vicina alle finali, ma è il premio in denaro che mi fa andare avanti, giorno dopo giorno. Dopo aver pagato la pensione mensile di Ranger, le spese per l'addestramento e i debiti di Angela, metto tutto quello che avanza sul suo conto.

"Anche se significa dover avere a che fare con *lui*?" Rabbrividisce per aver solo dovuto pensare a Landen.

Quando sono finita sulla lista di attesa di Noah, ero incerta se dirlo ad Angela, perché temevo potesse non essere d'accordo. Ma non potevo nasconderle un segreto simile; quindi gliel'ho rivelato e mi sono sentita sollevata quando mi ha appoggiata fino in fondo. Sapeva che volevo fare del *barrel racing* la mia carriera e mi ha esortato a mettere in pratica tutte le azioni necessarie per raggiungere la vetta.

È per questo che so che Angela non è come l'hanno ritratta i media.

"È un effetto collaterale dell'avere l'addestratrice e la pensione migliori dello stato". Aggrotto la fronte, non volendo pensare alla persona responsabile di averla fatta finire qui dentro.

Tuttavia, mi dispiace che Noah non lo sappia. Se si sapesse in giro che sono parente di Angela, la mia carriera potrebbe essere a rischio, proprio adesso che è decollata e il mio nome è sempre più conosciuto all'interno della comunità dei rodei. I media non hanno messo Angela sotto una bella luce durante il processo e tutti i residenti si sono convinti della sua colpevolezza persino prima del verdetto. Dato che non abbiamo lo stesso cognome e ho sei anni in meno di lei, nessuno mi riconosce o mi associa ai fatti di quel periodo. Per fortuna, non me ne sono mai dovuta preoccupare, visto anche che nessuno a Nashville sa chi sono e vengo a trovarla soltanto ogni pochi mesi.

Se Noah avesse saputo che sono la cugina di Angela, non avrebbe mai accettato di addestrarmi. Sono sicura che avrebbe preso le parti di Landen e non avrebbe voluto avere niente a che fare con me; quindi, per quanto difficile sia nasconderglielo, non ho altra scelta che starmene zitta, se voglio raggiungere i miei obiettivi.

Quando io e Landen ci siamo incontrati, quattro anni fa, era ovvio che non si ricordasse di me. Avevo solo dieci anni quando lui e Angela sono stati insieme ed ero giusto un paio di anni più grande quando è stata condannata; quindi la cosa non mi ha sorpresa e ha reso più facile il mettere bene in chiaro che non saremmo mai stati amici.

Accidenti, non volevo nemmeno avercelo vicino!

Non dopo averlo sentito parlare al processo di Angela, quando ha mentito sul tipo di persona che era mia cugina. Poi ha mentito alla corte su quello che ha visto e, dato che è stata la parola di cinque persone contro quella di Angela, la giuria si è schierata con l'accusa.

Quel giorno abbiamo perso tutto, e da allora la vita non è più stata la stessa.

"Continua a chiederti regolarmente perché lo odii?" Angela inarca un sopracciglio.

"Più o meno, sì. Però credo che abbia una nuova ragazza. Quindi magari smetterà di assillarmi".

Raddrizza la schiena, facendo tintinnare insieme le manette. "Una *ragazza*?"

Sollevo una spalla perché non gli chiederò certo dei dettagli. "L'ha portata alla fiera, lo scorso weekend".

Angela alza gli occhi al cielo. "Dev'essere bello poter uscire e fare cose normali. Cristo, lo odio tantissimo!"

Anche io.

La vita di Angela non è stata l'unica a essere rovinata.

I miei genitori hanno dovuto chiedere un secondo mutuo per contribuire alle cure di zia Phoebe, quando il marito l'ha lasciata. Oltre a quello, hanno cercato di essere forti per me ogni volta che la depressione prendeva il sopravvento. A prescindere da quello che dicevano tutti, non riuscivo comunque a comprendere perché Angela fosse finita in prigione per qualcosa che non aveva fatto.

Il sistema giudiziario ha tradito lei e tutte le persone che le volevano bene.

Ho pianto di più durante quel primo anno di quanto non abbia fatto in tutta la mia vita. Era come se stessi piangendo una persona che non era morta, però era sparita dalla mia vita in un modo a cui non ero abituata. Abbiamo passato mesi a scriverci, prima che mi fosse permesso di andare a trovarla. Non poterla abbracciare è stata una forma di tortura che non avevo previsto.

Però Angela mi ha distratta come meglio ha potuto. Mi incoraggiava a parlare dell'organizzazione giovanile e dell'equitazione e mi chiedeva se pensavo ci fosse qualche ragazzo carino a scuola. Quando parlavamo al telefono, riusciva a farmi ridere dopo pochi minuti, perché lei è questo genere di persona. Non voleva che fossi triste.

"Credi che Landen sappia che hai diritto alla condizionale?" le chiedo, curiosa anch'io di saperlo. Non si è comportato diversamente dal normale: sempre il solito Landen fastidioso e molesto.

"Oh, sono sicura che il loro avvocato ficcanaso l'abbia detto a tutti. Il mio mi ha già detto che la famiglia di lei proverà a persuadere la commissione e che scriveranno delle lettere anche loro, però mi ha rassicurata: non hanno nessun motivo valido per cui non dovrei ottenerla".

"Come può essere giusto, se tu sei innocente?" Faccio digrignare i denti mentre la frustrazione cresce, però provo a ricordarmi di respirare per non avere un attacco d'ansia.

Angela si sporge sul tavolo, incrociando le braccia. "Perché crederanno per sempre che l'ho spinta. Però io so che cos'ho visto quando nessuno di loro stava guardando, e si è lanciata, proprio come ha fatto il suo ragazzo un paio di anni dopo. Non crederanno mai che hanno stretto un patto suicida, perché in quel caso dovrebbero ammettere di non aver aiutato Talia a superare la sua depressione. Avevano bisogno di un cattivo e di un capro espiatorio per giustificare la sua morte e, beh, eccomi qui".

Il rancore nella sua voce mi rende triste e arrabbiata. Mi ha raccontato più volte la storia, però fa male sentirla ogni singola volta. I giornalisti locali l'hanno dipinta come un'adolescente egoista e narcisista che aveva agito in un impeto di gelosia. L'hanno definita "violenta". "Malvagia". "Un'*assassina*".

Però io sapevo che si sbagliavano, perché quella non era la persona che io consideravo una sorella.

Angela era gentile, dolce e premurosa. Sapeva sempre come farmi ridere.

Non farebbe mai del male a una mosca.

L'anno prima della condanna, aveva saltato la scuola soltanto per passarmi a prendere di buon'ora e avevamo passato la giornata insieme al centro commerciale. Avevamo fatto shopping, mangiato cibo spazzatura e ci eravamo intrufolate nella sala di un film vietato ai minori.

La persona che hanno descritto in TV non era la stessa che, dopo la morte del mio criceto, mi aveva abbracciata mentre piangevo, fino a quando non mi ero addormentata.

"Farò tutto il possibile per assicurarmi che approvino la condizionale", le prometto.

"So che lo farai, Ellie. È per questo che sei la mia eroina".

Mi si riempiono gli occhi di lacrime, e le asciugo in tutta fretta dalle guance. "Comunque sia, hai visto o sentito Lexi di recente? Come sta?"

"Per quanto ne so, si sta tenendo fuori dai guai da quando è rimasta coinvolta in quell'ultima rissa. Ma quell'episodio ha fatto rinviare i diritti di visita di diversi mesi".

"Che peccato! Ad Antonio farebbe bene vedere la sorella".

"L'hai fatto entrare nel programma di Iazo?"

"Sì, ho visto la sua prima gara alla fiera dello scorso weekend". Sorrido con orgoglio.

"E Landen pensa ancora che sia stata un'idea di Noah chiedergli di allenarlo?"

Sospiro. "Sì".

Sono rimasta in contatto con i responsabili dell'organizzazione e passavo da loro quando ero in città, ed è stato così che ho conosciuto Antonio. Quando hanno detto di aver bisogno di altri addestratori per il lazo, ne ho parlato con Noah così che reclutasse Landen. Nonostante lo detesti, l'ho fatto per Antonio. Gli serviva un modello, dopo che la sua unica sorella era finita in prigione per aver pugnalato a morte il suo aggressore.

Il sistema giudiziario ha così tradito un'altra famiglia.

È stata la parola di lei contro quella di un uomo morto.

"Hai pensato a quello che succederà, una volta che avrò ottenuto la condizionale?" chiede. "Che venga a vivere con voi o meno, è impossibile che gli Hollis non scoprano che siamo imparentate, ora che ti conoscono. Soprattutto se il mio rilascio finirà sui giornali locali".

Scuoto la testa, perché non ho avuto tempo per pensare a nient'altro che non fosse la mia prossima gara e il passo successivo per far uscire da qui Angela.

Stringendomi nelle spalle, dico: "Capirò cosa fare a tempo debito. Se dovessero chiedere a me e Ranger di andarcene, allora tornerò alla fattoria della nonna. Continuerò a gareggiare e guadagnare come al solito".

"Allora magari potrei venire con te, che dici?" sorride, speranzosa.

"Mi piacerebbe molto. Sarebbe proprio come ai vecchi tempi. Tu ed io contro il mondo".

"Hai proprio ragione, piccoletta". Mi fa l'occhiolino.

Alla fine parliamo di altre cose a caso per la mezz'ora rimanente e, quando devo andarmene, ho il cuore pieno. Provo sempre un senso di sollievo quando posso vederla e parlarle di persona.

"Ti voglio bene. Ci sentiamo molto presto, ok?" dice.

Annuisco ripetutamente, cercando di tenere a bada le emozioni. "Ti voglio bene anche io".

Capitolo Dodici
Landen

Stamattina Mario sta facendo il rompicoglioni. È uno dei nostri nuovi stalloni e tende a impennarsi quando lo conduco fuori nel pascolo. Di solito, riesco a reindirizzarlo e calmarlo, però oggi è più risoluto del normale.

Sono piuttosto sicuro che domani avrò un occhio nero, perché prima stava agitando la testa e l'ha sbattuta contro la mia quando non mi sono allontanato abbastanza in fretta. Ma, dato che partirò per raggiungere il rodeo di Franklin tra qualche ora, sarà un altro garzone a doversi occupare del problema. Perlomeno fino al mio ritorno.

"Risparmia le energie per le giumente, bello!" Sgancio la briglia quando Mario è all'interno e poi mi chiudo il cancello alle spalle.

"Giornataccia?" Tripp arriva in sella a Denver, uno dei cavalli di famiglia, e scocca un sorrisetto quando gli faccio il dito medio.

"Giusto un altro stallone che fa i capricci, come al solito. Che stai facendo?"

"Papà mi ha chiesto di spostare le capre nel pascolo a est dell'agriturismo, prima di partire; quindi le sto cercando".

"Hai perso le capre?" chiedo beffardo, incrociando le braccia e appoggiandomi al recinto.

"No. Sono… da qualche parte".

Ridacchio, raddrizzandomi. "Buona fortuna! Una volta ne ho trovate alcune nel fienile".

"*Merda!*" mormora.

Mentre cammino verso la scuderia per recuperare la prossima giumenta per Mario, un messaggio mi fa vibrare il telefono.

CECILIA

Che cosa deve fare una donna per ricevere un bacio della buonanotte, da queste parti?

Sorrido non appena leggo il suo messaggio. Dopo i nostri appuntamenti consecutivi alla fiera, lo scorso weekend, non l'avevo ancora baciata; poi ieri sera siamo usciti a prendere un gelato. Visto che avevo lavorato fino a tardi, non siamo riusciti a passare molto tempo insieme, ma quando ci siamo separati l'ho salutata con un abbraccio e l'ho baciata sulla guancia.

Non abbiamo fatto altri piani, dato che questo pomeriggio parto per il rodeo di Franklin, però ci scriviamo tutti i giorni da quando ci siamo conosciuti.

LANDEN

Hai mai sentito parlare dei gentiluomini del Sud? Sto cercando di essere rispettoso e fare le cose con calma.

Per quanto mi piaccia il fatto che sia così schietta e sfrontata, preferirei che ci conoscessimo meglio, prima di buttarci a letto insieme.

È una cosa che non avevo mai preso in considerazione prima, ma, se voglio davvero provare a *voltare pagina*, allora devo assicurarmi che tra di noi ci sia una connessione reale.

CECILIA

Hai paura che un po' di slinguazzamenti ti trasformino in un sessuomane?

Se solo sapesse che è da *tanto* tempo che non lo faccio...

LANDEN

Sono piuttosto sicuro che sei tu quella che non riuscirebbe a tenere le mani a posto.

CECILIA

Vieni a fare colazione da me e scoprilo.

Non c'è alcun motivo per cui non potrei andarci. Sì, partiamo a mezzogiorno, ma questo non mi ha mai impedito di farmi una scopata.

Però ho questa sensazione fastidiosa alla bocca dello stomaco che mi dice che, se corriamo troppo, me ne pentirò.

LANDEN

Vorrei poter venire, ma devo finire otto ore di lavoro in tre.

CECILIA

Sicuro che non posso farti cambiare idea, cowboy? Magari un piccolo incentivo visivo...

Un momento dopo, mi invia un selfie allo specchio dove indossa soltanto un pagliaccetto trasparente in pizzo nero con un fiocco rosso tra i seni.

Dio, aiutami!

Sollevando il berretto, passo una mano tra i capelli e rifletto sulla mia prossima mossa.

Merda! Giochi sporco. Possiamo rimandare al minuto stesso in cui torno in paese?

La seconda fotografia che manda è di lei girata dall'altra parte, che si guarda allo specchio e mette in mostra il perizoma e i collant abbinati.

Non credo di poter aspettare così tanto.

A costo di inciampare, dovrei precipitarmi verso il pick-up e raggiungere casa sua a tutta velocità. Il vecchio me non ci avrebbe pensato due volte. Prima, ricevere fotografie provocanti o inviti a fare sesso dalle tipe era la norma, e accettavo tutto volentieri.

Adesso, però, sono fin troppo vecchio per comportarmi da ragazzino sconsiderato e arrapato. Una cosa è mettermi di nuovo sul mercato, un'altra è cercare di tornare a essere il vecchio me che faceva sesso senza sentimenti, pur di provare qualcosa.

Mi dispiace. Devo tornare al lavoro. Ti scrivo più tardi.

Sì, sono sicuro che la mia reazione sgonfierà il suo ego o la farò arrabbiare, però sarebbe irresponsabile da parte mia mollare il lavoro quando non ho nemmeno finito di fare i bagagli.

Ho cominciato due sere fa, ma poi sono finito di nuovo al telefono con Warren per discutere delle lettere da inviare alla commissione per la condizionale. Maisie continua a presentarsi all'improvviso a casa sua; quindi gli serviva una distrazione.

Per quanto sia stato un po' triste parlare di Tucker e Talia, mi ha fatto piacere non dover essere solo mentre pensavo a come esprimere a parole ciò che sento: che Angela merita di continuare a fissare le pareti della prigione finché non avrà scontato tutta la pena.

Sono sollevato di essere riuscito a scrivere la lettera e inviarla.

Adesso speriamo soltanto di ottenere il migliore dei risultati.

"Ehi, papà", lo saluto quando lo vedo sul quad fuori dalla scuderia degli stalloni. "Che stai facendo?"

"Ehi, figliolo. Sto giusto facendo un giro per assicurarmi che tutto sia pronto prima della partenza".

"Sì, ho pulito i box e dato da mangiare ai cavalli. Poi ho stilato una lista per i garzoni. Le provviste ci sono e dureranno per i prossimi giorni".

"Grandioso! Sei felice di prenderti qualche giorno di pausa?"

Faccio spallucce, con un sorrisetto. "Sì, non mi dispiace".

Ridacchia. "Ellie è in viaggio?"

"È partita ieri".

"Oh, ok. Beh, ho preso una cosa per te e i tuoi fratelli. Non dirlo a tua madre". Tira fuori una busta dalla tasca anteriore e me la porge.

All'interno ci sono dei biglietti per il Recinto VIP. Garantiscono cibo e bevande all-inclusive per tutta la durata del rodeo.

"Come mai?" chiedo, sospettoso. Non l'ha mai fatto in tutti gli anni che ci siamo andati.

Si stringe con modestia nelle spalle. "So quanto tu e i tuoi fratelli lavorate sodo, soprattutto per allenare Ellie e consentirle di arrivare lontano; quindi ho pensato che meritate i posti migliori nell'arena, per sostenerla".

Prendendolo tra le braccia, lo ringrazio da parte di tutti noi. Anche gli altri ne saranno felicissimi.

E poi, così avremo un posto in prima fila per guardare Ellie da vicino.

Partiremo alla volta di Franklin con quattro veicoli pesanti che trainano una roulotte ciascuno. Per tre notti, dormirò con Wilder e Waylon. *Che Dio mi aiuti!*

Però non vedo l'ora di prendermi una pausa dal lavoro manuale giornaliero, passare di nuovo del tempo con i miei fratelli come ai vecchi tempi e, magari, vedere Ellie vincere venerdì e sabato.

Dopo che ci siamo sistemati sul nostro lotto di terra, passo dalla roulotte di Tripp e Magnolia e poi da quella di Noah e Fisher per vedere se hanno bisogno di qualcosa, dato che vado in paese a comprare acqua in bottiglia e birra. La robaccia che servono all'evento costa decisamente troppo; quindi teniamo qualcosa nel nostro accampamento per quando non siamo all'interno.

"In realtà, sì. Potresti prendere una confezione di salviette? Pensavo di averne prese di più, ma devo essermene scordata", chiede Noah.

"Tipo… quelle disinfettanti?" domando, aprendo le note sul telefono per segnarmelo.

"Tipo… quelle per il sedere di tua nipote".

Lo sguardo di Fisher incrocia il mio quando si rende conto che sono ancora confuso. "Le salviette umide per i bambini", conferma.

Annuisco, scrivendo. "Ricevuto. Qualche tipo o profumo in particolare?"

"Oh, mio Dio!" Il tono di Noah mi fa capire che era una domanda stupida.

"Prendo le prime che trovo", confermo.

"Ehi, stai andando a fare la spesa?" chiede Magnolia, salendo sulla roulotte.

"Dipende. Cosa ti serve?"

"Usa parole semplici", la avverte Noah.

"Scusami se non ho un figlio e non conosco queste cose", dico sarcastico.

"Oddio, che cos'hai fatto?" interviene Tripp.

"Niente. Allora, cosa vi serve?" Agito il telefono per far capire a Magnolia che sto aspettando con impazienza.

"Preservativi, extra-large. Lubrificante. A base d'acqua. Quello alla fragola".

Considerando la semplicità e la rapidità con cui ha elencato le cose, mi chiedo se mi stia prendendo in giro o meno.

"Per un attimo ci ho creduto, però ho capito che stavi mentendo quando hai detto 'extra-large'".

Tripp mi scocca un'occhiataccia, e ridacchio.

"Sono seria! I suoi tengono Willow per la notte, e non sono venuta preparata".

"Cioè… metterti incinta sarebbe poi così terribile?" Tripp fa un sorrisetto.

Magnolia sbarra gli occhi e gli dà una spinta. "Non ha nemmeno un anno".

Tripp fa spallucce e poi mi indica. "Allora ti conviene aggiungerli alla lista".

"Non ci penso proprio, bello. Il lubrificante aromatizzato è il mio limite".

"Non criticare finché non lo provi", mi provoca Magnolia, leccandosi le labbra. "Mescolato all'odore naturale di uomo è…"

"Prendo Poppy e vado a vedere come se la stanno cavando i tuoi genitori…" Fisher prende la bambina dalle braccia di Noah e si allontana.

Non appena la porta si chiude, io e Magnolia scoppiamo a ridere.

"Voi due siete imbarazzanti". Mia sorella si acciglia.

"Dovrebbe esserci abituato, ormai, visto che fa parte della famiglia da tre anni", dico.

"Io *sono* parte di questa famiglia, e non voglio sentir parlare della vita sessuale di mio fratello". Noah sposta la valigia, cercando dello spazio per tutte le cose della bambina che hanno portato. "E poi, avete l'età di suo figlio. Probabilmente gli fa un effetto strano".

Mi appoggio al frigorifero. "Dici più strano del fatto che tu ti portavi a letto suo figlio prima di conoscerlo?"

"D'accordo, fuori! Tutti quanti. Devo montare il box di Poppy". Noah indica la porta.

Tripp tiene in braccio Willow mentre escono, e io li seguo.

"Ok, sul serio. Vi serve qualcosa dal supermercato, prima che vada?"

"Birra e acqua?" chiede Tripp.

"Li ho già segnati".

Dà un colpetto al cappello. "Allora siamo a posto".

Andare al supermercato è stata una cattiva idea. Sembrava il selvaggio Far West.

E, dato che volevo fare il fratello gentile, ho preso comunque una confezione di preservativi. Ma niente lubrificante. Se ne faranno una ragione.

Quando torno all'accampamento, non c'è più nessuno, chiaramente. Immagino siano andati a cercare cibo oppure, conoscendo i gemelli, qualche donna ignara da rimorchiare.

Consegno i preservativi di Tripp e le salviette di Noah prima di mettere la birra e l'acqua nella mia roulotte. Ma, quando apro la porta, vengo accolto da una Cecilia mezza nuda.

"Porca troia!" Inciampo sui gradini, rischiando quasi di cadere all'indietro. "Cristo!"

"Sorpresa…" Si alza, indossando la stessa lingerie delle fotografie che mi ha inviato prima.

Metto giù l'acqua e la birra, cercando di ricompormi e placare l'infarto che mi ha appena fatto venire.

"Ehm, già. C-Che cosa ci fai qui? Come? Quando?"

"Quando non sono riuscita a convincerti a venire da me, ho deciso di andare io da te. Quindi sono partita un'oretta dopo che mi hai scritto di essere in viaggio e, all'arrivo, ho giusto cercato il tuo pick-up".

Mi passo una mano tra i capelli, cercando di decidere cosa fare. Condivido una roulotte a due letti con i miei fratelli. Non è esattamente la situazione ideale.

"È un problema se sono qui? Non voglio tenerti lontano dalla tua famiglia o…"

"No, va tutto bene". Mi avvicino. "Mi hai solo scioccato da morire, tutto qui".

"Quindi posso restare?" chiede dolcemente.

Le sorrido. "Sì, certo che puoi restare".

Capitolo Tredici

Ellie

Ieri, dopo la visita ad Angela, sono tornata al ranch di zio Pip, dove poi Noah mi ha raggiunta per qualche esercitazione. La sera, sono andata in macchina con Easton alla serata per famiglie e abbiamo guardato gli eventi dei bambini, tra cui il mio preferito è stato il *mutton busting*, ovvero la "monta del montone". Dopodiché, Easton mi ha presentato alcuni ragazzi della sua squadra e infine, prima delle dieci, sono andata a letto.

Questa mattina, dopo essere passata a controllare Ranger e aver pulito il suo box, ho raggiunto Easton in casa per un caffè.

"Ehi, come hai dormito là fuori?" mi chiede, passandomi una tazza.

"Bene. Mi dimentico sempre quanto silenzio può esserci in campagna".

"Hai avuto paura?" mi provoca.

Prendo la brocca e riempio la tazza fino a metà.

"No, però ho dimenticato la macchinetta per il rumore bianco; così ho ascoltato suoni della pioggia sul telefono".

"Che roba strana!"

"Perché mai?" Prendo la panna dal tavolo e la aggiungo al caffè; poi la mescolo.

"Immagino che ti faccia scappare la pipì tutta la notte".

"In realtà, stramboide, è rilassante. Tu invece dormi nel silenzio come uno psicopatico?" Mi porto la tazza alle labbra e ci soffio sopra prima di bere un sorso.

"Ascolto un podcast, di solito".

"Sentire qualcuno che parla mi terrebbe sveglio il cervello. Io ascolto audiolibri e mi aiuta a concentrarmi durante i viaggi in macchina lunghi".

Solleva una spalla con disinvoltura. "Suppongo di esserci abituato. Ascolto per circa venti minuti prima di crollare".

"Mmh, magari ci provo al ritorno". Mi siedo a tavola e scrollo sul telefono alla ricerca di uno che possa interessarmi.

"Allora, oggi che fai prima di portare Ranger al rodeo?"

"Una delle organizzazioni giovanili locali mi ha contattata per chiedermi di partecipare come ospite a un incontro che hanno in programma; dovrei parlare della mia esperienza come cavallerizza di *barrel racing* professionista. Quindi mi vedo con un paio dei responsabili".

Normalmente, non vorrei aggiungere altri viaggi sulla mia agenda, già fitta di impegni, però tornare da queste parti tra un mesetto mi permetterà di far di nuovo visita ad Angela.

"Ooh, ma quanto sei famosa?" dice ironico. "È un evento pagato?"

"Certo che no. Devo una grandissima parte del mio successo all'aver fatto parte di un'organizzazione giovanile; quindi mi piace poter ricambiare il favore ogni volta che mi si presenta l'occasione di farlo".

"Visto che sei così fantastica e tutto il resto, non è che faresti un selfie con me per i miei profili social? I miei avversari mi invidieranno e sapranno che sono molto più figo di loro".

Sospiro, però annuisco comunque.

Uno dei difetti di essere sotto i riflettori dei rodei è dover tenere aggiornati i social. Dopo ogni gara, modifico la mia biografia con i guadagni aggiornati di Ranger e posto una nostra fotografia all'evento. Nella descrizione, ringrazio brevemente gli sponsor dell'evento, menziono la località e il premio che abbiamo vinto.

"Sai, quando parli così dimostri di essere davvero molto più giovane di me".

"Cosa? Hai solo un anno in più!"

"Mi riferivo alla maturità". Faccio un sorrisetto, poi mi alzo così che possa scattare la sua stupida fotografia.

Dopo aver discusso con me degli argomenti principali per la mia presentazione, i responsabili dell'organizzazione mi invitano a pranzare con loro. Dato che in paese ci sono decine di camioncini di cibo per il rodeo, alcuni di loro hanno parcheggiato lungo la Main Street, visto che l'evento apre soltanto stasera. Così i proprietari riescono a vendere di più e anche i residenti che non partecipano al rodeo possono godersi il cibo.

Però questa è molto più di una fiera di venditori. C'è un palchetto su cui suona una band, e tutte le piccole attività hanno aperto le porte e preparato dei banchetti con i loro prodotti lungo il marciapiede. Ci sono ancora le decorazioni della parata che hanno fatto lo scorso weekend, con uno striscione del rodeo legato tra due aste e delle bandierine su ciascun palo.

"Non avevo idea che organizzassero tutto questo", dico a

Brynn e Gabby. "Immagino di non essermi mai avventurata in centro, quando ci sono venuta le volte scorse".

"È qualcosa che la sindaca ha organizzato giusto l'anno scorso. Voleva attirare più persone verso le attività locali, così che queste non subissero perdite, visto che tutti vanno al rodeo per quattro sere", spiega Brynn.

"Adoro l'idea".

E adesso voglio entrare in tutti i negozietti e fermarmi a ogni camioncino per un'esperienza completa.

Controllo l'orologio sul telefono, pensando a quanto potrei restare in zona, prima di dover tornare per portare il mio rimorchio al rodeo. Ho l'incontro con la stampa mezz'ora prima che comincino le gare, però dovrebbe comunque restarmi abbastanza tempo per fermarmi qui per un po'.

Non avrei dovuto mangiare quel *churro-dog*, però sembrava troppo delizioso per lasciarmelo sfuggire.

E neanche gli Oreo fritti.

Né i *nachos* con il *pulled pork*.

E non avrei assolutamente dovuto buttare tutto giù con una limonata grande appena spremuta.

Il mio stomaco sta lottando per la vita mentre sono in piedi accanto a Ranger in uno dei recinti d'attesa. Dopo aver sudato per tutta la durata delle interviste, ho trovato dell'acqua, che mi sono scolata senza però trarne giovamento.

Aspetto con ansia questa gara da settimane, e adesso uscirò là fuori e vomiterò su tutti i barili.

Il fatto che l'arena sia gremita e che io sia già sovrastimolata non aiuta.

"Stai bene, Ellie?" chiede Sarah, avvicinandosi con il suo cavallo. O forse è Samantha.

"Sì, sto benone". Mi costringo a sorridere per non farle capire che sto mentendo. Non c'è bisogno che sappia che ho passato il pomeriggio a mangiare per lo stress, dopo che Noah mi ha scritto che ieri sera la nuova ragazza di Landen è piombata nel loro accampamento.

Beh, non ha detto esattamente così, però era implicito che il suo arrivo fosse inaspettato.

Non dovrebbe importarmi. *Non mi importa*, però mi sento già abbastanza nervosa quando è presente Landen. Non ho bisogno che mi guardi anche la tipa che si porta a letto.

"Sei sicura? Sembri ammalata", commenta, ma poi aggiunge subito: "Senza offesa!"

"Sono al cento per cento della forma". *E pure un poco offesa.*

L'altra gemella arriva trasportando un sacchetto e un thermos in mano, che mi porge. "Bevo questo quando sono nervosa, prima delle gare. Rimette a posto lo stomaco e calma i nervi".

"Che cos'è?" La guardo sospettosa, curiosa di sapere perché vorrebbero aiutarmi, quando sono la loro maggior rivale; però sembra sincera, così come sua sorella.

"È una tisana alla radice di liquirizia. Fa bene in caso di problemi di digestione", mi spiega.

La prendo con cautela. "Non mi farà venire la diarrea o qualcosa del genere, vero?"

"No, certo che no. Ha grandi benefici per la salute. La beviamo tutti i giorni, e guardaci!" dice l'altra.

Ok, beh, non mi pare che questo sia un punto a favore, ma,

se mi aiuterà a non sboccare di fronte a migliaia di persone, la proverò.

Dopo il primo, cauto sorso, decido che non è così male come sembra e ne bevo ancora.

"Per caso prendi probiotici quotidianamente?"

"Ehm... no".

È un qualcosa che dovrei prendere? Pensavo di avere ancora dai cinque ai dieci anni, prima di dovermi riempire di integratori di vitamine. Ma, considerando che loro ne hanno una trentina, magari è per questo che ne sanno più di me.

"Aspetta..." Si inginocchia, frugando nello zaino prima di tirare fuori una busta di plastica con dentro alcune pillole. "Prendi queste".

Le guardo con sospetto. "Per cosa?"

"Sono per la salute dell'apparato digerente", spiega.

L'altra gemella aggiunge: "Rafforzano anche il sistema immunitario".

"E regolano i movimenti intestinali".

Mi gratto la guancia, contemplando l'idea di voltarmi e andarmene.

"E non che ti serva per questo, però si usano per supportare la salute mentale", continua una di loro.

Sbattendo più volte gli occhi per il modo in cui ha pronunciato quelle parole, decido di allungare la mano per prendere qualche pillola, così da farle smettere di parlare.

Dopo averle ingoiate con la tisana alla liquirizia, ringrazio le gemelle per l'aiuto e dico che vado a cercare un bagno.

Chiedo a un'altra delle ragazze se può tenere d'occhio Ranger e, dopo che ha accettato, mi dirigo verso i bagni più vicini.

Quando mi guardo allo specchio, ho il viso più pallido del solito, ma non sembro in punto *di morte*. Mi schiaffeggio le guance piano, per non rovinare il trucco, sperando però che questo aiuti a tirare fuori un po' di colore.

Quando ritorno al recinto d'attesa per prendere Ranger, ci informano che si è verificato un ritardo poiché l'evento precedente è durato più del dovuto e devono ancora spianare il terreno dell'arena, prima che la divisione Junior possa cominciare.

Anche se non vedo l'ora di gareggiare, sono contenta di avere un po' di tempo perché il mio stomaco si stabilizzi, soprattutto dato che sono la seconda.

NOAH

Come te la passi?

Quando leggo il suo messaggio, reagisco con un pollice sollevato.

ELLIE

Benone.

Non voglio farla preoccupare o darle un motivo per farla venire qui. Il mio stomaco e la mia testa sono in guerra per decidere chi sarà il primo a farmi fuori, ma, purché aspettino la fine della gara, non mi lamenterò troppo.

NOAH

Ok, beh, tu fammi sapere! Io e Landen siamo nel Recinto VIP, pronti a fare il tifo per te... e aspetta di vedere il mio cartellone!

Non dovrei chiedere.
Non ha importanza.
Ma è più forte di me.

ELLIE

Anche la sua ragazza è lì con voi?

Vorrei darmi una sberla.

NOAH

No, credo dovesse andarsene presto per
tornare a casa, visto che domani lavora.

ELLIE

Oh, che peccato che si perderà il rodeo!

NOAH

Già, sono piuttosto sicura che non sia venuta
per il rodeo.

Non c'era bisogno che inviasse un occhiolino; avevo già
capito cosa stava insinuando.

Dopo quindici minuti, inizia la divisione Junior. Tra la
musica che va e viene e le urla della folla, un'ondata di nausea
mi travolge.

Invece di darle peso, rivolgo la mia attenzione a Ranger, così
che non si faccia prendere dall'ansia. Di solito si accorge quando
sono giù di corda, e ho bisogno che stasera dia il massimo.

Quando l'ultimo concorrente ha finito, dichiarano il
vincitore e poi arriva finalmente il momento.

Balzo in groppa a Ranger, gli faccio il solito discorso di
incoraggiamento per dargli la carica e poi aspetto che la prima
ragazza cominci il suo turno.

"Buona fortuna!" mi augura una delle gemelle Smith quando
la supero.

Sono troppo concentrata sul condurre Ranger verso il
cancello per rispondere.

"Sei pronto, bello? Ce la faremo". Mi piego in avanti e gli
accarezzo il collo.

Pesta gli zoccoli e si impenna quando la musica diventa più forte.

"Ci siamo quasi, aspetta…" Tiro indietro le redini, cercando di tenerlo tranquillo finché non arriva il momento.

Non appena la prima ragazza ritorna, lo conduco nel corridoio.

"Aspetta". Rimango in ascolto finché il presentatore non annuncia il mio nome e poi… "Andiamo!"

Faccio schioccare la lingua, gli do un colpetto con il piede, e lui schizza come una palla di cannone nell'arena.

Capitolo Quattordici
Landen

Normalmente un ritardo per l'inizio dell'evento sarebbe una seccatura, ma, dato che siamo nel Recinto VIP, significa solo che abbiamo più tempo per goderci i vantaggi gratuiti.

"Ok, ho appena scritto a Ellie. Sta tenendo duro", annuncia Noah, tornando al suo posto dopo aver preso altro cibo.

"Non capisco come faccia a farlo settimana dopo settimana. Sono un fascio di nervi per lei", dice Wilder, rubando qualcosa dal piatto di Noah.

"E tu da dove diavolo sei sbucato?" gli chiedo, dato che non mi ero nemmeno reso conto della sua presenza.

"È l'adrenalina", interviene Fisher. "Si diventa facilmente dipendenti da quella sensazione. La folla che fa il tifo per te, l'odore dell'arena, l'euforia della vittoria. Ed Ellie è pure nel fiore della sua carriera. Mi sorprenderebbe se fosse ancora nervosa o se si lasciasse trasportare solo dall'entusiasmo".

Oppure Ellie è molto brava a fingere il contrario e indossa una maschera.

"Di sicuro si avvicina di più a un tossicodipendente", conferma Noah.

Wilder prova a rubare un'altra patatina, e Noah gli allontana subito la mano. "Ma voi due cosa state facendo, comunque?" gli chiede.

"Io e Waylon stiamo facendo qualche giro. Diamo un'occhiata alle opzioni per dopo".

Noah si allontana da lui e fa una smorfia. "Che schifo! Avevate *promesso* che stasera avreste lavorato al lounge bar".

"Lo faremo!" Alza gli occhi al cielo, poi prende la mia birra.

"Puoi prendertene una tutta tua, sai?" Indico l'area VIP con un cenno del capo.

"Lo so". Fa un sorrisetto compiaciuto, ma se ne va.

"A proposito, Landen…" Noah mi guarda con occhi maliziosi. "La relazione con Cecilia dev'essere già piuttosto seria, se si è fatta quattro ore di macchina fin qui e altrettante per tornare a casa solo per vederti per una notte".

Fisher assottiglia lo sguardo. "È un po' presto. Non vi siete conosciuti solo lo scorso fine settimana?"

"Tu non ti sei forse portato a letto mia sorella la prima sera che vi siete conosciuti?" Sposto lo sguardo sull'arena. "In questo esatto posto?"

Noah ride di gusto quando Fisher arrossisce. "In realtà, è il terzo anniversario della nostra avventura di una notte. Gli ho detto che dovremmo ricreare la nostra prima volta. Ti va di tenere Poppy, stanotte?"

Quando agita le sopracciglia, fingo di vomitare.

"Non ci penso proprio. E la mia relazione non è affar tuo".

"Non ti sto giudicando, fidati. Cecilia mi piace. È bella e sembra una brava persona. Però non capisco come mai sia interessata a te".

"Ahia!" Le do una spinta, facendola sbattere contro Fisher.

"Solo per questo, *non* terrò la bambina, così voi due non potrete scopare. Anzi, metterò la musica a tutto volume per tenerla sveglia più a lungo".

Noah mi scocca un'occhiata assassina. "Non oseresti. So dove abiti".

"Pfft. Anche io so dove abiti tu".

I nostri genitori passano con Mallory a controllare brevemente come procedono le cose. Mia cugina c'è rimasta male perché non le è stato permesso di entrare nell'area VIP, ma è minorenne e non può restare qua.

"Fra qualche anno, piccoletta". Le faccio un largo sorriso. "E poi guiderai tu per accompagnarci qui".

"Non me, se le insegnerai a guidare tu", ironizza Noah.

"Sarò un'autista favolosa, molte grazie", ribatte Mallory. "Ho già memorizzato il manuale di guida per il prossimo semestre".

"Se guidi un quad e un trattore come una professionista, non ho dubbi che te la caverai con un pick-up", dico.

"Grazie". Mallory annuisce con decisione.

"Leccaculo", mormora Noah, rivolgendosi a me.

Finalmente il presentatore annuncia che, dopo che hanno spianato l'arena e posizionato i barili, l'evento sta per cominciare con la divisione Junior.

"Vado a prendere un'altra birra e altri snack. Volete qualcosa?"

"Vedi se riesci a trovare Magnolia e poi rimproverala per il ritardo", dice Noah.

Con una risata, faccio il saluto militare. "Agli ordini".

Mentre sono nell'area VIP, prendo il telefono e scrivo a Cecilia per assicurarmi che sia arrivata sana e salva.

CECILIA
Sì, sono a casa.

Buttati con me

Mi fa piacere. Possiamo parlare quando torno?

Ok.

È incazzata, e capisco il motivo, però si sarebbe arrabbiata ancora di più se non le avessi detto subito la verità.

Quando torno nella sezione VIP, noto che adesso i barili sono più distanti tra loro.

"Adesso tocca alla sua divisione?" chiedo, mettendomi in piedi dietro Noah e Magnolia, che finalmente è arrivata. Sono proprio davanti alla ringhiera, con il loro cartello ridicolo con su scritto: "Cavalca quel cavallo come se lo avessi rubato!"

"Sì, sarà la seconda cavallerizza", risponde Noah. "Preparati a urlare fino a spappolarti le viscere".

"Più tardi vostro fratello spappolerà le mie; quindi non posso farlo adesso", ribatte ironica Magnolia.

"Che schifo!" Noah ride.

"Non dirlo a me. Vivo sopra di loro". Sbuffo.

Magnolia mi dà una pacca sul braccio. "Oh, povero piccolo!"

Quando il presentatore annuncia il nome di Ellie insieme al suo cavallo Ranger ed elenca tutti i suoi riconoscimenti nei rodei professionistici, la folla va in delirio.

"Sì, Ellie!" urla Noah. "Vai, vai, vai!"

Ellie gira con facilità attorno al primo barile e corre rapida verso il prossimo.

È bellissima come sempre con il suo cappello e gli stivali da cowboy rosa. I capelli biondi mossi e lunghi le svolazzano attorno al collo mentre ruota attorno al secondo.

Quando Ranger si precipita verso il terzo, riesco a vederla meglio in faccia. Noto che ha lo sguardo disorientato e le guance più arrossate del normale. Potrebbe essere causato dal fatto che ha dovuto aspettare all'esterno più del previsto, con questo caldo, ma poi mi rendo conto che la sua postura ha qualcosa di strano.

Dovrebbe stare seduta dritta e con le braccia tese; invece, è ricurva come se non avesse la forza di tenersi su.

Non appena Ranger completa l'ultimo giro, Ellie cade dalla sella e sbatte la testa sul barile prima di crollare al suolo e rotolare finché non finisce con la faccia nel terreno. Mentre le esclamazioni della folla sgomenta riecheggiano nell'arena, stringo la spalla di Magnolia .

"Oh, mio Dio!" Noah scatta verso l'uscita per raggiungerla, e io la seguo immediatamente.

Un milione di domande mi vorticano nella mente sul perché sia caduta. Stando al modo in cui Ranger si stava girando, non avrebbe dovuto farlo. Persino durante gli allenamenti peggiori, Ellie non è mai caduta dalla sella in quel modo.

L'equipe medica arriva di corsa mentre io e Noah ci fiondiamo verso Ellie. Rimaniamo abbastanza distanti per lasciare spazio ai soccorritori, però tengo gli occhi fissi su Ellie mentre uno dei mandriani afferra Ranger e lo calma.

Noah spiega velocemente che siamo gli addestratori di Ellie, e loro le chiedono se la ragazza soffre di qualche patologia o allergia.

"No, nessuna", risponde Noah.

Faccio fatica a respirare mentre li vedo controllare se c'è battito e poi metterle una maschera di ossigeno sulla faccia. Ricordi del corpo esanime di Talia riaffiorano, mentre l'ansia mi serra il petto al pensiero di tutti gli scenari peggiori che potrebbero verificarsi. L'ultima volta che ho sentito arrivare così in fretta un attacco di panico è stata quando ho partecipato al funerale di Tucker. Non riuscivo ancora a credere che se ne fosse andato, visto che avevamo parlato giusto la sera prima che morisse.

Un paio di sponsor dell'evento corrono da noi, cercando di nascondere il corpo di Ellie alla vista del pubblico.

"L'ambulanza è qui davanti. Starà bene?" chiede uno dei due.

Uno dei benefici di un rodeo professionistico così importante è che ci sono un'equipe medica e delle ambulanze in attesa; quindi non bisogna aspettare che la portino in ospedale.

"Dall'aspetto delle sue pupille, il fiato corto e l'ipotensione, non mi sorprenderebbe se avesse avuto una crisi epilettica. Non potremo saperlo con certezza finché non l'avremo portata in ospedale".

Mi si ferma il cuore, ed è in questo momento che capisco perché non riesco a baciare un'altra donna.

Perché batte soltanto per Ellie.

Penso che lo faccia sin dal momento in cui l'ho conosciuta.

"Una *crisi epilettica*? Porca puttana!" esclama Noah.

Poco dopo, mettono Ellie su una barella e la portano fuori dall'arena con cautela. Prima di seguirli, raccolgo il cappello rosa di Ellie, che le è volato via, perché so che lo vorrà quando riprenderà i sensi.

Quando arrivo fuori con Noah, restiamo a guardare mentre la caricano sul retro dell'ambulanza e se ne vanno.

"Se la caverà", mormora Noah, aggrappandosi al mio braccio come se avesse bisogno di pronunciare ad alta voce queste parole perché si avverino.

Ma non ho mai avuto così tanta paura in tutta la mia vita.

Le sale d'attesa d'ospedale sono il flagello della mia esistenza.

C'è freddo, un silenzio inquietante e la receptionist non sa mai quando il dottore verrà a parlarti.

Io e Noah stiamo camminando nervosamente per la stanza da due ore. Alcuni degli altri presenti mi hanno scoccato delle occhiatacce, però non ce la faccio a starmene seduto a far niente.

Mia sorella ha chiamato i genitori di Ellie e adesso stanno arrivando, però ho iniziato a chiedermi perché non ci fossero sin dal principio. Di solito suo padre viaggia con lei, ma Ellie non ci ha detto perché non ci sarebbe stato nessuno questo weekend.

Finalmente, dopo un'altra ora, uno dei dottori ci raggiunge. Ci dice che Ellie ha ripreso conoscenza da un po', però la tratterranno qui una notte in osservazione, dato che ha mostrato segni di un attacco epilettico e ha pure una commozione celebrale. Visto che non siamo parenti stretti, non può rispondere a domande mediche né dirci nulla di più senza che lei sia presente.

"È vigile?" chiedo.

"Abbastanza. Visto che si lamentava, prima della TAC le abbiamo dato degli antidolorifici, che l'hanno fatta sentire alquanto assonnata".

Noah aggrotta la fronte. "Possiamo vederla?"

Il dottore annuisce e poi ci conduce oltre la porta. Nervoso, mi passo i palmi sudati sui jeans e poi sollevo il berretto da baseball per far scorrere le dita tra i capelli. Non appena entro nella sua stanza, il mio cuore si frantuma di nuovo.

Il trucco che aveva prima addosso è scomparso e dalle sue guance è defluito troppo sangue, facendola sembrare un fantasma. Una grossa fasciatura le copre un lato della testa ed è collegata a un polsino per misurare la pressione che, al momento, le sta stritolando il braccio. Qualche secondo dopo, dei numeri appaiono sul monitor e sembra che siano più alti rispetto all'ultimo controllo.

Un'infermiera che le sta sistemando le coperte ci saluta e, quando i nostri sguardi si incrociano, mi rivolge un tenero sorriso.

"Vi do un po' di privacy, però potete premere il pulsante di chiamata, se le serve qualcosa".

"Grazie", dice Noah, mettendosi in piedi accanto a Ellie, per poi prenderle la mano.

Quando l'infermiera se ne va, mi sposto sul lato opposto del letto e fisso Ellie. Non l'ho mai vista così serena prima d'ora e mi sembra quasi di essere invadente a guardarla mentre è così vulnerabile.

Anche se mi odia, la troverò sempre la donna più bella su cui abbia mai messo gli occhi addosso.

"A cosa stai pensando?" chiede Noah dopo dieci minuti di silenzio.

Sospiro, espirando profondamente. "Mi chiedo quale sarà il primo insulto che mi dirà dopo essersi resa conto che sono qui".

Ridacchia piano. "Probabilmente ti sgriderà per il modo in cui la stai fissando…"

Mi strappa un sorriso, perché non è che abbia fatto segreto della mia cotta per lei. "Perlomeno sapremo che sta bene, se si sveglia sgridandomi".

Dato che non ci hanno cacciati dopo trenta minuti, prendo una sedia e mi metto vicino a lei.

"Io esco un attimo e chiamo Fisher", dice Noah, e annuisco.

Ne approfitto per scivolare più vicino a Ellie e prenderle la mano. Prima Noah le stava reggendo l'altra, e non voglio che ora lei si senta sola.

Anche se si sveglierà e mi odierà per averlo fatto.

Mi vibra il telefono, e quando lo sfilo dalla tasca trovo diversi messaggi. Alcuni di Cecilia, a cui non ho intenzione di rispondere per il momento, uno di mia madre, che chiede un aggiornamento, e altri di Wilder, che nella chat dei fratelli si lamenta per la mancanza di opzioni al lounge bar.

Come se questo lo avesse mai fermato.

Dopo che ho risposto a mia madre e ho premuto invio, le dita di Ellie si contraggono nel mio palmo; quindi sollevo la testa di scatto e vedo che mi sta guardando.

"Oh, merda!" Sobbalzo sulla sedia. "Scusami, mi hai spaventato".

Aggrotta le sopracciglia mentre mi studia e poi abbassa lo sguardo sul punto in cui ci stiamo toccando.

"Noah è al telefono con Fisher, ma torna subito", le dico, spostando le mani sul mio grembo.

Rimane in silenzio mentre sposta gli occhi sulla mia faccia come se la stesse vedendo per la prima volta.

"Scusami… Probabilmente sono l'ultima persona che volevi vedere appena sveglia".

Quando non risponde, mi alzo. "Vado a cercare Noah".

"Ok", dice infine, ma ha la voce rauca.

Quando entro in corridoio, Noah sta dando al dottore il numero dei genitori di Ellie.

"Ehi, ehm… si è svegliata".

Noah sorride raggiante. "Oh, bene!"

Il dottore ci segue nella stanza di Ellie, che adesso si è messa leggermente seduta e ha le guance più colorate.

Lui si presenta come il dottor Murray e le spiega quello che ha detto prima a noi.

"Ho avuto una crisi epilettica?" chiede conferma quando lui ha finito di parlare.

"È quello che mostrano i primi esami e le analisi del sangue. È già accaduto in passato?" le chiede.

"No… mai", risponde Ellie. "Cos'è successo esattamente? Come sono finita qui?"

"Sei arrivata con sintomi di ipotensione, ovvero un calo improvviso della pressione sanguigna, ma è possibile che qualcos'altro di correlato abbia scatenato un attacco epilettico. Si è trattato di un evento sfortunato, verificatosi mentre eri a cavallo, che ti ha fatta cadere e sbattere la testa contro un barile, provocandoti una commozione celebrale", spiega il dottor Murray. "Ma la buona notizia è che la TAC non mostra segni di edema celebrale o di emorragia interna. Alcune analisi del sangue sono ancora in corso, ma per il momento nulla mi fa pensare che tu abbia una qualche insufficienza d'organo o un'infezione".

"È una buona cosa, immagino", dice Ellie, ma poi guarda Noah con gli occhi colmi di panico. "Non ricordo nulla. È successo mentre stavo gareggiando?"

Noah annuisce timidamente.

"È normale?" chiede Ellie al dottore.

"Molte persone non ricordano gli eventi traumatici subiti", le risponde. "Direi che è piuttosto comune".

Mi ricorda quando Tripp ne ha avuto uno durante le superiori mentre giocava a football. Non ricordava nulla di quel giorno.

"Un attimo… Ranger sta bene?" chiede Ellie a Noah.

"Sta bene. Fisher mi ha detto che l'hanno riportato illeso nel tuo rimorchio".

Si preme una mano sul petto, emettendo un sospiro di sollievo. "Bene. Sarà terrorizzato".

"Quindi non ricordi nulla della gara o di quello che è

successo prima?" le chiede Noah. "Nemmeno me, Magnolia e Landen che urliamo per te? Ho fatto un cartellone fighissimo".

"No... Nulla di nulla. Non ricordo neanche di essere andata al rodeo. L'ultima cosa che ricordo è di essere arrivata al ranch di mio zio. No, aspetta, al ranch dello zio di Easton. Non ho idea di cosa sia successo dopo". Ellie si massaggia la tempia; poi inclina la testa di lato, confusa. "Pensavo fossi sposata con Fisher. Chi è Landen?"

Noah sbarra gli occhi mentre guarda il dottore e poi mi indica. "Landen. Mio *fratello*".

"Ooh..." Ellie mi studia, e un turbine di pensieri mi invade la mente. "Pensavo fosse uno di quei volontari ospedalieri che tiene compagnia ai pazienti. In effetti, ho trovato strano che fosse rimasto qui, ma ho pensato che è carino; quindi perché farmi troppe domande?"

Noah fa una risata strozzata, sbattendo rapidamente le palpebre. "Non te lo ricordi *minimamente*?" Quando Ellie scuote la testa, mia sorella aggiunge: "Lo conosci da quattro anni. Ci aiuta col tuo addestramento".

"Percepisco un qualcosa di familiare, ma non ricordo di *conoscerlo*". Ellie sposta lo sguardo da me al dottore, con una maschera di panico sul volto. "È normale che dimentichi le persone?"

Grandioso... Mi odia talmente tanto, che il suo subconscio mi ha cancellato completamente dai suoi ricordi.

Che bel pugno nello stomaco!

"Con una commozione celebrale in aggiunta a un attacco epilettico, me l'aspettavo che avresti sofferto di una perdita di memoria o di confusione mentale", le dice.

"Per quanto tempo?" chiede Ellie.

L'uomo solleva una spalla e serra le labbra. "Di solito, qualche giorno. Ma, in alcuni casi, possono volerci settimane o mesi. A volte la memoria non torna più. Con il tuo infortunio, è difficile dirlo. Tutti guariscono con i loro tempi. La chiave sta nel riposare e non sforzarti troppo".

Probabilmente a un certo punto ricorderà tutto e dopo mi odierà perfino di più.

"Però non sto morendo, vero? So che ha detto che ci sono tantissime cause possibili per quello che mi è successo e sta ancora aspettando i risultati di alcune analisi, ma in generale probabilmente non morirò, vero?"

La bocca del dottore si incurva in un sorrisetto divertito. "No, comunque non sotto la mia responsabilità".

Ellie espira con forza. "È quasi rassicurante".

Il dottor Murray controlla l'ora. "Tornerò per dimetterti domani pomeriggio, sempre che non si manifesti un peggioramento degli effetti collaterali, come vomito o un'altra crisi epilettica… Quindi non fare queste cose, se vuoi tornare a casa". Sfodera un sorrisetto. "Prima che tu te ne vada, l'infermiera ti darà tutte le informazioni sulla convalescenza e sulle relative limitazioni e ti prenoterà la visita di controllo".

"Perfetto. Grazie". Ellie fa un largo sorriso.

Quando il dottore se ne va, Noah si siede sul letto accanto a lei. "Non ti avevo forse detto che non ti è permesso morire?"

"Perlomeno, non questa sera". Ellie fa una risata nasale. "Almeno sono caduta con grazia? Oh, aspetta, chi ha vinto?"

"Ehm, no. È stato terrificante. Non voglio mai più vedere una cosa simile. E, onestamente, non lo so. Ce ne siamo andati subito e nessuno della mia famiglia è rimasto".

Ellie si appoggia ai cuscini come se stesse lottando per tenere gli occhi aperti. "Giuro su Dio, se ha vinto Marcia Grayson, non la smetterà mai di gongolare".

Noah si fa una risatina. "Purtroppo potrebbe vincere, adesso che tu salterai il resto della stagione".

"Cosa? Perché?" Il panico nella voce di Ellie mi rattrista, perché so quanto adora gareggiare.

"Guarire da una commozione celebrale può richiedere settimane, a volte mesi. E poi, hai un bernoccolo enorme sul cranio". Noah indica la fasciatura. "Sarebbe da irresponsabili farti competere, in queste condizioni".

Gli angoli degli occhi di Ellie si riempiono di lacrime, e vorrei solo prenderla tra le braccia e darle conforto.

"I miei genitori stanno venendo qui?" chiede Ellie.

"Sì, dovrebbero arrivare tra un paio d'ore. Stavano cercando qualcuno che potesse restare con tua zia".

Aggrotta la fronte, ma non capisco quale parte l'abbia confusa. Sto capendo in fretta che non so molto sul suo conto. Tipo dove vive o chi è questa sua zia.

"Dovrei tornare alla roulotte per vedere come sta Poppy e farti riposare", dice Noah, ma sono tentato di oppormi perché non voglio lasciarla.

"Ok". Ellie incrocia il mio sguardo. "Tu puoi restare? Almeno finché non arrivano i miei genitori?"

Mi ha preso talmente alla sprovvista che mi si congela il cervello per dieci secondi buoni.

"Oh, ehm… sì. Potrei restare".

Noah mi guarda assottigliando lo sguardo, dicendomi tacitamente che è una cattiva idea, però non mi importa. Passare del tempo di qualità da solo con Ellie? Non posso lasciarmi sfuggire l'occasione. E poi, se rifiutassi ferirei i suoi sentimenti.

"Posso tornare con un Uber", le dico.

Ellie fa un largo sorriso, e mi sembra sbagliato esserne felice perché, in circostanze normali, non mi sorriderebbe mai così dolcemente. Però non è colpa mia se il mio stomaco fa le capriole vedendola reagire a me in questo modo.

"Vado giusto in bagno un attimo e poi ti accompagno fuori", dico a Noah prima di chiudermi la porta alle spalle.

Neanche morto le farei attraversare un parcheggio buio da sola, a mezzanotte.

Mi gira la testa per la situazione inaspettata in cui mi trovo e, anche se dovrei sentirmi in colpa per il modo in cui sto rubando questo tempo con Ellie, non ci riesco. Se non si ricorda che mi odia, allora magari si renderà conto che adesso le piaccio più di quando mi detestava.

Dopo essermi asciugato le mani, faccio per afferrare la maniglia, ma poi sento Noah pronunciare il mio nome e mi fermo.

"Perché hai chiesto a Landen di restare?" chiede.

È una domanda un tantino maleducata, però anche io voglio conoscere la risposta.

"Ehm… perché è bono?"

"Mio *fratello*?"

"Sì".

"Landen?"

L'insistenza di Noah mi fa alzare gli occhi al cielo.

"Sì! Secondo te, gli piaccio?"

Se il mio cuore non stesse già battendo all'impazzata per quanto assurda è questa situazione, adesso starebbe prendendo il volo fino alla luna, cazzo!

"S-Scusami. So che hai avuto una commozione e non ti ricordi di lui, ma… di cosa cavolo stai parlando?"

Trattengo una risata sentendo Noah dare di matto. Non che possa biasimarla.

"Che intendi? Oh, merda, è sposato? Non ho visto nessun anello".

Decisamente *non* sposato.

"No". Noah ride di nuovo. "Però diciamo che Landen non ti piace. Accidenti, oserei dire che lo odii".

Mi stringo la radice del naso e contemplo l'idea di fare irruzione nella stanza e spingere fuori Noah giusto per tapparle la bocca. Però non lo faccio, perché voglio sentire cos'altro ha da dire Ellie su di me.

"Perché dovrei odiarlo? Sembra molto dolce. E poi, è troppo bono per odiarlo".

"In realtà, non so perché, dato che non me l'hai mai detto. Però fidati: non lo sopporti".

"Allora che ci fa qui, se lo odiavo così tanto?"

La domanda del secolo. *Perché sono stupidamente ossessionato da te.*

"Beh, Landen ti ha aiutata con gli allenamenti. Tecnicamente, ha aiutato me ad allenarti. Ed era molto preoccupato per te; quindi ci ha portate qui non appena l'ambulanza ha lasciato il rodeo".

"Sapeva che lo odiavo?"

"Sì, praticamente tutti lo sappiamo".

"Quindi aspetta… Stai dicendo che mi ha aiutata con l'allenamento ed è venuto a vedermi gareggiare, pur sapendo che lo odiavo?"

Noah fa una pausa, poi alla fine risponde: "Sì".

"Non mi sembra giusto. Quale ragazzo farebbe una cosa simile per qualcuno che lo disprezza? Quindi forse non lo odiavo davvero?"

"Fidati: lo odiavi".

Maledizione, Noah! Metti una buona parola per me o qualcos'altro.

"Landen ha continuato a essere gentile e sostenerti perché gli piacevi. Ha provato per anni a convincerti a ricambiare i suoi sentimenti. Ma immagino che alla fine abbia capito che non l'avresti mai fatto, perché adesso è fidanzato".

Che vita di merda! Ha appena gettato nel cesso ogni briciolo di speranza che avevo.

"Oh…" La voce di Ellie è dispiaciuta, e adesso ho paura di essere rimasto qui dentro troppo a lungo. "Secondo te, è una relazione seria?"

Noah scoppia a ridere. "Adesso so che ti hanno dato farmaci pesanti, se insisti così tanto per avere Landen".

Ecco il momento giusto per uscire.

"Sei pronta per andare?" chiedo a Noah, cercando di distogliere lo sguardo da Ellie, come se non avessi appena sentito tutto quello che ha detto su di me.

"Sì". Noah si china e abbraccia Ellie con cautela. "Passo a trovarti domattina. Scrivi o chiama, se ti serve qualcosa".

"Lo farò".

"Torno subito", garantisco a Ellie prima di uscire dalla porta.

Quando arriviamo alla postazione infermieristica, il dottor Murray fa il giro e ci ferma. "Non volevo dirlo di fronte a Ellie, ma, dato che siete i suoi migliori amici e le starete vicino, devo chiedervi di non dirle troppo sulle cose che non ricorda. È meglio che la memoria torni in maniera naturale; altrimenti si confonderà ancora di più. Non saprà distinguere un ricordo reale da ciò che rammenta di aver sentito dire".

Guardo male Miss Bocca Larga. *È un po' tardi per quello.*

"E se non ricordasse mai alcune cose?" chiedo. "A un certo punto possiamo parlargliene?"

Il dottor Murray incrocia le braccia, annuendo. "Sì, direi che, se fra un paio di mesi avrà bisogno di colmare qualche vuoto di memoria, non ci saranno problemi. Molto probabilmente, a quel punto sarà comunque un ricordo perduto e non tornerà. Ma, nella maggior parte dei casi, la confusione mentale sparisce entro poche settimane. Probabilmente non ricorderà il giorno dell'incidente e forse anche quello prima, ma tutto il resto dovrebbe tornare man mano che il cervello guarisce. È per questo che non dovrebbe fare attività faticose".

Non so se questo dovrebbe tranquillizzarmi o preoccuparmi. In ogni caso, vorrei sapere quanto tempo durerà questa seconda occasione che ho per mostrarle chi sono davvero.

Io e Noah lo ringraziamo, e poi accompagno mia sorella fuori fino al pick-up.

"Sei sicuro che restare con lei sia una buona idea?" chiede.

"Preferiresti che restasse lì dentro da sola?"

"I suoi genitori dovrebbero arrivare presto".

"Me l'ha chiesto lei. Se avessi rifiutato, avrei ferito i suoi sentimenti".

Sospira. "Però, ti prego, non darle false speranze".

"Su cosa?" Faccio il finto tonto.

Irrigidisce le spalle prima di rilassarle. "Ha una cotta per te".

"Oh!" Mi fingo scioccato. "E perché sarebbe una brutta cosa?"

"Ehm… perché hai la ragazza. E so che, non appena le tornerà la memoria, sarà furiosa di scoprire che siete stati insieme da soli".

"Il fatto che mi abbia dimenticato e abbia capito che le piaccio dimostra che non mi ha mai odiato per davvero".

"Forse… ma non puoi saperlo con certezza. Potrebbe giusto essere un effetto collaterale della commozione celebrale, e tra un paio di giorni si ricorderà quanto ti odia".

"Beh, certo non vedi il bicchiere mezzo vuoto, tu", dico con sarcasmo.

"Landen, sono seria. Non manipolarla. E poi, tu non sei un ragazzo infedele".

"Cecilia non è la mia ragazza; quindi puoi smetterla di preoccuparti".

Alza gli occhi al cielo. "Etichetta o meno, stai con qualcuno. Era con te proprio la notte scorsa".

Sì, però Noah non sa che l'ho rifiutata. È per questo che Cecilia se n'è andata così presto.

"Tratterò sempre Ellie con rispetto. Questo non cambierà mai", dico, sperando di placare le sue preoccupazioni.

Mi conficca un dito nel petto. "Ti conviene, Landen Michael. Domani non voglio scoprire che hai un occhio nero perché ti ha tirato un pugno quando ha ricordato tutto".

"Buonanotte, guida piano…" taglio corto, aprendole la portiera.

Sbuffa, però poi si mette al volante; quindi la richiudo. Rimango a guardare mentre avvia il motore e la saluto quando parte.

Adesso posso tornare nella mia realtà parallela in cui Ellie non mi odia a morte.

Posso solo sperare che mi perdoni, quando si ricorderà di averlo fatto.

Capitolo Quindici

Ellie

Anche se mi pulsa la testa, tolgo il polsino per la pressione e scivolo giù dal letto non appena Landen e Noah se ne vanno per andare in bagno. Quando mi guardo allo specchio, sussulto inorridita.

"*Oh, mio Dio…*"

I capelli sembrano rimasti incastrati in una girandola e tutto il trucco è sbavato, al punto che sembro un fantasma malridotto che è appena rimasto folgorato.

Ci si aspetterebbe che sia abbronzata, visto che lavoro all'aperto tutto il giorno, però applico sempre tantissima crema solare per evitare di scottarmi e prevenire il cancro alla pelle.

È già abbastanza terribile che non ricordi Landen né i nostri trascorsi. Non voglio che mi veda pure conciata così.

Fortunata come al solito, mi sveglio con l'uomo più sexy che abbia mai visto accanto al letto e *non* è il mio ragazzo.

Un cowboy alto più di un metro e ottanta, con gli occhi azzurri, che mi fissa come se fossi sua.

Le parole di Noah di poco fa si ripetono nella mia testa: *Landen ha continuato a essere gentile e sostenerti perché gli piacevi.*

Ha provato per anni a convincerti a ricambiare i suoi sentimenti. Ma immagino che alla fine abbia capito che non l'avresti mai fatto, perché adesso è fidanzato.

Se fosse vero, allora questa sensazione fastidiosa che c'è qualcosa che mi sfugge mi farà impazzire ancora di più. Che cosa potrebbe spingermi a *odiare* qualcuno?

Mentre mi scervello alla ricerca di risposte, mi rendo conto che ci sono molti buchi nella mia memoria che non vogliono saperne di colmarsi.

Non ho mai avuto una crisi epilettica né una commozione celebrale; quindi magari questo è un effetto collaterale normalissimo, però io non mi sento la solita me. C'è qualcosa che non torna.

Continuando a osservare il mio riflesso, noto un gigantesco livido su un lato della fronte, attorno al bernoccolo coperto dalla garza. Sono caduta da Ranger in passato, ma mai in questo modo, sbattendo contro un barile e causando danni così seri. Vorrei poter andare a vederlo subito e rassicurarlo che non è colpa sua. Ne abbiamo passate così tante insieme negli anni, e ora non capirà nulla di quello che è successo.

Mi bagno le mani e faccio scorrere le dita tra le ciocche attorno al viso. Di solito tengo un elastico al polso o nella borsa, ma non ho nemmeno idea di dove sia. Così come il telefono.

Indosso un informe camice ospedaliero; quindi i miei vestiti devono essere qui da qualche parte.

Dopo aver finito di pettinare al meglio i capelli ed essermi lavata la faccia, mi rimetto comoda sul letto, per quanto possibile. I cuscini sono troppo soffici e la coperta è ruvida; quindi sarò contenta di andarmene da qui domani e tornare nel mio letto.

So già che i miei genitori si agiteranno, vedendomi qui dentro. Nonostante mi supportino da diversi anni, dopo ciò che è accaduto inizieranno ad avere ripensamenti sul farmi continuare. Però poteva andarmi peggio. Qualunque cosa abbia causato la crisi avrebbe potuto presentarsi mentre guidavo, e in quel caso sarei rimasta coinvolta in un incidente senza nessuno attorno ad aiutarmi.

Quando Landen ritorna, mi batte forte il cuore e mi si gonfia il petto per l'emozione. Non so perché sto reagendo a lui in questo modo, visto che, a detta di Noah, non mi piaceva neanche, però questa sensazione non sembra nuova. *Repressa, forse?*

"Ehi", dice, tirando fuori la sedia per accomodarsi. "Adesso sembri più sveglia".

"Già, mi sono spaventata quando ho guardato lo specchio; quindi ho provato a darmi una sistemata. Vorrei poter fare una doccia, ma dubito che me lo permetterebbero, con una commozione celebrale".

"Vero, potresti aver bisogno di qualcuno che ti aiuti o che almeno ti stia vicino per tenerti d'occhio".

Sollevo un sopracciglio. "Ti stai offrendo volontario?"

"Ehi…" Sorride nervoso; il che è adorabile. "No, ma se ti serve il mio aiuto, allora certo".

Ridacchio perché sembra davvero spiazzato. "Scusami, probabilmente è stato un tantino eccessivo. Di solito non sono così sfrontata, ma gli antidolorifici che mi hanno dato mi hanno sciolto la lingua".

"Fidati, lo so. Non credo che tu mi abbia mai detto più di dieci parole alla volta negli ultimi quattro anni. Di solito, lo fai per mandarmi a quel paese; quindi è una piacevole novità".

Imbarazzata, mi morsico il labbro inferiore. "Sì, Noah mi ha detto che non eravamo proprio amici".

"Direi che eravamo più… *nemici-amici?* Ma non perché io non ci abbia provato. Di recente mi hai chiesto di lasciarti in pace perché stavo superando i tuoi limiti e così, dopo quella volta, ho smesso di tentare".

Le sue parole sono così sincere e delicate che le mie emozioni prendono quasi il sopravvento. Inclino la testa di lato, domandandomi cosa diavolo possa avermi spinta ad agire in quel modo.

Di solito sono una persona tranquilla che preferisce stare sulle sue; quindi il fatto che qualcuno non mi piaccia e che sia stata così maleducata non può essere ingiustificato.

Ma, cazzo, non me lo ricordo!

Una parte di me vorrebbe farlo perché la cosa mi tormenterà fino a quel momento, mentre l'altra…

Sarebbe poi così terribile se lui mi piacesse? La mia vita sentimentale, da quello che so, ha visto meno di due persone: un ragazzo alle superiori e uno poco dopo il diploma. Quindi è passato qualche anno. D'altronde il *barrel racing* è diventato la mia priorità rispetto a qualunque altra cosa, e non sentivo il bisogno di frequentare qualcuno.

Landen è attraente e sembra gentile, visto che ha dovuto sopportarmi e continua comunque a sostenere la mia carriera e venire alle mie gare, e poi, essendo il fratello di Noah, quanto potrebbe mai essere malvagio?

"Quanti anni hai?" chiedo.

"Ventinove, vicino ai trenta".

"E non sei sposato?"

Cambia posizione, posando la caviglia sopra il ginocchio. "No. Non sono manco vicino al matrimonio".

"Noah ha detto che sei fidanzato".

Mi do una pacca mentale sulla schiena per essere riuscita a inserire la domanda nella conversazione. Meglio saperlo con certezza, prima di illudermi.

"Non lo sono. Mi vedevo con una ragazza da tipo una

settimana e mezza. Lei voleva affrettare troppo le cose e così ho chiuso".

Sollevo le sopracciglia. "Dopo meno di due settimane?"

"Sì, suppongo che non fossi pronto a voltare pagina come pensavo".

Sono tentata di chiedergli cosa voglia dire, però ci ripenso. Se avesse voluto farmelo sapere, me l'avrebbe detto.

Sorridendo, continuo: "Beh, nemmeno io sono vicina al matrimonio. Ne sono piuttosto sicura. A meno che non ci sia un fidanzato di cui mi sono dimenticata. Ma, se ce lo avessi, adesso sarebbe qui, giusto?"

"Immagino di sì". Ridacchia. "Anche se tu ed Easton siete molto legati, credo".

"Oh, accidenti, dovrei chiamarlo. Se mi sta ospitando suo zio al ranch, lui sarà stato al rodeo. Sai dov'è il mio telefono?"

"No, non l'ho visto".

"Di solito lo tengo in tasca. Puoi prestarmi il tuo, così chiamo il mio? Magari lo sento squillare o vibrare da qualche parte qui dentro".

"Sì, certo".

Sblocca lo schermo e poi me lo passa. Sorrido quando vedo una sua foto con i fratelli sullo sfondo.

Inserisco il mio numero, e appare un contatto.

Diavoletta.

Dove l'ho già sentito prima?

Un attimo...

"È così che mi chiami?" chiedo, girando il telefono per mostrarglielo.

"Ehm... sì". Arrossisce per l'imbarazzo. "Non ne andavi matta, però ti si addiceva".

Scoppio a ridere. "Il nostro rapporto mi confonde un sacco".

Il suo sorriso si allarga. "Siamo in due, onestamente".

Premendo il tasto di chiamata, aspetto e rimango in ascolto. La suoneria è debole, ma la sento.

"Credo sia dentro uno di questi armadi…" Landen si avvicina e apre qualche anta. "Aha. Eccolo qui".

Mi porta un sacchetto bianco con dentro i miei vestiti e gli stivali.

Frugandoci dentro, trovo il cellulare nei jeans.

"Fiuu, grazie al cielo! Per miracolo, è ancora in perfette condizioni". Dopo averlo sbloccato, controllo i messaggi e ne vedo alcuni di Easton. Gli scrivo in tutta fretta per fargli sapere che sto bene.

"Il mio cappello non c'è…" Controllo di nuovo dentro il sacchetto.

"Oh, è nel mio pick-up. L'ho raccolto da terra quando sei caduta. Sapevo quanto fosse importante per te e non volevo che lo perdessi".

Il mio cuore batte più forte di prima. "Wow! È stato molto gentile da parte tua, grazie".

Un'espressione divertita gli appare in volto, come se sentirmi parlare con lui in questo modo fosse sconvolgente.

"Non c'è di che". Mi fa l'occhiolino, e il martellio nel mio petto continua.

Non riesco ancora a capire cosa potrebbe avermi spinta a disprezzarlo. È senz'altro il mio tipo. Educato. Premuroso. Disposto a restare qui con me dopo aver probabilmente avuto una giornata piena. Quindi perché? Perché odiavo quest'uomo?"

"Per caso tu sai perché non mi piacevi?"

Scuote la testa. "Ti ho chiesto per quattro anni di dirmelo".

"Merda! Posso dirti solo che mi dispiace. Vorrei dire che probabilmente si tratta di qualcosa di stupido, tipo che mi hai fatto lo sgambetto, ma odiarti per quattro anni per una *cosa simile* sarebbe eccessivo".

Landen ridacchia vedendo la mia frustrazione, e giuro che è la risata più sexy che abbia mai sentito.

"Il giorno in cui ci siamo conosciuti…" Si ferma. "Cazzo! Non posso dirtelo".

"Cosa? Perché?"

"Il dottor Murray ha detto che ti confonderebbe le idee, se ti dicessimo troppo. Così non sapresti se un ricordo è reale o se è soltanto qualcosa che ti è stato detto".

"Beh, che scocciatura… Come faccio a conoscerti, se non puoi dirmi queste cose?"

"Vuoi conoscermi?"

"Sì… non era ovvio?"

Si toglie il berretto bianco e lo mette al rovescio come se lo facesse sempre quando è agitato.

"Non sono sicuro che dovrei permetterti di conoscermi, Ellie". Quando si acciglia, so che non mi piacerà ciò che sta per dire. "Quando ti tornerà la memoria, e sono sicuro che accadrà, mi odierai ancora di più per averti permesso di avvicinarti a me".

Porca puttana!

È pure altruista.

Ellie Donovan, perché odiavi quest'uomo? Vorrei poter tornare indietro nel tempo e darmi una sberla per non averne approfittato quando ne avevo l'occasione.

Un senso di tristezza mi consuma, e supplico me stessa di non piangere perché non sono una piagnucolona.

Dev'essere che i farmaci mi hanno resa più emotiva del solito.

"E se invece non tornasse?" Mi si spezza la voce. "Il dottor Murray ha detto che a volte non torna più".

Solleva debolmente una spalla. "Se non lo farà entro qualche settimana, allora ti racconterò del giorno in cui ci siamo conosciuti e da lì potrai decidere se vuoi ancora conoscermi".

"Non puoi infrangere un pochino le regole e dirmelo adesso? O perlomeno qualcosina? Dove? Quando?"

Si morde il labbro inferiore mentre ci riflette su.

"D'accordo, però non puoi dirlo a nessuno. Non voglio che Noah mi faccia la predica". Fa un sorrisetto, e io annuisco.

Butta fuori un respiro come se si stesse preparando al peggio. "Sei arrivata al ranch per lasciare Ranger in pensione. Noah mi ha chiesto di aiutarti col tuo addestramento perché fossi pronta per la stagione che sarebbe cominciata dopo pochi mesi. Non sapevo che quel giorno ti avrei conosciuta e indossavo una maglietta che hai trovato offensiva. Poi mi hai beccato a guardarti il sedere e mi hai accusato di starti sessualizzando. È vero, ho fatto una pessima prima impressione. Hai praticamente continuato a odiarmi sin da allora".

Aggrotto le sopracciglia. Perché mai, quattro anni dopo una presentazione andata male, dovrei essere arrabbiata fino a quei livelli?

Avevo diciannove anni quando ci siamo conosciuti; quindi il fatto che mi abbia guardato il sedere non è stato poi troppo inappropriato. E non sono una santarellina che se la prende per una maglietta.

"È pazzesco… ed è pazzesco che non me lo ricordi". Mi scervello alla ricerca di qualche frammento di memoria relativo a quel giorno, ma non trovo niente. Nemmeno qualcosa di confuso. Non ricordo affatto di aver portato Ranger al ranch. Non so nemmeno qual è l'ultima cosa che ricordo.

"Sono sicuro che diventerà tutto chiaro. Hai battuto la testa piuttosto forte, e una commozione celebrale può fotterti il cervello per qualche tempo".

"Puoi dirmi qualcos'altro? Magari degli allenamenti o di quando ci vedevamo al ranch?"

"Non dovrei".

Appena metto il broncio, sorride. "Fidati, vorrei farlo, ma non ancora. Magari fra qualche giorno".

"Ok, mi pare giusto".

"Vuoi riposare, prima che arrivino i tuoi genitori?"

"Forse dovrei. Volevo chiedere degli altri antidolorifici perché ho la testa che mi scoppia".

Landen prende il telecomando e me lo porge. "Ti basta premere il pulsante rosso e l'infermiera arriverà. Ma chiudi gli occhi e dormi pure. Non vado da nessuna parte".

Capitolo Sedici

Landen

Quando i genitori di Ellie arrivano, lei è crollata ormai da tempo.

Li saluto in corridoio, e le loro espressioni sorprese mi dicono che anche loro sanno che non dovrei essere qui.

Comunque sia, li aggiorno su quello che so, visto che il dottore di turno si sta occupando di altri pazienti.

"Ti ringrazio, Landen". Il signor Donovan mi dà una pacca sulla spalla – un tantino troppo forte – e io ricambio con un largo sorriso. "Anche per essere rimasto con lei. Siamo partiti non appena ci è stato possibile".

"Nessun problema".

Li osservo entrare nella sua stanza, desiderando di poter tornare anche io lì dentro; però capisco che è giusto lasciarli da soli con lei.

Questa nuova versione di Ellie mi sta destabilizzando, e non so bene se sia una cosa positiva o meno. Dev'esserci una ragione se mi ha disprezzato per tutti questi anni. Avevo finalmente accettato che non sarei mai riuscito a farle cambiare idea su di me. Però, adesso, sono fottutamente confuso su cosa fare, perché mi sembra di piacerle.

Le *piaccio*.

Ma come posso darle corda sapendo che prima non era così?

Il momento in cui si ricorderà di odiarmi mi distruggerà, dopo che mi sarò illuso di avere una seconda chance.

Mi si spezzerebbe il cuore peggio di quanto non abbia fatto quando Ellie mi ha chiesto di starle lontano.

Quindi, forse, dovrei rispettare le sue volontà precedenti all'incidente.

Ma, cazzo, quanto non vorrei doverlo fare!

Quando prendo il cellulare per prenotare un Uber, lo schermo è nero. Dopo che Ellie l'ha preso in prestito per chiamare il suo, dev'essersi scaricato.

Potrei chiedere alla postazione infermieristica di usare il loro telefono per chiamare un taxi, ma ormai mi conviene restare qui e aspettare che uno dei miei fratelli possa venire a prendermi dopo essersi svegliato. E poi, in questo modo, posso sentirmi ancora vicino a lei ed essere qui quando si sveglierà, al mattino.

Spero che non si ricordi di me durante la notte. Mi piacerebbe passare con lei ancora qualche giorno in cui non mi odia.

"Landen?"

Apro gli occhi e vedo la signora Donovan in piedi di fronte a me, mentre sono ancora steso su una scomoda poltrona d'ospedale.

Sbattendo qualche volta gli occhi, mi metto seduto e schiarisco la gola. "Ciao. Salve".

"Sei ancora qui?"

"Ehm, sì. Sto giusto aspettando che Noah ritorni. Come sta Ellie?"

"Bene. Hanno avuto i risultati di altre analisi del sangue; dicono che aveva alfa-bloccanti ad alto dosaggio nell'organismo. Non le è stato prescritto alcun farmaco per la pressione e, ovviamente, non ricorda di averne presi".

"Crede che qualcuno glieli abbia dati di nascosto? Per cosa, esattamente?" Il panico nella mia voce è evidente, però è davvero una cosa preoccupante. Ellie è una delle migliori cavallerizze di *barrel racing* della regione; perciò rappresenta una minaccia per le tante che vorrebbero batterla.

"Il dottor Murray ha spiegato che, quando la pressione del sangue si abbassa all'improvviso, questo può causare sonnolenza o farti svenire, ma, in alcuni casi estremi, può anche provocare una crisi epilettica".

"Oh, mio Dio!" Mi alzo, incrociando le braccia perché non so cos'altro fare.

"Ha detto anche che ci sono altri risultati preoccupanti. Dato che la pressione si è abbassata così tanto, non crede che la dose di quelle pastiglie possa essere stata sufficiente a scatenare quella reazione da sola così in fretta. Ha suggerito che potrebbe aver ingerito qualcosa che ha contrastato il farmaco o contribuito agli effetti collaterali della pressione bassa. Faranno delle analisi più approfondite per scoprirlo con certezza. Così perlomeno sapremo che non soffre di epilessia perché, se così fosse, la sua carriera sarebbe finita per sempre".

Scuotendo la testa, butto fuori un respiro di frustrazione e rabbia. "Qualcuno deve averla drogata. Ellie non prenderebbe mai dei farmaci senza averne bisogno".

Lei non si discosta mai dalla sua routine.

"Sono d'accordo. Ma, dato che non siamo riusciti a partire con lei, non so chi abbia avuto attorno".

Mi gratto la barbetta sul mento, pensieroso. "Non l'ho vista prima della gara. Di solito resta al suo rimorchio finché non conduce Ranger al recinto d'attesa. E, dato che gareggiava anche la divisione Junior, ci saranno state tantissime persone".

"Molte persone che la conoscono, di sicuro", dice, e io annuisco.

"Secondo lei, è possibile avviare un'indagine sulla questione? Se qualcuno l'avesse drogata, sarebbe un crimine, e un agente potrebbe interrogare tutti i presenti. Magari qualcuno l'ha vista insieme a una persona in particolare o ha notato qualcosa di strano prima".

"Forse… Però varrebbe la pena scoprirlo". Mi rivolge un sorriso triste. "Comunque sia, adesso la stanno visitando per assicurarsi che possa tornare a casa questo pomeriggio. Vuoi vederla, prima che se ne vada?"

La gentilezza di sua madre mi sta spiazzando, ma, qualunque problema Ellie avesse con me, immagino che non si estendesse ai suoi genitori. Sono quasi tentato di chiederle se conosce il motivo dietro l'odio di Ellie, ma non vorrei essere troppo invadente.

Prima che possa rispondere, Noah e Magnolia entrano nell'ospedale con le bambine, e faccio loro cenno di fermarsi.

"Eccoti qui!" dice Noah in tono di rimprovero quando mi vede. "Ti ho chiamato tutta la mattina".

"Mi si è scaricato il telefono", replico.

"Sei rimasto qui tutta la notte?" chiede Magnolia, osservando la sala d'attesa. Sta tenendo uno degli zaini di Ellie.

Mi stiracchio e scrocchio il collo. "Sì, ho dormito su una poltrona". Anche se quello che ho fatto non lo chiamerei *dormire*. Direi più che ho sonnecchiato a intervalli di venti minuti mentre cercavo di mettermi comodo.

Noah abbraccia la signora Donovan e le due parlano per qualche momento prima che lei ci accompagni nella stanza di Ellie. Non appena ci vede, le si illumina il volto.

"Grazie al cielo! Siete venuti a tirarmi fuori da qui?" chiede.

Il signor Donovan è seduto accanto a lei, divertito dall'impazienza di Ellie di andarsene.

"Non esattamente, però ti abbiamo portato dei vestiti puliti e lo spazzolino". Magnolia le porge lo zaino.

"Oh, mio Dio, grazie! Non vedo l'ora di togliermi questo camice e fare una doccia".

Quando Poppy inizia a fare storie, la prendo dalle braccia di Noah per lasciarle parlare. La dondolo girando per la piccola stanza e le faccio guardare fuori dalla finestra.

"Per caso avete controllato come sta Ranger?" chiede Ellie a Noah.

"Sì, sta bene. So che gli manchi". Noah si siede sul bordo del letto. "Stanno chiedendo tutti di te".

Ellie alza gli occhi al cielo. "Piuttosto si stanno chiedendo se ho chiuso con la stagione, così da potersi prendere il mio posto".

Faccio un sorrisetto. Mi fa piacere vedere che la Ellie arrogante è ancora lì dentro.

"Significa solo che l'anno prossimo tornerai più forte e più brava che mai. E poi, questa pausa ti farà bene", dice Noah. "Continuerò ad allenare Ranger, così che non smetta di seguire la sua routine".

"Anche io", mi intrometto e, quando Noah mi guarda, aggrotta le sopracciglia. "Tu hai già abbastanza carne sul fuoco, e a me non dispiace. E poi, a Ranger piaccio".

"Era solo alla sua padrona che non piacevi". Magnolia ride alla sua battuta, ma non lo fa nessun altro. "Che c'è? Non puoi mica dirmi che il fatto che si sia dimenticata di te non è un tantino ironico ed esilarante".

Ovvio che Noah gliel'ha detto.

"È una seccatura, onestamente". Ellie mi lancia un'occhiata prima di parlare con Magnolia: "Ci sono così tante cose che non ricordo ed è come se una parte di me mancasse. Mi fa sentire anche un po' vulnerabile. Come se conosceste tutti un segreto su di me, ma nessuno volesse dirmelo".

"Ti racconto volentieri il gossip del paese", ironizza Magnolia. "Non crederesti a ciò che condivide apertamente con me la gente mentre preparo il caffè".

Noah le dà una spintarella. "Non possiamo, ricordi? Il dottore ha detto che la confonderebbe".

"Anche se non riguarda lei?" chiede Magnolia.

Ellie sbuffa. "Non vedo perché no. Tanto sono comunque confusa da morire".

"E se leggesse qualcosa sul telefono? Sono sicura che ci sono messaggi, email o qualcos'altro che potrebbero far affiorare un ricordo", suggerisce Magnolia.

"Non uso spesso il telefono", ammette Ellie. "Posto sui miei profili social un paio di volte alla settimana, ma tutto qui. Di solito amici e conoscenti li vedo di persona o li chiamo".

"Accidenti! Quindi non c'è nulla di succoso da scoprire". Magnolia mette il broncio.

"È quello che succede quando stai al tuo posto e ti fai gli affari tuoi…" dice Noah rivolgendosi a Magnolia, e io faccio una risata nasale.

Parla proprio lei!

Dopo che le ragazze hanno chiacchierato per altri venti minuti, l'infermiera entra e annuncia che le hanno dato l'autorizzazione per cominciare a compilare i documenti di dimissione.

Ellie va a togliersi il camice e poi discutono di come riportare Ranger e il rimorchio al ranch. Il signor Donovan decide che lui guiderà il pick-up, mentre la moglie porterà Ellie a casa con la loro macchina.

"Faccio sapere ad Ayden di prepararsi al suo arrivo. Penserà lui a sistemarlo nel box", dice loro Noah. "Quando torniamo, lo farò visitare dal veterinario per assicurarci che non sia rimasto ferito durante la caduta. Mi sembrava in forma, però non voglio correre rischi".

"Grazie. Lo apprezziamo", dice la signora Donovan.

"Ci vengo il prima possibile". Ellie aggrotta la fronte. "Anche solo per stare lì seduta a leggergli qualcosa".

Magnolia culla Willow quando la piccola diventa irrequieta. "Leggi al tuo cavallo?"

"Soprattutto quando siamo in viaggio. A volte noi due ci sentiamo soli; quindi mi siedo accanto a Ranger e leggo il mio libro a voce alta. Calma anche lui".

"Ooh… che cosa dolce! Vorrei essere una patita di cavalli", dice Magnolia. "Ma un po' mi terrorizzano".

"Però Willow e Poppy saranno patite di cavalli, vero?" Noah fa il solletico a Poppy quando gliela restituisco.

"Devo scappare. Stasera lavoro alla Cantina e devo pulire. Puoi accompagnarmi alle roulotte?" chiedo a Noah.

"Sì, dovrei tornare anche io. Solo il Signore sa cosa stanno facendo gli altri. Stamattina ho trovato Wilder per metà sotto la roulotte, ubriaco fradicio".

L'espressione inorridita di Ellie mi fa ridere.

"Wilder è così nei weekend tranquilli", le dico.

Le ragazze si abbracciano ed Ellie promette a Noah che le farà sapere quando arriva a casa. L'imbarazzo aleggia nell'aria mentre restiamo sulla porta, e non so bene cosa dire.

"Spero che tu ti senta meglio e magari ci vediamo presto al ranch, che dici?"

"Grazie. Non appena me lo permetteranno, sarò lì". Sorride debolmente.

Saluto i suoi genitori con un cenno del cappello e poi esco dietro Noah e Magnolia, incrociando le dita nella speranza di rivederla prima che si ricordi di me.

Capitolo Diciassette

Ellie

Sono passati sette giorni dall'incidente al rodeo, e mi sto annoiando a morte.

Chiunque abbia detto che avere tempo libero è fantastico mentiva.

Il tempo libero fa schifo.

Voglio cavalcare Ranger, fare le mie corse mattutine, andare a trovare Magnolia al suo chioschetto e viaggiare per la mia prossima gara.

Però il dottore mi ha ordinato di stare a letto per una settimana prima di poter aumentare gradualmente l'attività fisica. Ma, dato che non mi è permesso guidare, cammino da una parte all'altra della casa, dormo oppure ascolto sitcom degli anni Novanta con zia Phoebe.

Spiegarle quello che è successo non è stato facile. Anche se fisicamente sembro in forma, a parte la ferita alla testa, non comprende il concetto che ho perso la memoria né che non le è concesso raccontarmi niente.

E mi scoccia, perché non riesco a ricordare quello che è successo o perché viva con noi. Tutto ciò che mia madre è disposta a dirmi è che anni fa si è verificato un evento traumatico che l'ha costretta a trasferirsi da noi. Perfino quando ho insistito per ottenere altre risposte, lei ha continuato imperterrita a seguire gli ordini del dottor Murray.

Tra il non avere niente da fare e il non poter fare nulla di divertente, ho cercato su Google tutto il possibile sugli effetti delle commozioni celebrali e delle crisi epilettiche sulla memoria.

Alcuni articoli parlano di come le prime possano causare problemi di memoria sia a breve che a lungo termine, incluse difficoltà a ricordare eventi traumatici, ma il grado di perdita dipende dalle regioni specifiche del cervello coinvolte. Considerando che ho avuto anche una crisi epilettica, potrebbe essere stata colpita più di una regione, ma, in ogni caso, il danno varia da persona a persona. Questo mi spinge a chiedermi se quello che è successo a zia Phoebe possa essere direttamente collegato a ciò che non ricordo, perché è stato traumatico anche per me.

L'opinione generale è che le lesioni celebrali influiscono sulle persone in modo diverso e non sempre c'è una ragione perché ciò accada.

Per quanto possa essere utile e rassicurante sapere che gran parte della gente recupera i ricordi parziali, è comunque frustrante non avere delle risposte.

C'è chi ha scritto su Reddit che dimenticare il suo trauma è stata la cosa migliore che potesse capitargli. Anche se è stato solo temporaneo, ha vissuto in pace per la prima volta.

Una parte di me si chiede se non si tratti di una fortuna nella sfortuna. Magari dovrei apprezzarla, invece di desiderare di recuperare la memoria.

Credo che potrei farmene una ragione, purché un giorno possa ricominciare a cavalcare.

Finalmente, dopo che l'ho supplicato, mio padre ha accettato di accompagnarmi al ranch a vedere Ranger, dopo il lavoro. Anche se fosse solo per mezz'ora, deve sapere che non l'ho abbandonato.

Scrivo a Noah per informarla che sto arrivando, e lei ci raggiunge fuori dalle scuderie.

"Ehi, ti trovo bene!" Mi abbraccia senza stringermi troppo, ma so che vuole solo essere cortese. La ferita alla testa ha un aspetto migliore, però c'è ancora un cerotto a coprirla. "Come ti senti?"

"Piuttosto bene. I mal di testa sono lievi e ogni tanto ho un po' di capogiro, ma va sempre meglio".

"Beh, perlomeno sono progressi. Stai dormendo bene?"

"Non faccio altro che dormire". Sbuffo. "Ho dormito più in questa settimana di quanto non abbia mai fatto tutta la vita".

Noah ridacchia per l'esagerazione, però è vero che non dormo mai più di otto ore a notte. Anche quando non imposto la sveglia il mio corpo si sveglia comunque, ma nell'ultima settimana ho dormito dodici ore, se non di più, tutte le sere.

"Probabilmente ne avevi bisogno", osserva. "Bene, andiamo a vedere Ranger. È un pochino irrequieto, ma sarà tanto emozionato".

Sorrido perché ha ragione. Non appena lo vedo, rilascia un nitrito acuto, e per poco non piango per quanto sono felice di vederlo.

"Ehi, bello!" Entro nel suo box e lo prendo tra le braccia, inspirando il suo odore terroso. "Mi sei mancato tantissimo". Mentre gli accarezzo il collo, strofina il naso contro di me. "Scusami se non sono riuscita a venire prima".

Noah lo accarezza dall'altro lato, e chiacchieriamo per qualche minuto mentre mio padre si fa un giro e controlla gli altri cavalli.

Anche se non posso cavalcare, posso parlargli e strigliarlo. Anche se non ho nulla di interessante da dirgli, sentire la mia voce è sufficiente a calmare la sua ansia.

Quando la spazzola mi sfugge di mano, mi piego con cautela per raccoglierla, ma quando mi tiro su sobbalzo nel vedere Landen.

"Cristo santo, mi hai spaventato!" esclama, posandosi una mano sul cuore.

"Stavo per dire la stessa cosa".

"Da dove sei spuntata?"

Sollevo la spazzola. "Mi è caduta".

"Volevo dire, quando sei arrivata?"

"Oh, giusto poco fa. Mio padre si sta facendo un giro per farmi passare qualche minuto con Ranger. Che stai facendo?"

Solleva il libro spesso che tiene in mano. "Sono venuto a leggergli questo".

"Davvero? Perché?"

"Hai detto che lo calma; quindi ho pensato di provarci, e per ora ha funzionato. Ma nulla batte la tua presenza; quindi probabilmente stasera non ha bisogno di me".

"Aspetta… Sei venuto a leggere per lui tutta la settimana?"

"Sì, siamo…" Sfoglia il libro. "…più o meno a duecento pagine".

Avvicinandomi, giro la copertina per vedere che cos'è. "Oh, mio Dio, è il mio libro preferito!"

Indica il titolo: *Project Hail Mary*. "È il tuo preferito?"

Sorridendo, annuisco. "Uno dei miei preferiti, sì".

Scoppia a ridere. "La vedi l'ironia, sì? Perde la memoria a bordo di una navicella spaziale".

"Già, è molto divertente", dico ironicamente. "Magari porterò a termine una missione".

"Mai dire mai". Fa l'occhiolino. "Vuoi leggerglielo tu, stasera?"

Abbasso lo sguardo e muovo i piedi nella paglia. "Ehm… adesso non posso. Ho ancora la vista un po' sfocata".

Si sbatte il libro sulla fronte. "Oh, merda, scusami".

"Non è colpa tua".

"Beh, se ti va di restare, lo leggo a entrambi".

Mi si gonfia il cuore immaginandolo nel box di Ranger a leggergli il libro. So che a Ranger deve piacere molto.

"Certo, posso restare un po'".

Mentre continuo a spazzolare il manto e pettinare la criniera di Ranger, Landen legge, ed è ipnotizzante. La voce che usa per farlo è incredibile.

"Tesoro, si sta facendo tardi. Dovremmo andare", dice mio padre un'ora dopo.

Quando butto fuori il labbro inferiore, sospira. "Non puoi fare sforzi così presto".

"Sono solo qui in piedi", ribatto.

Mi scocca un'occhiata penetrante. "Lo sai cosa intendo".

"Puoi riaccompagnarmi domani?" gli chiedo.

"Forse. Vediamo come ti senti".

Landen accenna un sorriso, che ricambio. "Grazie per aver letto per me e Ranger".

"Figurati, Ellie".

La fluidità con cui dice il mio nome mi fa pensare che stesse aspettando con ansia di pronunciarlo ad alta voce.

Papà gli rivolge un cenno del capo, e poi io lo saluto.

Mentre torniamo in macchina in paese, ricevo un messaggio da un numero che non riconosco.

SCONOSCIUTO

Hai dimenticato qualcosa.

Beh, considerando le mie condizioni, potrebbe trattarsi di qualunque cosa… Ma prima…

ELLIE

Chi sei?

SCONOSCIUTO

Wow, sul serio? Non hai nemmeno mai salvato il mio numero sul telefono. Perché la cosa non mi sorprende?

Faccio una risata nasale. *La Ellie di prima lo odiava davvero.*

ELLIE

Magari stavo solo cercando un nome tanto geniale quanto Diavoletta.

SCONOSCIUTO

Sono sicuro che è andata così.

ELLIE

Beh, dammi un'idea… Sotto quale nome avrei potuto mettere il tuo numero?

SCONOSCIUTO

Probabilmente "L'uomo più sexy che abbia mai visto" oppure "Il cowboy più sexy di tutti". Giusto per darti un paio di idee.

ELLIE

Wow… sono entrambe scelte fantastiche! Tuttavia, pensavo a qualcosa di più breve. Magari "Egocentrico"? O "Capitan Ego"?

SCONOSCIUTO

Capitano? Ora sì che si ragiona!

ELLIE

Meno male che non ho suggerito "Signore Onnipotente". Probabilmente mi avresti costretta a chinarmi ai tuoi piedi.

SCONOSCIUTO

Non avrei mai suggerito quello. Che ti
inginocchiassi, forse.

Sbarro gli occhi di fronte al messaggio sul mio schermo e mi
si surriscaldano le guance. Scocco un'occhiata a mio padre per
assicurarmi che non mi abbia vista arrossire.

L'ha detto sul serio? *Sta flirtando con me?*

Non sono brava in quello. Anzi, la mia perenne faccia da
stronza è parte del motivo per cui sono single da anni.

ELLIE

Ehm… non avevi detto che ho dimenticato
qualcosa? Mi dici che cos'è o la aggiungi alla
lunga lista di altre stronzate che non so?

SCONOSCIUTO

Dipende. Hai già cambiato il mio nome?

Con un sorrisetto, alzo gli occhi al cielo e modifico le sue
informazioni di contatto. Poi faccio uno screenshot e glielo
mando.

ELLIE

Ecco, ti ho dato una promozione.

MAGGIORE EGO

AHAHAH

Adesso sai che questo significa che dovrai
farmi il saluto militare, vero?

ELLIE

Certo.

E poi invio l'emoji con il saluto.

MAGGIORE EGO

Ok, bene. Beh, ti sei dimenticata che dovevo dirti un ricordo. In ospedale, ho detto che l'avrei fatto dopo qualche giorno, se nel frattempo non ti fosse tornata la memoria.

ELLIE

Oh, giusto! Ti conviene raccontarmi qualcosa di bello...

MAGGIORE EGO

Faccio scegliere a te. Vuoi sapere qualcosa di carino o qualcosa di cattivo?

ELLIE

Carino e cattivo si riferiscono a me?

MAGGIORE EGO

Sì.

ELLIE

Ehm... carino, direi.

MAGGIORE EGO

Avevo una cavalla di nome Sydney. Io e Noah l'abbiamo salvata da una brutta situazione: i proprietari la trascuravano. Ero l'unico a cui si avvicinasse mentre mi prendevo cura di lei. La cavalcavo per tutto il ranch e l'agriturismo. Un giorno si è ammalata e ha dovuto subire un intervento per rimuovere l'ostruzione. È andata in shock e il suo cuore non ha retto. Dopo ventiquattr'ore, mi sono rifiutato di lasciarla soffrire; così le ho detto addio. È stata una delle cose più difficili che abbia mai dovuto affrontare. Qualche giorno dopo, tu mi hai dato un biglietto di condoglianze. Ce l'ho ancora nel mio pick-up.

Wow... Non me lo sarei mai aspettata. Se lo odiavo veramente, perché mi sarei presa la briga di regalargli un bigliettino?

ELLIE

Ok, adesso dimmi qualcosa di cattivo.

So che sto facendo l'avida, ma muoio dalla voglia di sapere di più.

MAGGIORE EGO

Ho preso il tuo bigliettino come un ramoscello d'ulivo, e un paio di settimane dopo ti ho chiesto di uscire. Mi hai riso in faccia e te ne sei andata.

Mi copro la bocca per trattenere una risata. Non è divertente. Anzi, è davvero una cattiveria, ma il fatto che mi stia anche solo parlando, dopo che ho fatto una cosa simile, è comico.

ELLIE

Non so se dovrei scusarmi o dirti che è quello che ti meriti per aver provato a infilarti nelle mie mutande.

MAGGIORE EGO

Stavo soltanto provando a portarti fuori a cena!

ELLIE

Scusa, mi dispiace tanto. Dici che posso farmi perdonare?

MAGGIORE EGO

Non credo sia una buona idea.

ELLIE

Perché credi che mi sveglierò e mi ricorderò perché ti odio…

MAGGIORE EGO

Con la fortuna che ho, succederebbe proprio
così, sì.

ELLIE

E se non mi ricordassi di te nemmeno tra un
mese, ci ripenseresti?

MAGGIORE EGO

Ok, affare fatto... Un mese.

ELLIE

Affare fatto.

"Chi è che ti sta facendo sorridere in quel modo?" chiede
mio padre quando entra nel nostro vialetto.

"Landen. A quanto pare, non ho mai salvato il suo contatto e
abbiamo appena trovato un nome".

"Fai attenzione con lui, ok?"

Slaccio la cintura e lo guardo. "Che vuoi dire?"

"Negli ultimi quattro anni, non hai detto niente su di lui.
Beh, nulla di bello, comunque".

"Quindi?"

"Non eri interessata a lui per un motivo; quindi sto solo
dicendo che... devi stare attenta. Recupererai la memoria e
potresti ricordarti il motivo".

"Sapendo quanto ero concentrata sulle gare, anche io riesco
a immaginare che non lo trattavo bene. Probabilmente la
ragione era sciocca, e non volevo farmi distrarre dalle sue
attenzioni; quindi provavo ad allontanarlo".

Mi guarda come se fossi pazza. Ma è plausibile. Altrimenti
perché avrei dovuto comportarmi in quel modo senza mai
dargli una ragione? Fidanzarmi non è mai stata una priorità,
perché mi interessava solo allenarmi.

"Semplicemente, non voglio che tu soffra, tesoro".

Mi indico la testa. "È un tantino tardi per quello".

Mi trafigge con uno sguardo torvo. "Lo sai cosa intendo. Sii cauta".

"Non dovresti dirmi di approfittare di questa seconda occasione e divertirmi un po'? Avrei potuto morire, se la lesione al cervello fosse stata più grave. Ma non è successo; quindi potrebbe essere che l'universo mi stia dando un'altra opportunità per vivere la vita al di fuori della mia carriera nel *barrel racing* professionistico. Per quanto mi dispiaccia dover mollare la stagione, questa è la prima volta dopo anni in cui non devo preoccuparmi di prepararmi per la prossima gara o di seguire una routine. Certo, detesto starmene seduta in casa, però magari troverò anche altre opportunità".

"Lo capisco, tesoro. Sul serio. Ma sono tuo padre e vorrò sempre proteggerti".

La sua sincerità mi fa sorridere. "Ti voglio bene anche io".

Capitolo Diciotto

Landen

Vedere Ellie lo scorso sabato mi ha dato la rassicurazione di cui avevo bisogno, ovvero non si è ricordata di me né ha ricominciato a odiarmi a morte.

Questa sua versione è simpatica e spiritosa, e il fatto che me lo sto godendo mi fa quasi sentire in colpa.

È una battaglia che combatto sin dal momento in cui si è svegliata all'ospedale, ma, quando l'ho trovata nel box di Ranger, sette giorni fa, non sono riuscito a resistere alla tentazione di vedere dove ci avrebbe portati la nostra conversazione. Anche se passassimo del tempo insieme soltanto come amici, sarebbe comunque meglio di quando finge che non esisto.

Però ha tirato fuori questo patto mensile, secondo cui si farà perdonare per avermi rifiutato due anni fa.

Non avrei dovuto accettare perché so che è meglio non illudermi, ma come non farlo, quando è da anni che desidero che mi dia una chance? D'altro canto, come farò a proteggere il mio cuore dall'inevitabile quando si renderà conto di quanto l'ho fatta avvicinare e per questo mi odierà ancora di più?

Così tanti *se* e scenari possibili per cui non ho risposte. Ellie potrebbe recuperare la memoria nel giro di settimane, mesi, o forse mai.

Ma so che mi mangerei le mani se non cogliessi questa opportunità per vedere cosa potrebbe succedere. È un rischio, però accetterò le conseguenze, nella speranza di non crollare quando tutto sarà finito.

Il giorno dopo, le ho mandato un messaggio per chiederle come stava. Da lì abbiamo chattato tutto il giorno e poi ogni sera ci siamo chiamati su FaceTime, così poteva guardare e ascoltarmi mentre leggevo a Ranger. Anche a lui è piaciuto tanto sentire la voce di Ellie. È diventata la nostra routine negli ultimi otto giorni, però muoio dalla voglia di rivederla di persona.

Ellie ha fatto la visita di controllo per la commozione celebrale e, a causa di alcuni effetti collaterali persistenti, non può ancora guidare né fare troppa attività fisica. Mi sono offerto di passare a prenderla per accompagnarla a vedere Ranger dopo il lavoro, ma di solito a quell'ora è già troppo stanca.

Anche se ho sempre aspettato con ansia il momento per parlarle, mi svegliavo ogni mattina anticipando quello in cui mi avrebbe detto che le era tornata la memoria e che mi odiava di nuovo a morte. Per fortuna non è successo; invece, continuo a sorridere senza sosta al mio telefono, come un pazzo che si sta innamorando di una ragazza che ha la possibilità di distruggerlo.

Oggi non c'è nulla di diverso. Ci siamo sentiti a intermittenza per tutto il giorno, e lei sta parlando con Noah per vedere se riesce a convincere suo padre a lasciarla al ranch per qualche ora. Il signor Donovan è restio a farla venire, dato che il dottore ha suggerito che continuasse a riposare. Visto che Ellie non ha avuto altri attacchi epilettici, prevedono che sarà pronta a cavalcare con cautela tra un mese o due.

Anche se è domenica, ci sono comunque delle faccende da sbrigare: box da pulire e cavalli da nutrire; però, visto che le attività di riproduzione me le tengo per i giorni settimanali, devo lavorare solo metà giornata, a meno che non sfrutti l'altra per mettermi in pari con le scartoffie, le fatture e le email a cui devo rispondere.

"In arrivo!"

Prima ancora che abbia la possibilità di reagire, una balla di fieno mi colpisce alla testa.

"Non hai sentito il mio avvertimento?" chiede Waylon qualche istante dopo, torreggiando su di me, visto che sono steso col culo a terra.

Gemo dolorante. "Intendi quello che mi hai dato mezzo secondo prima?"

"Mi è scivolata di mano, scusa". Mi porge la mano e mi aiuta ad alzarmi.

Quando sollevo lo sguardo, Tripp e Wilder sono nel fienile e ridono.

"Fottetevi, ragazzi! Peccato che non abbia subito una commozione celebrale e mi sia dimenticato che siamo imparentati".

"Ehi, non coinvolgere anche me!" urla Noah alle mie spalle.

"Cristo santo!" Mi giro verso di lei. "Da dove continuate a spuntare?"

"Dovresti ricordarti di me, così posso parlarti di tutte le tipe con cui sei uscito e non provi a uscire di nuovo", ironizza Waylon, afferrando la balla di fieno prima di trasportarla di nuovo su.

"Stavo venendo a dirti che Ellie sta arrivando. Suo padre la lascia qui, così può stare con Ranger, ma pensavo che anche a te avrebbe fatto piacere passare del tempo con lei", dice Noah.

"Non sei forse tu quella che mi ha detto di non darle false speranze? E adesso mi incoraggi?" sollevo un sopracciglio.

Certo che così mi confonde.

Non sa che io ed Ellie ci siamo sentiti per tutta la settimana, però mi diverto comunque a romperle le palle.

"Sì, lo so. Però non ha molte persone di cui può fidarsi e, per chissà quale motivo, sembra che a questa versione di Ellie tu piaccia. Non ti sto dicendo di iniziare a uscirci, però vedervi in amicizia non farebbe male".

"*Giuuuuuusto.* Quindi mi stai dando il permesso di passarci del tempo insieme, ma non di scoparla".

Mi dà una sberla sul petto. "Landen Michael!"

"Ehi, già mi fa male tutto!" Massaggio il punto che ha colpito.

"Oh, ma fammi il piacere! Una balla di fieno pesa venti chili. Riesci a sollevarne due senza versare una goccia di sudore".

Indico il mio cranio. "Mi è stata lanciata *sulla testa…*"

Alza gli occhi al cielo prima di allontanarsi, come se fosse una cosa normalissima.

"Ellie sarà alle scuderie tra un'ora…" mi urla voltando la testa.

Dato che per oggi avevo comunque finito, vado a casa e mi tolgo i vestiti da lavoro. Per quanto sia ansioso di vederla, ricordo a me stesso che è solo una situazione temporanea.

Ma, come ho già deciso, mi prenderò tutto ciò che posso.

Prima di andare alle scuderie, passo a casa dei miei genitori per vedere se a mamma e nonna Grace serve qualcosa dal supermercato per la cena di stasera. Di solito faccio la spesa il sabato, però ieri non mi era rimasto tempo.

"Che dolce che sei! Faccio una lista", dice mamma. "Ho sentito che oggi viene Ellie. Dovresti invitarla a restare a cena".

"Ok, certo", rispondo.

Quando mi porge la lista, la osservo e poi sorrido. "Per caso, stasera preparate un banchetto?"

"Non lo facciamo forse sempre?" Mia madre sfodera un sorrisetto, accarezzandomi la guancia. "Grazie per andarci al posto mio".

"Nessun problema, mà. Torno tra poco".

Vado alle scuderie e sorrido quando vedo Ellie nel box di Ranger. Indossa dei pantaloncini in jeans sexy come non mai.

"Ehi".

Le brillano gli occhi quando trova i miei e mi squadra visibilmente dalla testa ai piedi. "Hai un cappello da cowboy".

"Già. Un Cattleman. Ti piace?" Abbasso la testa perché possa vederlo tutto.

"Sì. Molto western".

Ridacchiando, annuisco. "Mi piace indossarlo di tanto in tanto. Altrimenti, porto un berretto da baseball".

"Come in ospedale".

"Giusto".

"Ti stanno bene entrambi".

Assottiglio lo sguardo, e lei imita il gesto.

"Che c'è?" chiede.

"Stavo solo aspettando che mi prendessi in giro o che dicessi che sembro scemo".

"Perché? Oh, per quella storia che ti odio?" Fa spallucce. "Beh, oggi no. Però ho una teoria".

Inarcando un sopracciglio, mi appoggio contro la parete dei box. "Ovvero?"

"Che in realtà stiamo insieme… ma in segreto. È per questo che il tuo nome non era tra i miei contatti. Probabilmente conoscevo comunque a memoria il tuo numero, ma, nel caso qualcuno mi avesse vista messaggiare con te, non avrebbe saputo con chi stavo parlando. Motivo per cui ho cancellato la chat. Però, per qualche ragione, tu non volevi che qualcuno lo sapesse, o forse è stata una mia idea non dirlo a nessuno, ma, in ogni caso, fingevamo di non sopportarci per evitare che qualcuno lo scoprisse".

"Hai battuto di nuovo la testa?" chiedo.

Mi dà uno colpetto sul braccio. "Non puoi certo dirmi che sembra meno folle del fatto che fossimo nemici per nessuna ragione, o no?"

"Mi dispiace smontare la tua teoria, ma ti sbagli".

Incrocia le braccia. "Allora perché eri seduto accanto al mio letto e mi tenevi per mano?"

"Perché non volevo che ti sentissi sola. Noah era appena uscita e…"

"Perché mai ti trovavi lì, se ti odiavo?"

Avvicinandomi, faccio scivolare la lingua sul labbro inferiore. "Perché io non ti ho mai odiata".

La mia vicinanza le mozza il fiato, e capisco che le faccio lo stesso effetto che lei fa a me.

"Ci siamo scritti tutta la settimana come se per noi fosse una cosa normale". C'è un tocco di tristezza nella sua voce, come se stesse cercando disperatamente di rimettere insieme i pezzi e si sentisse frustrata perché non ci riesce. "Non mi sembrava di parlare con qualcuno che avevo appena conosciuto".

"Nemmeno a me sembrava così", ammetto. "Anche se io ho ricordi degli ultimi quattro anni, il modo in cui parliamo adesso è nuovo anche per me".

"Allora baciami".

Facendo un passo indietro, incrocio la sua espressione seria. "Cosa?"

"Voglio testare la mia teoria. Se non ci siamo mai frequentati né baciati, allora non ci sarà nessuna chimica istantanea o alcun senso di familiarità. In caso contrario, saprò di aver ragione".

Mi passo il palmo della mano sul volto, cercando disperatamente una via di fuga. Ironico, se consideriamo da quanto tempo è che voglio baciarla.

"Ellie…"

"Che male c'è?"

"Abbiamo deciso di aspettare un mese", le ricordo. "E non ti mentirei su una cosa simile".

"Quell'accordo era per un appuntamento. Questo è solo un bacio. Giusto un bacetto".

"Ne sei sicura? Non è che poi dici a Noah che mi sono approfittato di te o chissà cosa per farmi finire nei guai?"

"Certo che no!" Trasalisce. "Perché? È qualcosa che la vecchia me avrebbe fatto?"

Erompo in una sonora risata. "La vecchia te non sarebbe qui a implorarmi di baciarla".

"Non ti sto *implorando*".

Faccio un sorrisetto. "A me pare proprio di sì".

Sospira. "Se sei un cagasotto, ammettilo e basta. O magari sei un pessimo baciatore…"

"Il problema non è *assolutamente* quello…"

Fa spallucce. "D'accordo, se lo dici tu".

Si sposta per superarmi e, senza esitare, le afferro il braccio e la riporto indietro. Le prendo il viso tra le mani mentre mi chino e poso le mie labbra sulle sue. All'inizio sono cauto, ma quando non si ritrae, faccio scivolare dentro la lingua.

Intreccio le dita tra i suoi capelli mentre le reggo la testa e la attiro più vicina.

Geme contro la mia bocca, serrando i pugni attorno al tessuto della mia maglietta e prendendosi tutto ciò che le do.

L'ho desiderata così per tantissimo tempo e, adesso che ne

ho avuto un assaggio, come potrò andare avanti senza poterla più gustare?

Quando il cuore minaccia di esplodermi fuori dal petto mi ritraggo, cercando di riprendere fiato e di accertarmi che non se ne sia già pentita.

"Allora, qual è il verdetto?" chiedo infine, deglutendo con forza mentre mi sistemo il pacco.

"Accidenti, speravo che avrebbe dimostrato che avevamo una relazione segreta!" dice ansimando, ma poi con le dita tocca il punto in cui erano le mie labbra. "Mi sa che mi sbagliavo, dopotutto".

C'è un accenno di malizia sul suo volto, e lì capisco.

"Ti sei presa gioco di me".

Fa spallucce. "E tu ci sei cascato con tutte le scarpe".

"Wow…" dico lentamente e in tono drammatico. "Ecco, questo è qualcosa che farebbe la vecchia Ellie. Immagino che si trovi ancora lì dentro, da qualche parte".

"È stato per una giusta causa, giuro".

"Mmm-mmh". Incrocio le braccia sul petto e attendo la sua spiegazione.

"Ho letto che a volte i ricordi possono riaffiorare, se innescati da uno qualsiasi dei cinque sensi. Quindi pensavo che *tatto* potesse essere baciarti e volevo vedere se faceva scattare qualcosa".

Invece di arrabbiarmi perché mi ha usato, comprendo la sua frustrazione. Io non sopporterei di avere vuoti di memoria, sentendomi incapace di esercitare il controllo su ciò che ricordo.

"Ok. Qual è il prossimo senso che vuoi provare?" chiedo.

"Voglio aiutarti".

Per quanto l'idea di riaverla indietro dovrebbe terrorizzarmi, è peggio sapere che sta soffrendo.

"Magari l'olfatto?"

Ripenso alla lista che mi ha dato mia madre. "Devo andare al supermercato. Potresti venire con me e magari lì c'è qualcosa che ha un odore familiare".

"D'accordo. Tentar non nuoce".

Dice a Ranger che torna presto e poi mi segue fuori fino al mio pick-up. Dopo che abbiamo messo la cintura, si gira a guardarmi.

"Non sembri poi così arrabbiato per il bacio".

"Dovrei esserlo? L'ho trovato un bel bacio…"

"È stato… molto bello, in realtà".

"Grandioso! Allora qual è il problema?" chiedo, uscendo in retromarcia per poi percorrere il vialetto di ghiaia principale.

"Immagino che il problema sia che, anche se l'ho fatto come esperimento, mi è sembrato un po' troppo reale".

La vulnerabilità nella sua voce mi spinge a lanciarle un'occhiata e non riesco a trattenere il sorrisetto che appare sulla mia faccia.

"Tch-tch… È proprio un bel problema… Perché adesso devi aspettare altre tre settimane per averne un altro. Sempre che io sia il tipo da dare un bacio al primo appuntamento, cosa che penso non farei mai, visto che sono un gentiluomo".

"D'accordo, io so perché ti ho baciato, però sei stato tu ad afferrarmi e divorarmi la faccia come se ne dipendesse la tua vita. Quindi *tu* riuscirai ad aspettare così tanto?"

Tolgo una mano dal volante e sollevo un dito. "Prima di tutto, non l'ho fatto. Semplicemente, io bacio così. Seconda cosa, forse devo ricordarti che tu mi sei sempre piaciuta. Quindi, poterti baciare, anche se per gioco, non è stato un sacrificio. Terzo, ho aspettato quel momento per anni. Riuscirò di certo ad aspettare un altro po'".

Nel modo in cui Ellie mi guarda c'è qualcosa che non ho mai visto nei suoi occhi.

Desiderio.

"Non so perché sono attratta da te e, anche se dovrei odiarti, non capisco il perché. Tutto questo mi confonde molto".

"Fidati, lo capisco. Ho provato la stessa cosa, e nemmeno io riuscivo a spiegarmelo. I miei fratelli mi chiedevano perché continuassi a provare ad attirare la tua attenzione e cosa mi piacesse di te".

"Tu cosa dicevi?"

"Beh, ovviamente, che ero attratto da te. Dal momento in cui ci siamo conosciuti, ho pensato fossi bellissima. Però avevi anche un fuoco dentro che mi ha intrigato sin dall'inizio. La maggior parte delle ragazze desiderano le mie attenzioni e dicono solo quello che secondo loro vorrei sentirmi dire. Quelle con cui sono stato non riuscivano a essere se stesse e, a mia volta, mi veniva difficile essere me stesso. Si comportavano come pensavano volessi che facessero, ed è una cosa che stanca presto. Ma tu non hai mai avuto motivo di essere qualcosa di diverso dalla persona che sei esattamente, ed è stata una bella novità. Ammiravo anche la tua passione, la dedizione e la tua voglia di avere successo. Perfino quando superavo i limiti durante gli allenamenti ed eri pronta ad ammazzarmi, montavi comunque in groppa a Ranger e facevi precisamente quello che ti suggerivo. Trasudavi sicurezza, ed era una cosa davvero sexy. Pure il modo in cui bisticciavamo era erotico, perché sapevo che perlomeno non mi stavi raccontando stronzate".

"Quindi ti piaceva che non mi inchinavo ai tuoi piedi come una patita di cowboy?"

La sua schiettezza mi strappa una risata: un'altra cosa che mi piace di lei. "Sì. In un certo senso, mi stavi sfidando. Non era il *motivo* per cui ti desideravo, però faceva di certo la sua parte. Ed ero abbastanza pazzo da sperare che un giorno avresti ammesso che provavi le stesse cose".

"In ospedale, hai detto di non essere pronto a voltare pagina come pensavi. Ti riferivi a me? Voltare pagina per dimenticare me?"

Mi sorprende che se lo ricordi. Molta gente con una commozione celebrale ha problemi con la memoria breve.

Annuendo, tengo gli occhi puntati sulla strada. "Ti stavo usando come scusa per non avere una relazione seria; quindi alla fine ho deciso di dover dimenticare la mia cotta ed è stato allora che mi sono iscritto a un'app di incontri".

"E lì hai conosciuto quella ragazza che voleva correre troppo".

"Sì, Cecilia. Non era corretto prenderla in giro, se non potevo darle una giusta possibilità. Anche dopo aver passato del tempo con lei ed essermi divertito, sapevo che non sarei mai riuscito a darle tutto me stesso perché una parte di me continuava ad aggrapparsi alla speranza di avere te".

Cala il silenzio e, quando scocco un'occhiata verso di lei, mi sta fissando immobile.

"Probabilmente sembro uno psicopatico, vero?" chiedo, domandandomi se l'ho spaventata.

Scuote piano la testa. "Non posso crederci che lo sto dicendo, ma spero quasi di non recuperare mai la memoria. Qualunque cosa tu abbia fatto non può essere stata così terribile, se non l'ho detto a nessun altro".

L'insinuazione mi serra il petto perché è solo questione di tempo prima che le torni. Sperare che non accada è come costruire castelli in aria.

Però non posso che pregare anche io.

"Non sei curiosa di sapere quello che non ti ricordi?" chiedo. "Nello specifico, il motivo per cui non ti piacevo?"

"Oh, lo sono. Sogno persone e situazioni… però quando mi sveglio non so cosa sia reale o meno. Ciò che so è che lo siete tu e quello che sento, anche se non capisco come o perché. Quest'attrazione, o qualunque cosa sia, è diversa da ogni cosa che abbia mai provato. Quasi come se ci fosse sempre stata, ma volessi ignorarla. Come se ci fosse uno scudo a difenderla, per qualche motivo".

La mia mente si interroga su cosa potrebbe voler dire o su cosa la stava fermando in passato. Se qualcuno l'aveva messa in guardia da me o se lei era legata a qualcuno che non mi approvava.

"Grandioso… adesso pensi che sia pazza come quella tipa che stava correndo troppo", afferma quando non dico niente. "Me ne sto zitta e…"

Sposto di scatto il pick-up sul ciglio della strada, interrompendola, e dopo aver parcheggiato mi strappo la cintura di dosso. Poi mi sporgo oltre il sedile avvolgente e slaccio la sua.

"Di sicuro non sei più pazza di me", dichiaro, prima di premere con forza la mia bocca sulla sua, passandole un braccio attorno alla vita per attirarla verso di me.

La sua lingua regge il mio passo mentre combattiamo in una guerra per chi desidera più l'altro, per chi ha più *bisogno* dell'altro.

Quando si mette a cavalcioni su di me, sollevo il volante e poi spingo indietro il sedile per avere più spazio possibile. Le sue gambe nude mi intrappolano le cosce e, non appena geme sulla mia bocca e muove il bacino contro il mio, per poco non esplodo.

"Ellie… cazzo, non puoi farlo", dico in tono implorante mentre le sue labbra gustano le mie.

"Perché no? So che ti piace". Sorride contro la mia bocca quando mi viene duro tra i nostri corpi.

"Esattamente per questo". Le stringo i fianchi per impedirle di continuare. "Non posso entrare al supermercato mentre ho un'erezione".

"Neanche con le palle doloranti".

Sposto le labbra su un lato del suo viso. "Sempre meglio che avere una chiazza bagnata sui jeans, fidati".

Getta indietro la testa mentre le succhio il collo. Respiri corti riecheggiano tra di noi mentre continua a strusciarsi su di me. "*Landen…*"

"Cristo santo!" sibilo, leccandola fino a raggiungere il suo orecchio. "Non sai da quant'è che aspettavo di sentirti gemere pronunciando il mio nome".

"Non farmi fermare, ti prego. Mi manca pochissimo".

Dei versetti dolci risuonano mentre si strofina sulla mia erezione. Mi avvolge le mani attorno al collo, cercando più frizione.

Se continua per un secondo di più, perderò il controllo.

E, se la tocco, esploderò.

"Sollevati", le dico, togliendomi il cappello.

"Cosa? Perché?"

"Metto questo tra di noi".

Le tocco il fianco, facendole cenno di allargare le gambe per fare spazio. Poi faccio scivolare il cappello tra le sue cosce e sull'erezione.

"Così lo schiaccio", dice quando le abbasso il bacino.

"No, non lo schiacci. Ma, comunque, non mi importa. Scegli un lato della falda e cavalcalo finché non vieni, piccola".

Quando ci si siede sopra, riporto la sua bocca sulla mia e le palpo il seno da sopra la canottiera. Gemendo contro le mie labbra, fa muovere il bacino avanti e indietro.

Getta indietro la testa, e io lecco la pelle delicata del suo collo. "Brava, prenditi quello di cui hai bisogno".

"Ho bisogno di te", dice supplichevole.

"Immagina che sono io", le sussurro all'orecchio mentre tengo fermo il cappello, così che possa sentire la frizione. "Le mie dita nella tua fighetta dolce e la lingua che gioca con il clitoride gonfio mentre mi inzuppi la mano. Pensa a me che tocco ogni centimetro del tuo corpo".

"Oh, mio Dio…" Geme talmente forte che ringrazio di essere nella privacy del mio vecchio pick-up, sul ciglio di una strada di campagna. "Ci sono quasi… Continua a parlare".

"Mmh, quindi ti piace se parlo sporco? Me lo segno". Faccio un sorrisetto, baciandole il lato del viso. "È da tantissimo tempo che immagino tutti i modi in cui voglio toccarti. Non credo di potermi fermare, una volta che lo faccio".

"Dimmi… ogni dettaglio".

Continua a respirare pesantemente, e so che è solo questione di secondi prima che esploda.

"Mmh… sei proprio una Diavoletta, eh? Vuoi conoscere tutte le mie fantasie con te? Ogni volta che mi sono segato nella doccia immaginandoti lì con me…"

"Sì, proprio così…"

Non c'è bisogno che dica un'altra parola perché geme quando l'orgasmo la travolge e crolla tra le mie braccia.

"Porca puttana… sono appena venuta sul tuo cappello da cowboy?" chiede quando ha ripreso fiato.

Faccio un sorrisetto, sfilo il cappello incastrato tra i nostri corpi e me lo rimetto in testa. "Adesso posso morire felice. Anzi, sotterrami con questo addosso, così starà per sempre con me".

Capitolo Diciannove

Ellie

Non riesco a smettere di sorridere mentre io e Landen camminiamo mano nella mano nel supermercato. Da quello che so sul suo conto, farsi vedere insieme a me in pubblico è un passo davvero importante.

Gli abitanti di Sugarland Creek adorano il loro succoso gossip del sud, e questo gesto attirerà senz'altro l'attenzione di qualcuno, che poi farà girare la voce.

Quando una signora anziana lo saluta e lui ricambia con un cenno del cappello, devo trattenere una risata.

"Sento che è sbagliato", ironizzo.

"Io no". Mi fa l'occhiolino mentre continua a spingere il carrello con una mano sola.

Non riesco a credere a quello che è successo nel suo pick-up e non so cosa diavolo significhi adesso, però mi sto imponendo di non dare di matto. La mia vita era perfettamente strutturata e quasi ogni giorno era prevedibile.

Ora, mi piace non sapere. Per una volta, voglio *vivere* la mia vita.

"Ok, ecco la lista di mia madre. Puoi tenerla tu?"

Prendo il foglio dalla sua mano e la leggo mentre lui spinge il carrello.

"Fai la spesa per tua madre? Che dolce!" dico in tono affettuoso.

"Solo qualche volta. Ogni domenica abbiamo una cena di famiglia e, dato che dovevo fare la mia spesa per la settimana, mi sono offerto volontario per comprare ciò che poteva servirle per stasera".

"Wow, che cosa dolce! Quindi vengono tutti i tuoi fratelli?"

"Sì. Anche Fisher, Magnolia e le bambine". Mi guarda e sorride. "Abbiamo la casa bella piena".

"Scommetto che c'è da impazzire".

"Beh, lo scoprirai presto".

"Perché?"

"Perché stasera ci vieni. Con me".

"Non ricordo che tu me l'abbia chiesto".

Si ferma e restiamo al centro della corsia. "Tesoro, sei appena venuta sul mio cappello da cowboy. È praticamente come un cane che marchia il suo territorio; quindi ora sei bloccata con me".

"Mi hai seriamente paragonata a un *cane*?"

Fa una risata nasale. "Non è quello che ho detto".

"Secondo me, sì. Comincio a ricordare perché non mi piacevi".

"Bel tentativo". Fa un largo sorriso. "Dai, andiamo nel reparto latticini".

"Wow, primo appuntamento migliore di sempre".

"No, il nostro primo appuntamento è tra ventun giorni. Segnatelo sul calendario".

Ridacchio seccamente per la sua ostinazione ad attenersi al nostro accordo. "Di questo passo, ci sposeremo prima del nostro primo appuntamento".

Mi scocca un'occhiata, ma c'è un sorriso nascosto sulle sue labbra che non vuole farmi vedere. Mi sorprende che la parola *sposati* non l'abbia spaventato come succede con molti ragazzi della mia età. Ma, in fondo, non lo conosco abbastanza bene da sapere se l'idea di un impegno simile potrebbe farlo fuggire.

Cominciamo a prendere i prodotti dalla lista di sua madre e poi mi dice cosa gli serve per casa sua: soprattutto l'essenziale, come latte, uova e pane.

"Cucini?" chiedo quando trovo i bagel che gli piacciono.

"Ehm… definisci *cucinare*".

"Lo prendo come un no. Beh, non va bene, perché non so farlo nemmeno io. Da sposati moriremmo di fame".

Gli passo quello che gli serve e lo lancia nel carrello. "Non preoccuparti: andremo a mangiare al Lodge".

"Ci vai tutti i giorni?" chiedo, camminando verso i surgelati.

"Almeno una volta al giorno, sì".

Quando nota la mia occhiata critica, si acciglia. "Lavoro dodici ore al giorno. Ti aspetti che abbia le energie per cucinare?"

"No, ma non ti stufi? Oppure servono piatti diversi ogni giorno?"

"Seguono un menù fisso; quindi ogni lunedì c'è la zuppa di broccoli e formaggio e i bocconcini di manzo. Il martedì *tacos*. Il mercoledì…"

"Aspetta… Mi suona familiare". Mi fermo, cercando di capire perché questi piatti hanno innescato un ricordo.

"La zuppa e i bocconcini di manzo?" chiede.

Annuisco. "Sì, ma non so perché. Non ho mai mangiato al Lodge, vero?"

Landen si gratta la guancia, e leggo l'esitazione scritta sul suo volto.

"Che c'è?" chiedo.

"Niente, è solo che ci sei stata un paio di volte".

"Di recente?"

"Sì, nelle ultime settimane".

"È successo qualcosa mentre ero lì?"

Sospira, e ci mettiamo sul bordo di una corsia. "Non dovrei raccontarti le cose che non ricordi".

"Però mi sono ricordata della zuppa di broccoli e formaggio… anche se non la mangerei. Non sono un'amante delle zuppe. Né dei broccoli".

Storce il naso. "A chi è che non piacciono le zuppe?"

Gli do una spinta sul petto, ma ovviamente non si muove. "Non è questo il punto. Cos'è successo al Lodge?"

"Ti sei strozzata con un boccone di manzo".

"Oh, mio Dio! Che imbarazzo!"

"Già, rischiare di morire è *troppo* imbarazzante", dice strascicando le parole.

"È per questo che non mi piacevi, vero?" Aggrotto la fronte. "Adesso dimmi cos'è successo".

"Ti ho fatto la manovra di Heimlich".

"Accidenti! Di questo passo, devo appendermi un cartello sulla fronte con su scritto: *soggetta agli incidenti*".

"Avevamo litigato, e stavo cercando di evitarti finché non ho sentito che ti mancava l'aria. Mi sono fatto prendere così tanto dal panico solo un'altra volta in vita mia. Sono balzato in piedi e mi sono precipitato da te".

Mi si gonfia il cuore di tenerezza. Non eravamo nemmeno amici o in buoni rapporti; eppure non ci ha pensato due volte a salvarmi.

"Cos'era successo prima?" chiedo, ma esita di nuovo. "Ti prego… voglio saperlo".

Sospira lentamente come se sapesse che continuerò a chiederglielo finché non me lo rivelerà. "Eravamo alle scuderie e hai detto a Ranger *bravo piccolo*, e io sono arrivato dietro di te e ho detto *oh, grazie*. Ti sei accigliata, io ho fatto una battuta e poi hai perso la pazienza. Ad essere onesti, non era la prima volta che ti infastidivo quando volevi chiaramente essere lasciata in pace, però ero talmente disperato da cercare ogni opportunità per parlarti".

"Che cos'ho detto quando ho perso la pazienza?" chiedo supplichevole, perché ho bisogno di saperlo.

"Solo… che non ascolto e che non fingevi quando mi chiedevi di non infastidirti perché non eri interessata ad avere nessun tipo di conversazione con me. Poi ti ho fatta incazzare davvero quando ti ho paragonata ad altre donne che sarebbero molto felici di dire a un ragazzo il motivo per cui lo disprezzano. Alla fine, prima di andarmene, ti ho chiesto scusa e ho detto che non ti avrei più infastidita".

"Wow, sembro una stronza!"

"Ti rompevo molto le scatole, se devo essere onesto. Ci provavo con te ogni volta che mi era possibile, anche dopo che hai messo in chiaro di non essere interessata. Immaginavo che ricevere attenzioni negative fosse comunque qualcosa. Avevi ogni diritto di arrabbiarti".

"Stai solo cercando di farmi sentire meglio. Non preoccuparti. So che non era facile starmi attorno. Non ho mai trovato facile socializzare".

"Sei stata piuttosto socievole con me dopo l'incidente".

"Lo so, ma ho letteralmente l'impressione di averti conosciuto in un'altra vita e mi sento al sicuro con te. Come se fossimo stati più che amici".

"Posso assicurarti che non lo eravamo, perlomeno non nella vita di tre settimane fa".

"Molto spiritoso".

"Vedi, era anche ora che cogliessi il mio umorismo". Mi attira al petto, e sollevo la testa per trovare le sue labbra.

Quando le preme sulle mie, sorrido.

Non ho mai avuto un qualcosa di simile. È bello.

"Ricordi la nostra nuova regola?"

"No?"

Fa un sorrisetto, leccandosi le labbra. "Se baci il cowboy, poi cavalchi il cappello".

Abbassando gli occhi sul suo pacco, prova velocemente a coprirsi, e rido. "E tu che non volevi andartene in giro con un'erezione in corso!"

"Oh, ho perso quella battaglia non appena ci siamo baciati".

Mi si surriscaldano le guance al pensiero di quanto mi sono sentita sporca mentre mi strofinavo contro il suo cappello da cowboy sul sedile davanti del pick-up. Chiunque poteva passarci accanto e godersi uno spettacolino gratuito. Ma era talmente bello che non volevo fermarmi. Avere la sua bocca addosso, che mi baciava il collo e mi incoraggiava a esplodere sopra di lui è stata la cosa più erotica che abbia mai fatto.

E, accidenti, quanto vorrei farlo di nuovo!

"Ok, cos'è rimasto sulla lista?" chiedo quando ci separiamo.

"Da questa parte…" Mi conduce nel reparto surgelati e tira fuori un sacchetto.

"Bastoncini di pesce?" Storco il naso.

"Ehi, pensavo che qui nessuno giudicasse".

"Da quando?" chiedo ironica.

"Da quando ho scoperto che non mangi le zuppe".

Alzo gli occhi al cielo. "Gli straccetti di pollo potrei accettarli, ma questi? Hai gusti molto discutibili…"

"In friggitrice ad aria diventano belli croccanti; poi li mangio con la maionese e il ketchup". Si preme tre dita sulle labbra arricciate. "Uno snackino delizioso".

"Più ti conosco, più capisco che la Ellie del passato non aveva poi tutti i torti…"

Mi conficca un dito nel fianco, facendomi sfuggire un gridolino dalla bocca, e poi lo fa di nuovo sull'altro lato quando mi giro per cercare di scappare.

"Soffri il solletico? Ottima informazione".

"Non lo soffro! No, allontanati!" Ridacchio mentre cerco di allontanarmi dalle sue braccia insensatamente lunghe.

"Ellie? Ciao".

Una voce maschile interrompe la mia risata, e mi ritrovo faccia a faccia con un uomo che non riconosco.

Ha capelli biondi spettinati, che ogni due secondi si sposta dagli occhi. Allarga le braccia come se volesse abbracciarmi.

Però non ho mai visto questo tipo in vita mia.

Perlomeno, non credo.

"Ti conosco?" Un campanello d'allarme risuona nella mia testa mentre faccio un passo indietro per allontanarmi da lui.

Ignora il modo in cui ho cercato di fargli capire che voglio spazio e si avvicina, scoccando una rapida occhiata a Landen prima di concentrarsi su di me. "Sono Gage. Ci siamo conosciuti qualche settimana fa a una tua gara. Lavoro con tuo padre. Abbiamo passato del tempo insieme al rodeo…"

Inclino la testa, studiandolo alla ricerca di qualcosa di familiare. "Scusami, non mi ricordo di te".

"Abbiamo parlato del tuo cavallo, Ranger…"

Chiunque sappia che lavoro faccio potrebbe scoprire facilmente il nome del mio cavallo; quindi non sono ancora convinta di averlo già conosciuto davvero.

"Ho avuto un incidente un paio di settimane fa e ho subito una commozione celebrale". Indico il cerotto sulla testa. "Ho qualche problemino di memoria".

"Ti ho comprato un *churro*. Mi hai fatto i complimenti per i miei stivali", continua; poi me li mostra.

Sono letteralmente uguali a qualunque altro tipo di stivali da cowboy marroni.

"S-Scusami, non…"

Diventa rosso in volto e stringe i pugni. "Sono tutte stronzate! Smettila di fingere di non sapere chi sono!"

Quando alza la voce, trasalisco e indietreggio fino a toccare il petto di Landen. Mi stringe le spalle per poi mettersi davanti a me e spingermi dietro di sé. "Ti conviene badare a come cazzo parli, altrimenti ti zittisco con un pugno in bocca".

"E tu chi cazzo sei?"

"Sono Landen, il suo promesso sposo".

Il mio *cosa?*

Mi metto accanto a Landen e lancio un'occhiata al suo viso. Ha i lineamenti tirati e la mascella serrata.

Non sta scherzando.

"Da quando?" Accigliato, Gage incrocia le braccia. "Il signor Donovan ha detto che era single, quando mi ha assunto".

"Beh, si sbagliava. Non lo è", afferma Landen con decisione.

Gage squadra Landen dalla testa ai piedi: un'idea di merda, considerando quanto è alto e muscoloso. Landen è cresciuto in un ranch facendo lavori manuali. Non ho dubbi che sia capace di fare il culo a qualcuno, se costretto.

"Non ci credo". Gage ringhia. "Com'è possibile che una passi da essere single a fidanzata ufficialmente nel giro di un mese?"

Ottima domanda.

Ma fatti i cazzi tuoi.

"Mi dispiace che tu abbia ricevuto informazioni sbagliate, ma anche se non fossi fidanzata non sarei comunque interessata", gli spiego, stando al gioco di Landen e attenendomi al suo stupido piano.

"Perché no?" chiede, tendendo la mano verso di me. "Tuo padre pensava che avremmo formato un'ottima coppia".

"Ascolta… Gage, giusto?" Landen mi passa un braccio sulle spalle, attirandomi verso il suo petto. "L'anno scorso ho sparato al cazzo di un tipo che aveva provato a fare del male alla mia migliore amica. Immagina cosa farei a un uomo che importuna la mia fidanzata".

Cos'è che ha fatto? *È impossibile…*

Faccio scattare di nuovo lo sguardo su Landen, che sembra più divertito che altro dal tentativo di Gage di convincermi. Però non sono sicura che stia dicendo la verità. Se mio padre la pensava così, mi sorge qualche domanda sul suo gusto in fatto di uomini per sua figlia.

"Sei stato tu?" chiede Gage.

Un attimo… È vero?

Aggrottando le sopracciglia, sussurro: "L'hai fatto davvero?"

Si china sul mio orecchio. "Sì, ma fidati, la Ellie del passato non è rimasta colpita".

Considerando che non conosco il contesto, non saprei se avrei dovuto esserlo o meno.

"Già, e ha perso entrambe le palle", risponde a Gage. "Adesso è rinchiuso in prigione con un qualcosa che gli ricorda costantemente l'accaduto".

Finalmente Gage si fa furbo e indietreggia. "Già… Vedremo cos'ha da dire il signor Donovan al riguardo". Gli scocca un'ultima occhiataccia prima di uscire dalla corsia.

Non appena è abbastanza lontano, butto fuori un respiro profondo. "Perché hai detto che siamo fidanzati ufficialmente?"

Dà un colpetto al cappello. "Non c'è di che".

"Per cosa? Adesso i miei genitori verranno a saperlo e avranno molte domande".

"Per averti salvata da uno psicopatico che chiaramente non

avrebbe accettato un rifiuto a meno che non appartenessi a qualcuno. Cazzo, perfino quando ho detto che lo sei, non ci ha rinunciato comunque".

"*Appartenere*? Quindi adesso sono un oggetto? Prima ero un cane, e adesso sono…"

Landen mi spinge contro lo sportello del freezer, mi prende il viso tra le mani e poi preme la sua bocca sulla mia. Senza pensarci due volte, ricambio il bacio.

Un senso di calore si diffonde tra le mie cosce mentre mi tiene ferma e mi fa scivolare la lingua tra le labbra. Lasciando che assuma il controllo, cedo al modo in cui il mio corpo reagisce a lui; eppure desidero disperatamente di più.

Quando si ritrae, respiri affannati mi sollevano e abbassano le spalle.

Poi preme il palmo sullo sportello, si china su di me e mi afferra il mento. "Ecco fatto. Adesso mi appartieni". E poi, cazzo, mi fa l'occhiolino.

"Come se fossi una proprietà", dico con sarcasmo.

Scuotendo la testa, ridacchia piano sottovoce. "Accidenti, sei sempre così aggressiva! Com'è che continuiamo a bisticciare anche dopo che ti sei dimenticata di me?"

"Direi che sei semplicemente insopportabile, oppure che alcune cose non cambiano mai".

"Oh, fidati… Ne sono cambiate tantissime. Però lo accetto, se significa che posso farti star zitta con la lingua".

Rimango a bocca aperta e lui sogghigna. "Visto? So esattamente cosa dire per farti innervosire, così possiamo litigare e fare pace di nuovo".

"Lo sai che è solo questione di tempo prima che tutto il paese venga a sapere del nostro *fidanzamento*. E poi?"

"Bene, allora tutti gli altri sosia di Justin Bieber sapranno che devono starti alla larga".

Alzando gli occhi al cielo, spingo contro il suo petto per divincolarmi, però lui mi tiene imprigionata.

"Ti stai comportando in modo un tantino possessivo, non credi?"

Inarco un sopracciglio. "Sei tu quella che mi ha messo in testa l'idea del matrimonio; quindi in parte è colpa tua".

"Com'è che non abbiamo neanche avuto un primo appuntamento e adesso stiamo parlando di matrimonio?"

"Vorresti rivedere i termini del nostro accordo?"

Incrocio le braccia, accigliata. "Dipende… Che data sarebbe prevista?"

"Beh, se te lo dicessi, non rimarresti sorpresa".

"Voglio solo assicurarmi che la tua idea di primo appuntamento non sia portarmi in gioielleria per misurarmi il dito o farci dei tatuaggi di coppia".

"Ooh, ottima idea per un terzo appuntamento! Alla mia fidanzata serve un anello, dopotutto. I tatuaggi… magari al quarto".

"Non è divertente, Landen!" Lo spingo di nuovo. "I miei genitori daranno di matto quando verranno a saperlo".

"Perché? Secondo me, mi adorano".

Sbuffo. "In realtà, mio padre mi ha detto di stare attenta con te".

"L'ha fatto?"

"Crede che finirò col cuore spezzato".

Mi solleva il mento e un sorriso tenero appare sul suo viso. "Non avrei aspettato quattro anni prima di provare a voltare pagina, se avessi avuto intenzione di spezzarti il cuore. Casomai, sarai tu a spezzare il mio".

Alcune persone che devono prendere del cibo dal freezer che stiamo bloccando interrompono la nostra conversazione. Però è meglio così, dato che questo non è il posto giusto per continuare una discussione del genere.

Finiamo di prendere tutto ciò che è sulla lista e carichiamo la spesa sul pick-up di Landen. Mentre ascoltiamo musica e chiacchieriamo, noto che Landen guarda lo specchietto ogni trenta secondi. Dopo un paio di minuti, controllo in quello laterale e noto un SUV dietro di noi.

"Ci sta seguendo da quando abbiamo lasciato il supermercato", dice quando gli chiedo spiegazioni. "E sta svoltando ogni volta che lo faccio io".

"Magari va da questa parte".

"Non saprei…" Assottiglia gli occhi mentre controlla di nuovo. "Secondo me, potrebbe essere quel Gage".

"Sul serio?" Voltandomi, guardo fuori dal finestrino posteriore. Dato che non c'è una seconda fila, riesco a vedere piuttosto bene dietro di noi. Solo che l'autista indossa un cappello nero e occhiali da sole scuri.

"Perché dovrebbe seguirci?"

"Non lo so, ma non mi piace". Landen sterza di lato per farlo passare, ma anche l'altro rallenta. "Questo stronzo di merda!"

Landen preme con forza il piede sull'acceleratore finché non sfrecciamo lungo la strada. Dallo specchietto laterale vedo la macchina allontanarsi e tiro un sospiro di sollievo quando non ci raggiunge.

"Che cosa strana!" commento, rilassandomi finalmente contro il sedile.

"Secondo te, sta dicendo la verità? L'hai conosciuto a uno dei tuoi rodei?"

Faccio spallucce perché non ne ho idea. "Dovrò chiedere a mio padre per saperlo con certezza. È possibile, però mai e poi mai sarei stata interessata. Probabilmente sono stata gentile soltanto perché è un dipendente di mio padre".

"Non mi piace l'idea che pensi di avere una chance con te".

"Beh, adesso non lo penserà nessuno, visto che sono *fidanzata...*"

Mi prende la mano, intreccia le sue dita alle mie e poi se la porta alle labbra per un tenero bacio. "Bene. Mi scoccerebbe dover minacciare le palle di un altro uomo. O, peggio, farle esplodere con un colpo di pistola".

Arriviamo finalmente al ranch. Non sono mai stata dentro la casa padronale, ma l'esterno è splendido, con un portico bianco panoramico con un paio di dondoli e sedie in legno.

"Scommetto che è stato un posto bellissimo in cui crescere", dico quando entriamo con la spesa. L'ambiente è rustico e accogliente, con fotografie di famiglia appese alle pareti.

"È stato frenetico, questo è certo. Però sì, anche divertente".

"Ellie, tesoro!" La signora Hollis mi prende le buste dalle braccia, le lascia sul bancone e poi mi avvolge in un abbraccio. "È davvero un piacere vederti. Come stai?"

"Sto bene. Considerando tutto, intendo". Sorrido e poi ricevo un abbraccio da nonna Grace. L'ho incontrata giusto poche volte, però questa famiglia è piena di abbracciatori; quindi accetto il mio destino.

"Sono contenta. Quando l'ho saputo, ho contattato i tuoi genitori, che si sono preoccupati tantissimo; però può succedere, quando i figli praticano equitazione a livello professionistico. La volta in cui Noah si è fatta male, le ho proibito di fare ancora acrobazie".

Landen fa una risata nasale. "Già, non è durato molto".

"Un attimo… Me lo ricordo. Si è fratturata la caviglia e rotta qualche costola, giusto?"

"Oh… *quello* te lo ricordi". Landen sbuffa, mettendo via la spesa mentre nonna Grace aggiunge degli ingredienti nella planetaria. Hanno già iniziato a cucinare, e qualunque cosa sia ha un profumino delizioso.

La signora Hollis ridacchia. "I miei figli mi fanno venire infarti sin dal giorno in cui sono nati; quindi sapevo quanta paura devono aver avuto i tuoi genitori".

"Onestamente, non mi sorprenderebbe se provassero a convincermi a rallentare", ammetto, appoggiandomi all'isola della cucina.

"E lo faresti?" mi chiede.

Penso a questi ultimi anni e a quanto mi è piaciuto viaggiare, gareggiare e spingermi a fare meglio a ogni evento. Le sensazioni che provo quando cavalco sono insostituibili.

"No, non credo. Amo troppo quello che faccio".

Capitolo Venti

Landen

Dopo aver finito di chiacchierare con mia madre e aver svuotato tutte le buste, porto Ellie da me, così da poter finalmente mettere via la mia spesa. Non è mai stata qui, e adesso vorrei aver pulito.

Ma, se anche la cosa le dà fastidio, non lo manifesta. Anzi, prende l'iniziativa e comincia a controllare negli armadi e nei cassetti, curiosando in giro come se sperasse di trovare qualcosa che faccia riaffiorare un ricordo.

"Soddisfatta?" chiedo ironico, guardandola dal mio divano mentre osserva le fotografie appese alla parete.

"Se sono già stata qui, non c'è nulla di familiare".

"No, non ci sei mai stata".

Gira la testa per guardarmi. "Quante ragazze ci sono state?"

Ridacchio per il modo in cui ha infilato la domanda, senza alcuno sforzo. "Vogliamo parlare del bilancio delle vittime?"

"Vittime? Stiamo parlando di omicidi o partner sessuali?"

Butto fuori un respiro teso. "Onestamente, l'argomento "omicidi" mi farebbe sentire più a mio agio".

"Quindi immagino che tu ti sia portato a letto molte donne".

"Dipende da cosa intendi con "tante"".

"Beh…" Cammina per il soggiorno. "Per me cinque sarebbero molti. Però ho solo ventitré anni".

"Giusto…"

"E tu ne hai ventinove; quindi… probabilmente vicino a quel numero". Lo dice in un modo che sembra quasi che mi stia chiedendo conferma, piuttosto che esserne certa.

"Ventinove donne?"

"Sì, per me quelle sono molte".

"Ok…" Mi gratto il mento, curioso di sapere dove vuole andare a parare.

"Quindi… ti sei portato a letto molte donne?"

"Basandomi su ciò che tu consideri molte, allora no".

Nemmeno lontanamente.

Solleva un sopracciglio. "Davvero?"

"Perché sembri sorpresa?"

Fa scorrere lo sguardo sul mio corpo. "Perché sei un figo".

Rido sottovoce, ancora poco abituato a sentirmi chiamare da Ellie in qualunque altro modo se non "fastidioso". "E lo sei anche tu, ma questo non significa che ipotizzerei che tu sia andata a letto con molti uomini".

"Ok, mi pare giusto. Sono stata un tantino presuntuosa. Però io non mi metto in gioco. Non uscivo a cercarmi un'avventura. Per quanto mi ricordo, comunque".

"Diciamo che l'avevo capito, dato che tutto ciò che ti vedevo fare era mangiare, respirare, dormire e *barrel racing*. Alle superiori, invece?"

"Ho avuto due ragazzi. Sono andata a letto con uno di loro. L'altro con cui ho fatto sesso ce l'ho avuto dopo le superiori".

"Soltanto due?"

"Sì".

"Ok. Non ti avrei comunque mai giudicata per il tuo passato".

Si siede sul tavolino di fronte a me, e le intrappolo le gambe tra le cosce. Sporgendomi in avanti, avvolgo le dita attorno alle sue ginocchia e la attiro più vicino a me.

"È questo che ti preoccupa?" chiedo. "Che possa giudicarti?"

"No, immagino che, dato che sei ossessionato da me da anni, non ti importerebbe in ogni caso".

Sorridendo per la sua onestà, annuisco. "Giusto. Quindi dimmi a cosa stai pensando".

Stringe insieme le labbra e arrossisce. "Che non ho abbastanza esperienza per uno come te".

"Perché dovresti pensare una cosa simile?"

"Ho passato la mia prima settimana a casa a non fare altro che dormire, passeggiare all'interno e pensare al ragazzo conosciuto all'ospedale. Non potevo fare molto altro, perché guardare lo schermo del televisore mi faceva venire mal di testa e non riuscivo a leggere, con la vista sfocata; quindi continuavo a pensarti a ripetizione. Poi, ho passato quest'ultima settimana a messaggiare con te il più possibile e a impazzire rimuginando troppo su tutto ciò che ti riguarda".

Afferrando una ciocca di capelli che le ricade sul volto, gliela scosto dietro l'orecchio e poi faccio scivolare lentamente il dito lungo il suo collo. Sorrido compiaciuto quando trema sotto il mio tocco.

"Non devi mai preoccuparti di non essere abbastanza per me. Ti ho sempre voluta così come sei, lunatica e schietta, e, nel caso tu non l'abbia capito, non c'è nulla che potrebbe farmi cambiare idea".

"Vuoi davvero uscire con me? Non fra tre settimane, ma al punto in cui siamo arrivati adesso?"

Con un largo sorriso, annuisco. "Sì. Pur conoscendo i rischi e le conseguenze, sono pronto a tutto, se si tratta di te. E se tu accetti gli stessi termini, sapendo che un giorno potresti capire perché non ti piacevo, allora dovremmo rendere le cose ufficiali".

Prova a nascondere il suo sorriso colmo di gioia mordendosi il labbro inferiore.

Glielo tiro via dai denti con il pollice e poi le sollevo il mento finché i nostri sguardi non si trovano. "Che ne dici, Diavoletta?"

"Ok".

"Ok?" Inarco un sopracciglio, non pienamente soddisfatto.

"Correre rischi è un qualcosa che so essere normale per me e, anche se questo potrebbe essere un tipo di rischio diverso da quelli a cui sono abituata, soprattutto considerando che ricordo solo poche settimane, sono disposta a provarci comunque".

Posando la bocca sulla sua, la bacio lentamente, lasciando che sia lei a prendere le redini perché ci guidi in ciò che la fa sentire a suo agio.

Geme e cerca la mia lingua, provocando brividi che mi attraversano tutto il corpo, fino alla punta dei piedi. Quando intreccio le dita ai suoi capelli e la bacio con più trasporto, si arrampica su di me e si mette a cavalcioni sul mio grembo. La trascino più indietro sul divano finché non riusciamo a strofinarci comodamente l'uno contro l'altra.

"Non mi stai rendendo facile resistere per il nostro primo appuntamento", le dico per stuzzicarla mentre succhio piano sotto l'orecchio.

"Siamo già fidanzati ufficialmente", mi ricorda ironica.

"Mmh… ottima osservazione. Dovremmo già essere entrati in modalità "pianificazione nozze"".

Porta indietro il collo, dandomi maggiore accesso alla sua pelle morbida. "Mmh… Che colori ti piacciono? Io pensavo al turchese e a un bel arancio bruciato per un tema autunnale".

"Cazzo, sei troppo brava…" Le palpo il seno mentre la mia bocca risale verso la sua. "Così mi dimenticherò che stiamo fingendo".

Allarga le gambe e poi rilassa il bacino, sprofondando ulteriormente nel mio grembo.

"Mi stai uccidendo… Dobbiamo essere dai miei tra cinque minuti".

Continua a ruotare i fianchi, e il mio uccello percepisce ogni movimento doloroso.

"Mi sa che dovremo continuare più tardi".

Quando si sposta e si alza, tolgo subito il cappello da cowboy e copro l'erezione evidente.

"Che stai facendo?" Abbassa lo sguardo sul mio inguine.

"Conosci le regole…" Faccio l'occhiolino.

Si china, fermandosi proprio di fronte alle mie labbra. "Sì, però preferirei di gran lunga cavalcare il cowboy".

"Landen Michael!" urla Noah, e il portone sbatte dietro di lei. Marcia in cucina con Poppy su un fianco e Fisher al seguito, che sembra terrorizzato all'idea di dover sostenere questa conversazione. Mia sorella mi scocca un'occhiata omicida e poi punta un dito tra me ed Ellie. "Voi due state per *sposarvi*?"

Tutti fanno scattare la testa verso di noi. Nonna Grace resta al nostro fianco con un sorriso.

Faccio un sorrisetto a Ellie, che pare inorridita; poi le passo un braccio dietro la schiena e la attiro più vicino a me. "Guarda, c'è voluta solo qualche ora prima che la notizia si diffondesse fino alla mia famiglia. Potrebbe essere un nuovo record".

Si pizzica la radice del naso come se stesse sopprimendo l'impulso di prendermi a sberle. "Il che vuol dire che i miei genitori sono i prossimi".

"A uno di voi conviene cominciare a spiegarsi subito…" esige Noah. "Ti ho detto di passare del tempo con lei, non di fare quel cavolo che state facendo…" Agita verso di noi le mani per sottolineare quanto siamo vicini. "Non potete stare insieme".

"Lo sapevo…" dice beffarda nonna Grace. "Non appena sono entrati, l'ho capito".

"Non ci posso credere". Wilder erompe in una sonora risata. "Non le avete detto che lo odia a morte?"

"Certo che gliel'ho detto". Noah gli dà una manata sul braccio quando inizia a pungolarla. "Ma la mia domanda è: come accidenti è successo? Come siamo passati da Ellie che ha subito una commozione celebrale e si è dimenticata dell'esistenza di Landen a Ellie fidanzata ufficialmente con lui?"

"Vorrei saperlo pure io…" interviene mia madre; poi prende Poppy e la bacia sulle guance.

"Raccontate!" Magnolia afferra un paninetto caldo dal centro del tavolo e se lo mette in bocca.

"Stiamo per avere una nuova cognata?" Wilder fa un sorrisetto.

"Questa volta mi prenoto io come padrino!" urla Waylon.
Oh, mio Dio!
Lo guardo in cagnesco.

"Che c'è? L'ultima volta l'hai fatto tu", ribatte Waylon. "Adesso tocca a me essere il paparino di qualcuno".

Quando agita le sopracciglia, tutti gli sguardi si spostano su Fisher, che sta cercando disperatamente di tenersi fuori dalla conversazione.

"Non è la stessa cosa, idiota. Magnolia era *incinta*", gli ricorda

Noah, e poi per poco non si spezza il collo voltandosi di scatto verso Ellie. "Porca troia, sei incinta?"

"No!" esclama Ellie. "E non stiamo per sposarci".

"Però *stiamo* insieme", confermo, sorridendo a Ellie, che sembra turbata da tutta quella attenzione.

Noah si preme una mano sul petto ed espira. "Giuro su Dio: uno di voi due deve cominciare a darci spiegazioni. Ma partiamo dal perché Harlow e Delilah mi hanno scritto che state per sposarvi".

"Calmati, prima che ti scoppi una vena…" la provoco; poi stringo la presa sulla vita di Ellie. "Un cretino la stava importunando al supermercato, affermando di averla conosciuta qualche settimana fa a una delle sue gare e che si sono piaciuti. Quando è diventato aggressivo e insistente, mi sono intromesso e gli ho detto che è la mia futura sposa. L'ho detto soltanto perché si facesse da parte".

"In che senso "aggressivo"?" chiede Wilder.

"Continuava ad avvicinarsi e insistere che lei lo conosceva; poi, quando ha iniziato a urlarle addosso, ho minacciato di tirargli un pugno, se non si fosse fermato. Dopo che ho menzionato le mie doti di cecchino di cazzi, finalmente se n'è andato".

Magnolia alza gli occhi al cielo con un sorriso. "Tu e quella storia…"

"Sono piuttosto sicuro che abbia seguito il mio pick-up fuori dal parcheggio del supermercato e che mi abbia pedinato per quasi tutta la strada fin qui", continuo.

"Chi è?" chiede Tripp. "Qualcuno che conosciamo?"

"Si chiama Gage e lavora per mio padre", spiega Ellie. "Però non mi ricordo di lui e, quando ho provato a spiegargli dell'incidente, mi ha dato della bugiarda".

"Harlow e Delilah come l'hanno saputo?" chiedo a Noah.

"Stavano facendo acquisti in centro un'ora fa e un tipo stava parlando al telefono a voce alta dicendo che Ellie e Landen stanno per sposarsi".

"Oh, mio Dio… Può essere che stava parlando con mio padre". Ellie butta fuori un respiro di frustrazione.

"Beh, possiamo dire che ormai l'ha saputo tutto il paese", afferma Noah, prendendo qualcosa dal frigorifero.

"Dovresti dirlo comunque a tuo padre", dico a Ellie. "Deve licenziare quel pazzo".

"E se così Gage si arrabbiasse ancora di più?" mi chiede. "Probabilmente sa dove vivo".

"Magari dovresti chiamare lo sceriffo Wagner e avvisarlo", suggerisce mio padre. È rimasto in silenzio per tutto il tempo; quindi mi stavo domandando se avesse qualche opinione sulla faccenda. "Meglio documentare tutto adesso, nel caso faccia qualcos'altro".

Ellie mi guarda in preda al panico, e la attiro più vicino a me. "Non preoccuparti, non permetterò che accada".

Dopo che ci siamo seduti per mangiare la cena e io ho risposto a tutte le loro domande fastidiose su me ed Ellie, passiamo al dolce e poi allo *scrapbooking*. Tripp e Magnolia vanno via presto per mettere a letto Willow, e poi Waylon e Wilder ci lasciano per andare a finire alcune faccende.

"Quindi lo fate ogni domenica sera?" chiede Ellie quando guarda tutti i materiali che sono stati rovesciati sul tavolo.

"Sì, e probabilmente abbiamo un album per tutto quello che

riesci a immaginare", rispondo; poi trovo una fotografia di me con la mia moto da cross.

"Guidi quella?" mi chiede.

"Sì, l'ho usata il giorno in cui ci siamo conosciuti. Di nuovo… non sei rimasta colpita". Faccio un sorrisetto quando alza gli occhi al cielo. "Noah mi urla addosso quando la guido troppo vicino alle scuderie; così faccio giri in montagna e attorno a un laghetto che abbiamo qui. È un bel sentiero".

"Sembra divertente", commenta. "Non sono mai stata sopra una moto simile… Non credo".

Sporgendomi in avanti, in modo che possa sentirmi soltanto lei, sussurro: "Mi piacerebbe molto essere il primo a farti fare un giro".

Stringo le dita attorno alla sua coscia, e lei deglutisce a fatica. Poi le faccio l'occhiolino e riporto l'attenzione sulle fotografie.

"Dovrei ripescare gli album della mia famiglia e farne uno. Magari aiuterà a stimolare qualche ricordo o, come minimo, sarà un progetto divertente per non morire di noia". Ellie mi guarda mentre sfoglio le pagine di uno *scrapbook* completato.

"Ti piace cucinare?" le chiede nonna Grace.

"Non lo so. Non ci ho mai provato davvero. Mia madre cucina tutte le sere; quindi non ho mai avuto bisogno di imparare".

Nonna Grace fa un largo sorriso, e so cosa sta per fare.

"Te lo insegno io. Ho decine di ricette di famiglia che potrei condividere con te".

"Aspetta un attimo…" si intromette Noah. "Io non ho potuto ricevere la ricetta della mia crostata di pesche preferita fino al mio addio al nubilato perché mamma aveva detto che andava rispettata la tradizione".

"Infatti", conferma mamma, prendendo altri sticker e decorazioni floreali.

"Beh, se sono fidanzati, ci sarà presto un addio al nubilato…" si difende nonna Grace. "Posso comunque insegnarle a cucinare senza darle le ricette".

"Ti sei persa la parte in cui hanno detto che non è vero?" Noah inarca un sopracciglio.

"Non voglio essere un fastidio", dice Ellie.

"Non lo sei, tesoro. Ci piacerebbe molto insegnarti a cucinare", ribatte mia madre. "Dato che la mia stessa figlia ormai viene a trovarmi di rado, sarebbe bello averti con noi".

"Scusami se ho un lavoro, un marito e devo prendermi cura di tua nipote".

L'irritazione di Noah mi strappa una risata. "Poverina… Qualcuna si sente esclusa?"

Mi dà un calcio allo stinco sotto il tavolo. "Con te intorno, sono comunque abituata a non ricevere mai attenzioni. Tu e i gemelli siete sempre casinisti e odiosi".

"Io? Sono solo seduto qui".

Ellie fa una risatina, e mi giro a guardarla.

"Cosa c'è di divertente?"

"Il modo in cui bisticciate è adorabile. Non avevo idea che il tempo trascorso in famiglia potesse essere così. Ho iniziato a prendere molto seriamente le gare quando ero talmente giovane che hanno preso il sopravvento sulla mia vita sin da allora. Non facevamo mai cose come questa. Girava tutto intorno alla mia carriera".

"È importante trovare un equilibrio", le dice mamma. "Noah era praticamente così finché non ha conosciuto Fisher e ha finalmente capito che la vita non era fatta soltanto per lavorare senza sosta".

"Già, adesso lavoro senza sosta *mentre* gestisco una famiglia". Noah fa un sorrisetto voltandosi verso Fisher, che sta cullando

Poppy per farla addormentare. "Lo adoro. Non cambierei la mia vita per nulla al mondo".

Quando guardo Ellie, noto che li osserva con ammirazione negli occhi. Considerando che prima ha detto di amare troppo la sua carriera per rallentare, una volta che le sarà permesso ricominciare, mi chiedo se pensi mai di crearsi una famiglia tutta sua, in futuro.

Capitolo Ventuno

Ellie

Sono ricoperta dalla testa ai piedi di farina, però non smetto di sorridere da tre ore; quindi non mi dispiace affatto. Io e nonna Grace abbiamo preparato del pane e dei biscotti per il prossimo mercato agricolo. L'agriturismo allestisce una bancarella una volta al mese e attira i clienti con prodotti da forno caldi e profumati.

"Chi gestisce la bancarella?" le chiedo.

"Di solito uno degli addetti alla reception oppure un membro dello staff del Lodge".

"Quando fuori non c'è troppo caldo, la porto lì e ci uniamo anche noi per qualche ora", aggiunge la signora Hollis.

"Sembra divertente. Posso andarci la prossima volta?" chiedo, lavando le mani nel lavello.

"Ma certo! Possiamo andarci questo weekend. Trascinati dietro pure il tuo fidanzato". Nonna Grace ridacchia e mi si surriscaldano le guance a sentirlo nominare.

Anche se non siamo davvero fidanzati ufficialmente, nonna Grace si diverte a scherzarci sopra. Mi offre il suo vecchio anello almeno tre volte alla settimana.

Sto prendendo lezioni di cucina da nonna Grace e la signora Hollis da due settimane. Dato che non mi è permesso guidare, Landen passa a prendermi durante la sua pausa mattutina, alle nove, per portarmi a casa dei suoi genitori, e poi viene a pranzo per assaggiare quello che abbiamo preparato. Anche se non riusciamo a trascorrere molto tempo da soli durante la settimana, sono comunque felicissima di vederlo quando posso. Gli scorsi venerdì e sabato sono rimasta fino a tardi per poter stare a casa sua e ce la siamo spassata un po'. Ma non siamo andati oltre alle pomiciate e palpate sopra i vestiti. Teme ancora che un giorno possa svegliarmi e odiarlo di nuovo a morte.

Però, più tempo passa senza che ricordi qualcosa, meno è probabile che la memoria torni.

E ho deciso di accettarlo. Non mi sono mai sentita così felice.

Il pomeriggio, vado a trovarlo alle scuderie degli stalloni; poi mio padre passa a prendermi dopo il lavoro, così arrivo a casa per cena prima delle cinque. Zia Phoebe mi chiede tutte le sere che nuova ricetta ho imparato e ne parliamo fino al dolce.

È una routine nuova e diversa da quella a cui sono abituata, però mi piace comunque. Mi permette di andare a trovare Ranger tutti i giorni e occuparmi di lui per non farlo sentire triste o solo. Osservo Noah mentre lo allena, così che sia pronto quando potrò cavalcarlo. Negli ultimi giorni, mi ha permesso di portarlo a fare affondi nel paddock. È preoccupata che possa sentirmi troppo frastornata, ma per il momento non è successo.

Dopo che si è sparsa la voce che io e Landen stiamo per sposarci, non abbiamo detto nulla pubblicamente al riguardo; quindi l'indiscrezione non è stata né confermata né negata. Non è chissà poi quale problema, dato che stiamo comunque insieme.

Quando ho spiegato tutta la storia su Gage ai miei genitori, papà l'ha licenziato in tronco e abbiamo sporto denuncia alla polizia. Secondo me, non c'era bisogno di spingersi a tanto, però tutti gli altri hanno insistito.

La mia famiglia sa che io e Landen ci frequentiamo e, anche se mia mamma è felice che finalmente sto uscendo di casa e ho una vita sociale, mio padre continua a dirmi di fare attenzione. Crede che, dato che Landen è più grande e in una fase di vita diversa dalla mia, possa distrarre la mia attenzione dalla carriera, quando potrò ricominciare.

Ma, dopo avergli assicurato che il *barrel racing* è ancora la mia priorità, ha cominciato ad accettare l'idea. Pensa che rimarrò ferita, però, dal momento che sono un'adulta, deve lasciarmi prendere le mie decisioni, anche se dovessi finire col cuore spezzato.

Landen entra verso mezzogiorno, mi solleva tra le braccia e mi stampa un bacio appassionato sulle labbra.

"Oh, mio Dio, quanto puzzi!" Mi spingo via prima che comincino a bruciarmi gli occhi.

"Già, sono caduto sullo sterco di cavallo".

"Landen!" Quando allungo una mano verso il suo petto e lo spingo, mi lascia andare e io faccio un passo indietro. "Me la pagherai".

Mi scocca un sorrisetto infido e va a lavarsi le mani.

"Oh, dovrai farci l'abitudine, tesoro". Nonna Grace entra in cucina e poi si riempie il bicchiere. Lei e la signora Hollis hanno fatto una pausa pranzo sul patio posteriore per bere tè freddo e leggere i loro libri.

Faccio una smorfia; al che lei ride. "Pensavo che ormai fossi immune a quell'odore".

"Non quando mi viene iniettato direttamente nelle narici". Storco il naso.

Nonna Grace saluta e torna fuori.

"Oggi come procede?" chiedo a Landen mentre si asciuga le mani. "Stai guardando molto sesso tra cavalli?"

"Già, un giorno normalissimo durante la stagione riproduttiva".

Landen si toglie il berretto da baseball e poi fa la cosa più sexy che abbia mai visto: si porta una mano dietro la nuca e si sfila la maglietta con un movimento fluido. La usa per pulirsi il viso e i capelli prima di rimettersi il cappello al contrario.

Mi cade lo sguardo sul suo petto e gli addominali. Muscoli sodi ricoprono ogni centimetro del suo corpo: una tartaruga che voglio tracciare con la lingua. E una sottile striscia di peli che sparisce sotto i pantaloncini.

Perché la prima volta che vedo il mio ragazzo mezzo nudo è nella cucina dei suoi genitori?

Dovrebbe essere un crimine.

Si schiarisce la gola, attirando la mia attenzione, e io riporto lo sguardo sul suo viso.

"Che c'è?"

"L'ho visto".

Mi gratto la guancia, aggrottando le sopracciglia. "Non so di cosa parli".

"Mi hai assolutamente scopato con gli occhi".

Mettendo entrambe le mani sui fianchi, mi acciglio. "Se vogliamo dirla tutta… mi stai lasciando a bocca asciutta".

Elimina la distanza tra di noi, sollevandomi il mento. "E tu sei una brava bambolina che sta aspettando pazientemente il nostro primo appuntamento".

"Adori torturarmi, vero?"

Sa benissimo quello che sta facendo chiamandomi *brava bambolina*. Lo dice ogni volta che mi metto sopra di lui e glielo faccio venire duro; poi mi dice di finire sul suo cappello da cowboy.

"Solo altri cinque giorni, Diavoletta". Fa l'occhiolino. "E poi prometto che ti darò tutto quello che ti serve".

Inarco un sopracciglio. "*Tutto?*"

Si china e preme un bacio fugace sulle mie labbra. "Tutto".

Mi si serra dolorosamente il petto per l'ansia di poterlo toccare. Anche se è passato soltanto un mese, sembra molto più tempo per l'intensità dei sentimenti che provo per lui.

"Mi dici cosa facciamo per il nostro primo appuntamento?" Gli passo le braccia attorno al collo e lo attiro più vicino.

Mi afferra i fianchi. "No. Però indossa abiti comodi".

"Non aiuta affatto".

Cattura di nuovo la mia bocca e mi stuzzica con la lingua. "Ti piacerà un sacco, promesso".

Dopo che abbiamo pranzato insieme, quando sono già a casa, aiuto mia madre a pulire la cucina e le racconto la mia giornata.

"Dovrò passare al mercato agricolo a prendere del pane. Sembra delizioso", dice.

"Lo è. Se però non ci riesci, ti tengo da parte una pagnotta. Sabato lavoro alla bancarella", rispondo mentre organizzo la posta.

Una lettera indirizzata a zia Phoebe attira la mia attenzione. Ma la parte strana è che l'etichetta di reso dice che viene dal carcere femminile di Nashville.

"Mamma, cos'è questa?" La sollevo per mostrargliela e, quando si volta a guardare, sbarra gli occhi in preda al panico.

"Niente, tesoro. Esamino tutta la posta di zia Phoebe, così

che non riceva truffe". Allunga la mano per prenderla mentre studio la calligrafia, e un déjà-vu mi travolge.

"Chi le scriverebbe da…"

"È solo un'amica di penna, tesoro".

"Oh… ok". Gliela porgo, domandandomi perché una strana sensazione mi abbia assalita.

Potrei chiedere informazioni a zia Phoebe, però non credo che mamma le dia quelle lettere.

Sin dal mio incidente zia Phoebe non mi dice molto, e adesso che passo meno tempo a casa non ci sono molte occasioni per parlarle quando è in uno stato mentale migliore.

Continuando con la mia routine serale, mi faccio una doccia dopo cena, carico una lavatrice e poi aspetto che Landen mi chiami su FaceTime. Non restiamo svegli fino a molto tardi, dato che lui si sveglia presto per il lavoro e io ho ancora bisogno di otto ore di sonno per mantenere la solita routine.

LANDEN

Faccio una doccia veloce e poi ti chiamo.

Dopo averlo visto mezzo nudo prima, mi sento un tantino coraggiosa.

ELLIE

Oppure potresti chiamarmi mentre ti fai la doccia… darmi un'anticipazione di ciò che stai tenendo in ostaggio.

LANDEN

Lo sapevo: mi vuoi solo per il mio corpo.

ELLIE

Già, mi hai beccata. Adesso spogliati.

LANDEN

Sono più di un pezzo di carne, sai?

ELLIE

Sì, hai pure una lingua famelica.

LANDEN

Così mi fai eccitare tutto, e non potrò segarmi
sotto la doccia se mi starai guardando.

Quando immagino la scena, il desiderio dolorante tra le cosce mi pulsa in tutto il corpo. Mi tocco ogni sera prima di dormire dalla prima volta che ci siamo baciati; quindi ho il bisogno disperato di vedere come lo fa.

ELLIE

Perché no? Voglio vedere.

LANDEN

Sei seria?

ELLIE

Sì! E poi ti faccio vedere come mi tocco io...

Due secondi e mezzo dopo, mi arriva la sua chiamata.

Quando accetto, è già nudo nella doccia.

Rimango a bocca aperta mentre osservo ogni centimetro bagnato ed esposto del suo corpo.

"Sei una provocatrice", afferma.

"*Io*? Guarda un po' chi parla". Inclino il telefono e guardo verso il basso, come se potessi vedere di più.

"Ti tocchi pensando a me?" chiede, insaponandosi le braccia e il petto.

"Beh, certo. Mi stai lasciando a secco da quasi un mese".

"Secondo me, di secco non c'è proprio niente".

"Ok, spiritosone. Sono sempre bagnata".

Ridacchia, chiaramente divertito dalla mia frustrazione. "Bagnata per me?"

"Sì. Molto, molto bagnata per te".

"Allora dovresti fare qualcosa per risolvere la situazione… Togliti le mutandine, e ti aiuto a trovare sollievo".

Sbatto lentamente le palpebre, scioccata dalla rapidità e dalla facilità con cui ha suggerito la cosa, e detesto vedere quanto sono rossa in volto anche se sono stata io a dare inizio alle danze. Le mie precedenti esperienze sessuali sono state mediocri e non molto memorabili.

Direi che me la sono proprio andata a cercare.

"Ellie…"

La sua parlata profonda e lenta mi risveglia dalla trance.

"Togliti le mutandine per me e infilati sotto le coperte".

Deglutendo con forza, mi concentro sulla sua voce e sul movimento del suo braccio sotto lo schermo.

Si sta già masturbando.

Alzandomi in piedi, abbasso pantaloncini e mutande prima di scivolare di nuovo nel letto. Sono un'esperta nel darmi piacere, considerando la mia vita sentimentale imbarazzante, però non ho dubbi che farmi aiutare da Landen Hollis batterà tutte le altre volte che l'ho fatto da sola.

"Adesso dimmi quanto sei bagnata…"

Separando le cosce, porto la mano tra le gambe e scopro che sono già eccitata.

"Sono fradicia", ammetto.

"Bene, perché io ce l'ho duro come il marmo e ho bisogno che tu venga prima di me. Puoi farmi questo favore?"

Annuendo, gemo per quanto è già sensibile il clitoride. Ci strofino sopra i polpastrelli e respiro seguendo la pressione crescente.

"Cazzo, sei troppo sexy mentre lo fai! Scommetto che ora stai pulsando".

"Sì", confermo. "È bellissimo".

Inspira violentemente, come se stesse cercando di trattenersi, e mi piace pensarlo in difficoltà a mantenere il controllo.

"Immagina le mie mani e la mia bocca addosso, piccola. Lecco, succhio, divoro quella tua dolce passerina".

"Oh, mio Dio, sì…" Getto indietro la testa e per poco non lascio cadere il telefono che tengo in mano.

"Non rallentare, Diavoletta. Voglio sentirti raggiungere l'apice".

"Ci sto provando… Ci sono quasi".

Quando sento il soprannome con cui mi chiama, gemo mentre il piacere aumenta.

"Voglio guardarti venire, tesoro. Gira la visuale".

Spostando in tutta fretta le coperte, inclino il telefono perché possa vedere. Un senso di vulnerabilità mi travolge per quanto mi sono messa a nudo, ma i suoi gemiti gutturali quando vede quanto sono bagnata per lui aiutano ad attenuare in parte l'imbarazzo.

"Divarica le gambe, piccola. Fammi vedere tutto di te".

Faccio come dice e continuo a masturbarmi, mentre la pressione si fa sempre più intensa e forte.

"Guarda quella bella passerina. Tutta mia, piccola. Ti divorerò".

"Cristo, sì! Mi manca pochissimo". Ho il respiro talmente affannato che sembro un cane ansimante, ma non mi importa. Non ho mai provato questo tipo di piacere grazie all'aiuto di qualcuno, e lo *adoro*.

"Sei bravissima, tesoro. Dai a quel clitoride quello che vuole disperatamente".

"Vuole te", dico implorante, sull'orlo del precipizio.

"Sono proprio qui". Butta fuori respiri corti e pesanti, e capisco che riesce a malapena a controllarsi. "Immagina le mie dita dentro di te, in profondità, mentre ti succhio il clitoride".

Quell'immagine ce l'avevo già stampata nella mente, ma sentirgliela descrivere a voce alta mi fa esplodere.

"Sì, Landen…"

Il mio corpo si irrigidisce e trema mentre l'orgasmo mi travolge e gemo, stremata per l'intensità del piacere che mi assale. Non sono mai riuscita a venire così in fretta toccandomi, ma sentire Landen che mi incoraggiava e sussurrava porcherie è stato sufficiente a farmi raggiungere il limite nel giro di pochi minuti.

"Oh, mio Dio, è stato…"

"Cazzo, Ellie…"

Quando vedo il suo volto irrigidirsi, so che anche lui sta andando in frantumi mentre raggiunge l'apice, e mi piace tantissimo vederlo finire.

"Porca troia, non sono riuscito a fermarmi dopo averti sentita!" ammette, cercando di riprendere fiato.

Girando l'obiettivo, arrossisco quando mi fa un largo sorriso. "Potrei guardarti per ore mentre lo fai. È stato fottutamente sexy".

"Però io non ti ho visto…" Metto il broncio. "La telecamera non era puntata verso il basso".

"Lo so, scusami. Dopo che ti ho sentita gemere e pronunciare il mio nome ero già spacciato".

Ridacchiando, arrossisco, e mi do una sberla mentale per essere così dannatamente infatuata di lui. Però è più forte di me.

"Mi è piaciuto tantissimo vederti venire per me. Cazzo, mi sa che ne sono diventato dipendente!"

"Aggiungo subito le chiamate notturne sotto la doccia alla nostra agenda".

Con un largo sorriso, annuisce. "Ci sto".

Landen continua a sciacquarsi e mi permette di restare in chiamata per guardarlo. Ammiro la sua schiena larga, sperando di poter avvolgere le gambe attorno alle sue spalle, un giorno. L'ho fatto soltanto una volta e l'ho trovato più scomodo che piacevole, però ho il presentimento che Landen non si fermerebbe prima di farmi urlare.

Dopo essermi data una pulita, indosso dei vestiti da casa e mi infilo di nuovo a letto. Lui si è asciugato da tempo e ha indossato dei boxer e una maglietta, che mi ha fatto scegliere.

"Mi manca sentirti leggere a me e Ranger", dico, faticando a tenere gli occhi aperti.

"Ti piaceva, eh?"

"Hai una voce sexy, quando leggi".

"Vuoi che ti legga qualcosa adesso, così riesci a dormire?"

"Lo faresti?" chiedo, sapendo che anche lui deve mettersi a letto.

L'angolo delle sue labbra si solleva in un sorriso dolcissimo. "Certo. Non l'hai ancora capito, Ellie? Farei praticamente di tutto per te".

Capitolo Ventidue

Landen

In queste due ultime sere, ho chiamato Ellie su FaceTime durante la doccia, così può guardarmi mentre mi masturbo e toccarsi a sua volta. Sentirla gemere e gridare il mio nome mentre gode è la cosa più erotica che abbia mai fatto oltre al sesso vero.

Il senso di intimità, il poterla guidare per farle raggiungere il piacere e il lasciarla guardare quando vengo è qualcosa che non avevo mai provato.

Ha reso la nostra connessione ancora più profonda.

"Oggi niente Ellie?" chiede Wilder quando entro al Lodge per pranzo.

"Aveva un'intervista già programmata con un giornale locale e poi una visita da un nuovo neurologo. Non preoccuparti, domani tornerà a trattarti male".

Venendo qui tutti i giorni nelle ultime due settimane, Ellie ha legato molto con il resto della famiglia. Ride e scherza con tutti, passa ore con mia madre e mia nonna e ha addirittura stretto amicizia con un paio di altre ragazze che si allenano qui.

Prima, era completamente isolata e se ne stava sulle sue. Parlava raramente con chiunque che non fosse Noah.

Anche se Ellie mi è sempre piaciuta per la persona che è, non posso negare che mi piaccia anche questo lato. Quella parte di memoria che è andata perduta doveva essere talmente traumatica da averla resa la persona diffidente che era. Vorrei che potesse condividere con me quei ricordi, almeno per soddisfare la mia curiosità, ma anche perché voglio conoscere e comprendere tutto di lei.

"A proposito… ecco Magnolia e Noah", annuncia Wilder.

Prendo un piatto e vado verso il buffet, dato che oggi non ho molto tempo per mangiare. Con tutte le nuove giumente che stanno arrivando, devo assicurarmi che rimangano abbastanza insieme agli stalloni.

"Ho saputo che il grande giorno sarà questo weekend", dice Magnolia in tono cantilenante quando arriva accanto a me.

"Sì".

"Che cosa farete?" Comincia a riempirsi il piatto, e guardo sospettoso tutto il cibo che sta prendendo.

"Per caso stai mangiando per due?"

Mi dà una gomitata, accigliata. "Non si chiede mai a una signora, cretino".

Ridacchiando, vado verso il tavolo dei dolci e prendo una fetta di crostata alle pesche.

"L'hai detto soltanto per evitare di rispondere alla mia domanda?" Appare di nuovo a fianco a me come un'ombra.

"Sì, adesso levati".

"Cosa? Tu continuavi a ficcare il naso negli affari miei quando uscivo con Tripp. Adesso è il mio turno. Me lo sono guadagnato con lo status di migliore amica".

"Sei stata tu a coinvolgermi nei tuoi affari", le ricordo. "Non mi era nemmeno permesso di scrivere il suo nome vero; mi costringevi a usare quello in codice".

"Già, e sei riuscito comunque a rovinare tutto e dirglielo".

Ridendo, mi siedo vicino a Wilder e inizio a divorare il pollo fritto.

"Vorrai dire che è merito mio se finalmente vi siete messi insieme. Non c'è di che".

Si mette di fronte a me e poi Noah ci raggiunge, sedendosi accanto a lei.

"Qualunque cosa tu faccia, non portarla a cena e poi a vedere un film", dice Noah. "È scontato e banale".

"Cosa c'è di male in una bella cenetta e nell'andare al cinema?" chiede Wilder. "Pensavo che alle tipe piacesse".

Magnolia fa una risata nasale. "Sei proprio ignorante. Non capisco come riesci a trombare".

"Ho trombato lo scorso weekend, molte grazie. Non ho dovuto portarla a cena *né* al cinema…" Gongola come se fosse qualcosa di cui andare fiero.

Noah fa una smorfia. "Quand'è che cresci e ti sistemi?"

Wilder fa spallucce. "Non lo so".

"Wilder potrebbe sposarsi soltanto se qualcuno lo ammanettasse alla sposa e lo costringesse a raggiungere l'altare", dice Magnolia.

"Non credo. Si stenderebbe sul pavimento e fingerebbe di essere morto". Ridacchio. "L'unico modo in cui potrebbe sposarsi è dopo aver bevuto come una spugna, per poi risvegliarsi con un anello al dito".

"Vi informo che quando bevo resto molto cosciente e non ho mai fatto nulla di così stupido". Punta la forchetta verso Noah. "Non ho mai bevuto al punto da farmi il padre del mio ex…" Poi indica Magnolia. "O al punto da andare a letto col mio ex e farmi mettere incinta. Quindi…" Fa una pausa, compiaciuto. "Chi sarebbe l'adulto qui?"

Ridendo per le espressioni accigliate delle ragazze, annuisco con Wilder. "Non ha tutti i torti".

Dopodiché, Wilder guarda me. "Oh, tu non farmi nemmeno cominciare, Mister *sto con la ragazza che mi odiava sin dal momento in cui ci siamo conosciuti.* Non so manco come descrivere quello che stai facendo".

Stringendomi nelle spalle, mangio un altro boccone. "Ehi, adesso non mi odia; quindi è una doppia vittoria".

"Dicci almeno dove la porti!" insiste in tono lamentoso Magnolia.

"Vedete di farvi i fatti vostri e lo scoprirete dopo l'appuntamento", dico.

"Probabilmente è qualcosa di sdolcinato, tipo un giro in mongolfiera", mi stuzzica Noah.

Wilder sbatte il braccio sul tavolo, facendo cadere anche la forchetta. "E perché no? Mi sembra super romantico".

"Perché non è originale!" risponde Magnolia. "Le donne vogliono creatività. Dovete impegnarvi per capire cosa interessa alla ragazza, invece di cercare su Google i cinque posti migliori per un appuntamento".

"Non lo faccio mica…" Wilder esita e ridiamo tutti di lui. "Vabbè".

Mi arriva la notifica di un messaggio, e sfilo subito il telefono dalla tasca. È da tutto il giorno che aspetto notizie sui risultati dell'udienza per la condizionale di Angela.

Ma poi sorrido quando vedo il nome di Ellie.

ELLIE

Ho fatto un casino.

LANDEN

Durante l'intervista? Cos'è successo?

ELLIE

Stavamo parlando di argomenti inerenti il barrel racing e, prima di concludere l'intervista, la tipa ha detto: "Beh, ho saputo che le congratulazioni sono d'obbligo!" e mi ha presa talmente alla sprovvista che ho detto solo: "Eh?" E poi ha continuato dicendo che è fantastico che stia per sposare Landen Hollis, allevatore e cowboy locale al Ranch Sugarland Creek.

LANDEN

Oh, merda! E poi?

ELLIE

Beh, non mi ero preparata all'eventualità che tirasse fuori la cosa e volevo solo chiuderla lì. Quindi ho detto: "Grazie!"

Rido perché riesco a sentire la sua voce impanicata nella testa.

ELLIE

Poi è partita per la tangente e ha iniziato a dire quanto dev'essere incredibile stare con qualcuno con cui ho così tante cose in comune e che deve supportarmi molto.

LANDEN

E?

ELLIE

A quel punto, potevo soltanto darle corda e ho detto: "Mmm-mmh".

Manda l'emoji con la mano sul viso e una che piange, e capisco che ce l'ha con se stessa.

LANDEN

Beh, tanto la voce si era già diffusa in paese.
Va tutto bene, piccola. Non è un grosso
problema.

ELLIE

Passi pure che venga a saperlo il nostro
paesino, ma quest'intervista era per un sito di
cavalli nazionale. Intervistano decine di
professionisti dei rodei. Tutta la comunità del
barrel racing la leggerà. Ora sembrerò davvero
stupida per non averla corretta e aver fatto
credere a tutti che è vero. Adesso ne
parleranno a ogni conferenza stampa finché
non ci sposiamo.

Merda!

LANDEN

Quiiiindi suppongo che adesso dobbiamo
comprarti un anello di fidanzamento, giusto?

So che si sta facendo prendere dal panico perché non
farebbe una bella figura, se scoprissero che ha mentito o se
finisse coinvolta in uno scandalo, però adoro l'idea che la gente
sappia che è mia.

ELLIE

Oh, non preoccuparti, nonna Grace ha detto
che ci pensa lei, se mai dovessi volere il suo.

Manda l'emoji che alza gli occhi al cielo, e faccio una risata
nasale.

LANDEN

Smettila di angosciarti. Possiamo fingere in
pubblico, se ce ne fosse bisogno. Tanto tenerti
per mano e baciarti non è mica una tortura.

ELLIE

Fino a quando? Finché non organizzeremo un matrimonio finto?

LANDEN

Vuoi che ci sposiamo adesso? Posso ingaggiare un officiante per il nostro primo appuntamento.

ELLIE

Landen! Non è divertente.

LANDEN

Hai ragione, è più appropriato per un terzo appuntamento.

ELLIE

È per questo che la Ellie del passato ti odiava così tanto.

LANDEN

La Ellie del passato mi avrebbe già fatto secco con una pala.

ELLIE

Meno male che so dove si trova la selleria nelle scuderie…

LANDEN

Devo tornare al lavoro. Ci vediamo alle sei e mezza per la nostra doccia serale e la sessione di lettura. I vestiti sono facoltativi.

Aspetto ansiosamente la nostra routine serale per tutto il giorno.

ELLIE

Maledetto te, che mi mandi in estasi di nuovo, così non riesco nemmeno a godermi il pestaggio immaginario con la pala!

LANDEN

Ti mancherei troppo.

ELLIE

Questo è discutibile.

LANDEN

So che a me mancheresti.

ELLIE

Saresti morto, quindi come potrebbe
succedere?

LANDEN

Dall'aldilà, ovviamente.

ELLIE

Non ti è permesso perseguitarmi. Lo stalking
da fantasma è il mio limite.

LANDEN

Non ti ricordavo così insolente.

ELLIE

Sono piuttosto sicura che tu abbia detto che è
stato esattamente questo a conquistarti.

Oh, non si sbaglia.

ELLIE

Però ho una buona notizia: mi hanno permesso
di guidare, purché non mi senta troppo stanca
o stordita prima di mettermi in macchina. Non
farò nessun viaggio lungo, però posso almeno
venire al ranch da sola.

LANDEN

È fantastico! Quindi, invece di farmi la doccia
da solo, puoi restare a godertela con me…

ELLIE

Prima del nostro primo appuntamento? Per che
razza di fanciulla mi hai presa?

LANDEN

Per una che non la smette di spogliarmi con gli
occhi.

ELLIE

Che posso dire? Ho un debole per i cowboy
col berretto al contrario e la tartaruga.

"Terra chiama Landen?" Noah fa schioccare le dita davanti
alla mia faccia.

Sollevo lo sguardo, e lei e Magnolia mi stanno fissando.
"Adesso che c'è?"

"Se promettiamo di non dire niente, ce lo dici?"

Stanno ancora parlando del nostro primo appuntamento?

Alzandomi, metto via il telefono e prendo il mio piatto
vuoto. "No".

Sbuffano con fare drammatico, e io sogghigno vedendo
quanto disperatamente desiderano conoscere gli affari miei.

"Ciao!" dico dopo aver messo il piatto nel lavello.

Ogni volta che mi siedo nel mio pick-up, sorrido per i
ricordi che io ed Ellie abbiamo creato qui dentro. Il modo in cui
gemeva per me ed è venuta sul mio cappello da cowboy
preferito.

Il momento migliore di sempre.

Quando mi squilla il telefono e vedo il nome di Warren, so
che ci sono brutte notizie.

Capitolo Ventitré
Ellie

"Grazie mille per la visita. Buon appetito!" dico per l'ennesima volta.

Il mercato agricolo il sabato nel centro di Sugarland Creek è l'epicentro del gossip, e mi hanno chiesto del matrimonio approssimativamente cinquanta milioni di volte. Non ha senso negarlo, quando sta per uscire un articolo che lo confermerà.

Dopo la prima ora, nonna Grace mi ha dato un anello.

"Mettiti questo", mi ha detto.

"Sicura?" Mi sembrava troppo bello e speciale per indossarlo in giro come se nulla fosse.

Quando l'ho infilato al dito ed è calzato a pennello, mi ha fatto l'occhiolino. "È stato fatto per te".

In quel momento sono quasi scoppiata a piangere.

Non mi sto innamorando profondamente solo di Landen, ma anche della sua intera famiglia.

Potremmo chiarire la situazione, però non ho bisogno di avere altre attenzioni addosso, soprattutto quelle negative che accompagnerebbero le speculazioni.

È difficile non farsi sopraffare dalle emozioni quando penso ai *se* della mia carriera e mi domando come riuscirò a rimettermi in gioco, l'anno prossimo. Sono pronta a montare di nuovo su Ranger e ricominciare a lavorare. Sono grata che Noah abbia continuato ad allenarlo e ad attenersi alla sua routine.

Venti minuti prima della chiusura del mercato, una donna che mi sembra familiare si avvicina, però non riesco a inquadrarla. Mi ascolta mentre le elenco cos'è rimasto – non molto – e poi solleva un registratore.

"Sono una giornalista del "The Creek Chronicles" e…"

"Oh, mi dispiace, al momento non rilascio interviste. Può scrivermi per email e possiamo fissare un appuntamento se…"

Spinge il registratore verso di me, e trasalisco. "Hai qualche commento sul rilascio anticipato di…"

"Con tutto il rispetto, signora…" Nonna Grace la interrompe con il tono più severo che le abbia mai sentito usare. "La signorina Donovan non sta rilasciando interviste, al momento, ma se vuole acquistare qualcosa la aiuto volentieri".

La giornalista abbassa il registratore e aggrotta la fronte. "D'accordo. Allora dirò semplicemente *nessun commento*".

Su cosa?

Prima che possa chiederglielo, se ne va.

"È stato… strano", mormoro.

Nonna Grace mi dà una pacca sulla spalla. "Non ti preoccupare, cara. Certi giornalisti sanno essere degli avvoltoi e, se non punti i piedi, continuano a essere implacabili".

"Già, mi è già successo, però stavolta non mi sembrava che si trattasse di qualcosa di relativo ai rodei".

"Forse no, però sei comunque abbastanza famosa perché si approfittino del tuo tempo e del tuo nome per far parlare di chissà quale articolo su cui stanno lavorando", commenta nonna Grace, e annuisco perché ha ragione.

"Grazie per l'intervento. Devo fare sempre attenzione a come reagisco, altrimenti scrivono che sono una stronza maleducata e ingrata, o roba del genere…"

Chiedetemi perché lo so.

"Figurati, tesoro". Mi passa un braccio dietro la schiena. "Adesso sei una di noi".

La sua gentilezza travolgente mi gonfia il cuore. Un tempo non mi avvicinavo mai troppo alle persone; quindi non so bene come reagire, se non con un *grazie* e un sorriso.

LANDEN

Come va al mercato?

Il mio sorriso si allarga quando leggo il suo messaggio. Stamattina lavora per qualche ora, prima di vedersi con me questo pomeriggio. So che ha preso seriamente il nostro *primo appuntamento* sin dalla prima volta che è stato menzionato. Non mi importa quello che facciamo, mi basta passare del tempo con lui.

ELLIE

Bene! Stiamo per cominciare a mettere via tutto. E lì come procede?

LANDEN

Waylon e Tripp sono caduti in una pozza di fango gigante. Non ho mai riso così tanto in vita mia.

ELLIE

Stanno bene?

Mi manda una fotografia dei due ricoperti di fango dalla testa ai piedi. Mi porto una mano alla bocca per coprire la risata che mi esce fuori. Sembrano incazzati.

ELLIE

Oh, mio Dio…

LANDEN

Per poco Wilder non è morto soffocato mentre rideva come un matto.

ELLIE

Ma com'è successo?

LANDEN

Dopo i temporali di queste due sere, uno dei pascoli si è allagato ed è emerso il fango. Waylon è scivolato per primo e ha trascinato con sé Tripp. Io e Wilder stavamo camminando dietro di loro e abbiamo visto tutta la scena. Sono come caduti al rallentatore, agitando le braccia e con i piedi per aria. Vorrei aver fatto un video.

ELLIE

Che cattivo!

LANDEN

Oh, fidati, avrebbero detto la stessa cosa se fosse successo a me!

ELLIE

Beh, l'importante è che stanno bene. Sono sicura che non è stato bello.

LANDEN

Waylon ha detto di essersi rotto il culo. Scommetto che ha solo preso una botta all'osso sacro, però è un bambinone. Tripp è anche arrabbiato con Waylon perché l'ha trascinato giù con sé.

ELLIE

Stai attento là fuori. Non vorrei mai che dovessi cancellare l'appuntamento ancora prima di avere l'opportunità di uscire con me…

LANDEN

Oh, mi sottovaluti, tesoro. Mi presenterei
perfino con il corpo completamente ingessato,
con ogni osso rotto e gli arti amputati, prima di
cancellare il nostro appuntamento. Nulla
potrebbe impedirmi di passare la serata con te.

Rileggo il messaggio mezza dozzina di volte, con la faccia
sempre più calda dopo ogni rilettura, e ho la pelle d'oca
nonostante i ventisei gradi.

Cristo, quest'uomo!

Ellie: Non so se fosse tua intenzione, però hai
appena guadagnato un milione di punti bonus.

Landen: Considerando che prima ero a meno
un miliardo, li accetto.

Mi manda un occhiolino, e io ridacchio come la ridicola
ragazza stracotta di lui che sono.

Impiego quarantacinque minuti buoni per la mia doccia
completa, e l'acqua è quasi diventata fredda quando ho finito.
Ho eliminato ogni pelo superfluo e spalmato la crema su ogni
centimetro di pelle. Dato che Landen non vuole dirmi cosa
faremo, mi infilo dei pantaloncini in jeans e una maglietta grigia
semplice. C'è troppa umidità per indossare qualcosa di più.

Saluto la mia famiglia e li informo che dormirò da Landen e
che non c'è bisogno che mi aspettino svegli. Mia madre mi bacia
sulla guancia e mi dice di divertirmi.

"Grazie, a presto. Ti voglio bene!"

Landen voleva passare a prendermi, come un vero gentiluomo, però ero troppo emozionata all'idea di poter guidare di nuovo da sola. Volevo raggiungerlo a casa sua. Mi sentivo un peso quando dovevo farmi accompagnare dappertutto da Landen o da mio padre e, anche se non posso gareggiare, voglio godere di ogni briciolo di libertà che mi è concesso.

Significa anche che posso ascoltare di nuovo la mia musica.

Quando faccio partire la mia playlist, una canzone di Taylor Swift esplode dagli altoparlanti, e ho di nuovo un senso di déjà-vu. Non ricordo l'ultima volta che ho sentito una delle sue canzoni, però questa dell'album *Reputation* mi fa ripensare a quando correvo tutte le mattine.

Cercando di non rimuginarci troppo sopra, metto il volume a palla e canto il testo mentre mi dirigo al ranch.

Mi fa pensare anche a Mallory, perché lei passa quasi tutto il tempo a canticchiare le sue canzoni.

Al mio arrivo, Landen è appoggiato al suo pick-up, ad aspettarmi pazientemente.

Cazzo, quant'è bono!

Quel berretto da baseball bianco che porta al contrario.

Pantaloncini grigio scuro e una maglietta bianca semplice.

Non c'è motivo perché il look sia così dannatamente sexy.

Prima che possa aprire la portiera, lui arriva a farlo per me.

"Ma ciao, splendore". Mi porge la mano e poi mi aiuta a scendere dal mio pick-up.

Due braccia muscolose si stringono attorno alla mia vita e mi attirano per un bacio intenso e lento. Quando mi prende il viso tra le mani e con i pollici mi sfiora le guance in cerchi teneri, mi sciolgo contro di lui.

Ed ecco che ogni briciolo di volontà di mantenere il controllo se ne va in fumo.

Mi solleva e, quando gli avvolgo le gambe attorno al corpo, mi spinge contro la mia portiera.

Lo stringo più forte, elimino la distanza che ci separa e gemo sulla sua bocca.

"*Ellie…*" Dischiude le labbra, premendo la sua fronte sulla mia.

"Pensavo che non baciassi al primo appuntamento…" gli ricordo, senza fiato.

"Suppongo che adesso tu sia l'eccezione".

Dopo avermi messa giù, mi prende per mano e mi conduce verso un quad.

"Prendiamo questo?"

"Sì, però devi mettere il casco. Non voglio rischiare che batti la testa e ti dimentichi di nuovo di me. Soprattutto adesso che ti piaccio".

"Molto divertente". Gli do una spintarella. "Quindi dove andiamo?"

"Voglio mostrarti la vecchia pista da corsa su cui giravo con la moto da cross", spiega mentre mi allaccia il casco sulla testa.

"Sono così felice di aver passato un'ora ad arricciarmi i capelli", dico sarcastica.

Fa un sorrisetto, mi solleva il mento e allaccia la fibbia. "Pensavo che ad un'avventuriera come te potesse piacere". Poi preme le sue labbra sulle mie. "Sei stupenda".

Dopo che si è seduto sul quad e l'ha fatto partire, mi metto dietro di lui. Mi afferra i polsi e mi tira in avanti finché non gli premo il petto sulla schiena.

"Reggiti a me", mi avvisa, e io lo stringo forte.

Non guida troppo veloce; giusto quel tanto da farmi sentire il vento sul viso. Attraversiamo una parte del ranch in cui non sono mai stata prima e poi segue i sentieri di montagna in mezzo a grossi alberi finché la pista non appare di fronte a noi.

"Che figata!" dico dopo che ha rallentato. "Avete un'intera pista da corsa qui dietro?"

Ridacchia, raggiungendo più lentamente la zona più piatta. "Già. Io e il mio migliore amico, Tucker, ci passavamo ore durante le superiori. Gareggiavamo sempre e cazzeggiavamo".

"Tucker? Lo conosco?" chiedo, non riconoscendo il nome.

"No, è morto diversi anni fa".

Quasi mi si blocca il cuore. "Oh, cielo! Mi dispiace tanto".

Fa un singolo cenno del capo e poi accelera finché non raggiungiamo una velocità costante; poi sfreccia sui dossi attraversando la pista polverosa. Lo stringo forte, godendomi la sensazione di poter fare quest'esperienza con lui. I capelli mi svolazzano attorno al collo mentre si agitano nell'aria, e chiudo gli occhi finché non sento le ruote toccare il terreno.

"Oh, mio Dio, è stato uno spasso!" Rido, urlando per sovrastare il rombo del motore quando rallenta.

"Sapevo che ti sarebbe piaciuto…" Ferma il quad. "Vuoi provare a guidare?"

"Davvero? Ti fideresti di me?"

Landen smonta e si gira a guardarmi. "Certo. Ti ho affidato il mio cuore. Perché non dovrei affidarti la mia vita?" Mi fa l'occhiolino, poi mi fa spostare vicino al manubrio e scivola dietro di me.

La naturalezza con cui pronuncia quelle parole mi fa scottare le guance come se le avesse bruciate il vento, anche se in realtà non l'ha fatto.

"Non so come guidare questo coso!" Entro nel panico, stringendo le dita attorno al manubrio.

"Te lo insegno io, non preoccuparti".

Mi fa un corso accelerato, ma la maggior parte delle informazioni mi entrano da un orecchio ed escono dall'altro perché sono troppo nervosa.

"Pronta?"

No.

"Credo di sì…"

Tenendo le mani sopra le mie, mi aiuta a mettere in moto e procedere lungo la pista finché non mi sento tranquilla a guidare da sola.

Dopo cinque minuti a passo di lumaca, Landen mi dice di accelerare. Quando finalmente lo faccio, mi stringe più forte e mi esorta a farlo volare.

Non ci metto molto a prenderci la mano, specialmente perché so che lui è qui con me, nel caso dovessi avere bisogno di lui. Ma sfrecciare su una pista sterrata e polverosa mi dà una carica di adrenalina proprio come quando cavalco Ranger.

"Ok, un altro giro. Fallo bene". Mi stringe le cosce nude, e ricaccio dentro un gemito.

Quest'uomo mi provoca come se fosse il suo lavoro a tempo pieno.

Do gas e volo sopra l'ultimo dosso.

"Cristo santo!" esclama ridendo quando le due ruote anteriori rimbalzano sul terreno. "Hai spaccato".

"Sono una campionessa di *barrel racing*… Ne sei davvero sorpreso?" ironizzo, anche se all'inizio ero terrorizzata da morire. Ma non c'è bisogno che lui lo sappia.

"Nient'affatto. Però sono comunque colpito", dice con un sorriso nella voce. "C'è un laghetto a meno di un chilometro da qui che voglio mostrarti. Ti basta seguire il sentiero e lo vedrai".

Il mio cuore continua a battere rapidamente mentre guido lungo un altro sentiero di alberi. Non riesco ancora a credere che questo posto sia così vasto.

"Quanto è grande il vostro terreno?"

"Centinaia di acri. Arriva fin qui e poi oltre".

"Avete mai fatto campeggio qui fuori?"

"Non proprio. Abbiamo dei parenti che vivono a Willow Branch Mountain a un paio d'ore a nord da qui e possiedono un camping resort di lusso. I miei genitori ci portavano lì praticamente ogni estate, quando eravamo piccoli".

"Perché mi suona familiare?" Mi scervello per capire dove potrei aver sentito quel nome.

"È un paesino piccolo, ma un luogo popolare soprattutto per le coppie. Abbiamo alcune locandine pubblicitarie al Lodge. Probabilmente l'hai visto lì".

No, non credo...

"Mmh..."

"Che c'è?" Si sporge verso di me per sentirmi.

"È solo che è frustrante avere questi momenti in cui mi sembra di riconoscere qualcuno, senza però ricordare dove e perché ci siamo incontrati. Mi è successo anche prima al mercato agricolo, quando una giornalista si è avvicinata e mi ha chiamata per nome, come se avessimo già parlato in passato. Sapevo che aveva un aspetto familiare, ma non sono riuscita a individuare i ricordi che ho di lei".

"Già, è colpa della confusione mentale associata alle commozioni celebrali. Wilder ha preso la meningite batterica quando aveva tipo cinque o sei anni e ha sofferto di effetti collaterali neurologici per due anni. I problemi di memoria a breve termine che ne sono conseguiti non gli hanno permesso di raggiungere le tappe fondamentale del suo sviluppo nei tempi previsti. Volevano che ripetesse l'asilo, però, dato che lui e Waylon non erano disposti a separarsi, i miei genitori non l'hanno permesso".

"Oh, wow... sembra una cosa traumatica".

"Ha seguito una terapia di riabilitazione che lo aiutasse a rimettersi in pari e migliorare la memoria e l'attenzione perché potesse comprendere ciò che stava imparando. Poi ha fatto delle sessioni di logopedia per un anno e adesso non sta mai zitto; quindi immagino che abbiano funzionato".

Rido perché ha ragione: Wilder adora sentire la propria voce.

"Ok, adesso a sinistra… Dovrai lasciare il sentiero per un minuto e poi lo vedrai".

Trenta secondi dopo, appare un pick-up.

"Quello cosa è?" chiedo.

"È il pick-up di Fisher. Me l'ha prestato, visto che ha un cassone più ampio del mio. Possiamo parcheggiare qui". Allunga una mano e spegne il motore.

Dopo essere sceso, mi aiuta ad alzarmi e mi toglie il casco.

"Adesso ho i capelli incasinati?"

Con un largo sorriso, me li appiattisce e poi li scosta dietro le orecchie. "Si incasineranno comunque; quindi non preoccuparti troppo".

"Cosa…"

Fa l'occhiolino, prendendomi per mano per andare verso il pick-up. Pochi secondi dopo, il mio cervello lento riesce finalmente a collegare i puntini e capire quello che stava insinuando.

"Mi sembri molto sicuro al riguardo".

"Lo sono". Mi scocca un'occhiata, stringendomi le dita. "Ho intenzione di buttarti in acqua".

"Aspetta, cosa?"

Quando ci avviciniamo al retro del veicolo, vedo un laghetto a circa sei metri di distanza, dall'altro lato. L'acqua sembra molto trasparente.

"Non mi hai detto di portare il costume!" lo rimprovero. "Ore e ore passate a prepararmi, e adesso stai per rovinare tutto".

"Ti tengo io, così non ti bagni. Che dici?"

"Mi sembra una trappola".

Ridacchia. "Ma, prima, ceniamo".

"Dove?"

"Apre il portellone e rivela una sorpresa davvero adorabile: un materasso ad aria rivestito di coperte, con un largo vassoio di legno poggiato sopra. Due calici, dei piatti e delle posate. E poi un vaso di rose nel mezzo.

Accanto c'è un cestino da picnic.

"È un'idea davvero adorabile e ben pensata. Non ci credo che l'hai fatto davvero".

Mi solleva la mano e preme un bacio sulle nocche. "Volevo che fosse speciale. Il nostro primo appuntamento possiamo averlo una volta sola".

"Sempre che tu non sia me e possa dimenticarlo nel giro di un paio di giorni. In quel caso, dovrai portarmi a un altro primo appuntamento". Mi tocca il fianco, e io lancio un gridolino. "Non farmi il solletico!"

Dopo che Landen mi ha aiutata a salire sul cassone e mi ha mostrato cosa abbiamo, mi metto comoda tra le sue gambe, mangio i tramezzini che ha preparato e bevo pinot grigio.

"Sul serio, è tutto perfetto", commento, fissando l'acqua. "C'è così tanta pace qua fuori".

"Ho sparso alcune delle sue ceneri qui. Anche sulla pista".

"Di chi?"

"Di Tucker", conferma. "Sua madre mi ha permesso di averne una parte".

"Com'è morto, se non sono indiscreta?"

"Ehm…" Si passa una mano sul volto, e ho paura di averlo messo a disagio.

"Non sei…"

"No, va tutto bene. Non mi dispiace parlare di lui. Ha perso la sua ragazza delle superiori e, un paio di anni dopo, si è buttato da un ponte".

"Oh, mio Dio!"

"La sua ragazza è morta annegata; quindi ipotizziamo che Tucker abbia voluto andarsene come ha fatto lei. Anche se lui sapeva decisamente nuotare".

Stringendogli la mano, me la porto al petto e lo abbraccio forte.

"Avevamo deciso di incontrarci qui per spargere le ceneri della sua ragazza, però le ha portate con sé quando si è buttato".

"Non so cosa dire, se non che mi dispiace davvero tanto che tu abbia vissuto un'esperienza simile. Da come ne parli, dovevate essere legati".

"Per me era come un fratello. Giravamo in moto quasi tutti i weekend. Andavamo in cerca di guai in ogni dove. Nuotavamo in questo laghetto per tutta l'estate. Durante le vacanze di primavera, alle superiori, salivamo da mio cugino e trascorrevamo una settimana in uno dei lodge di lusso della sua famiglia".

"Perlomeno hai dei bei ricordi, giusto?" dico piano.

"Già, sono praticamente tutti belli". Mi preme le labbra sulla guancia. "Sei pronta a entrare in acqua?"

Un po' mi sorprende che voglia ancora nuotare nel laghetto che gli ricorda così tanto Tucker. Ma forse questo contribuisce a rimarginare le sue ferite; quindi annuisco e mi faccio tirare su. "Facciamolo!"

Si strappa di dosso la maglietta e, ancora una volta, sbavo quando lo vedo.

"I miei occhi sono quassù, signorina".

"Sì, ma gli addominali sono quaggiù".

"Se avessi saputo che bastava questo per attirare la tua

attenzione, avrei cominciato ad andarmene in giro mezzo nudo anni fa".

"Dev'essere per questo che funziona su di me. Non ho potuto diventare immune prima di perdere la memoria".

Balza giù dal portellone e poi si gira per darmi le spalle. "Salta in groppa".

Aggrotto le sopracciglia, ridendo. "Quale groppa?"

Toccandosi le spalle, risponde: "Ho detto che ti tengo io, ricordi?"

"Dicevi sul serio?"

"Non c'è una spiaggia sabbiosa; è tutto rocce dure e fango".

"Oh, avresti dovuto dirmelo subito". Gli passo le braccia attorno al collo e, quando mi ha afferrato le gambe, mi aggrappo a lui.

"Non mi buttare in acqua", lo avverto. "Non sono molto brava a nuotare".

"Non preoccuparti: sono un bagnino certificato. Non ti perderò di vista".

Per qualche motivo, il commento mi fa scattare qualcosa dentro.

"Aspetta, questo lo sapevo! Me l'avevi già detto?"

"Prima dell'incidente, sì".

"Credi che voglia dire che sto recuperando la memoria?"

"Non so, forse. Hai già iniziato a odiarmi?" Il suo tono divertito mi fa ridere.

"No".

Neanche lontanamente.

"Allora direi che siamo ancora a posto".

Capitolo Ventiquattro
Landen

Potrei sopravvivere sentendo la risata di Ellie per il resto dei miei giorni, senza aver mai bisogno di altro.

Mentre la stringo tra le braccia al centro del laghetto, è come un sogno che si avvera, nonostante il crescente senso di colpa per questi momenti con lei rubati, che in passato non avrei mai avuto.

In quattro anni non l'avevo mai sentita ridere tanto quanto sta facendo nelle ultime settimane, e adesso sono completamente dipendente.

Ne ho bisogno per respirare.

Però, con sempre più ricordi che riaffiorano, ho paura che tutto possa venirmi strappato via da un momento all'altro.

È per questo che non ho voluto condividere l'intera storia di Tucker e Talia e il fatto che la mia ex è responsabile delle loro morti. Non voglio che si dispiaccia o abbia compassione di me, per poi provare rancore per questo quando se ne ricorderà.

"Raccontami un segreto", dice quando ci mettiamo comodi in acqua insieme. Ormai la preoccupazione di rovinarsi i capelli è sparita da un po', visto che stanno galleggiando attorno al suo corpo.

"Mmh… ok. Voglio comprare qualche acro di terra e costruire la casa dei miei sogni per la mia famiglia, un giorno".

"Che bello! Che tipo di casa?"

"Su due piani, con grandi finestre che danno sull'acqua, per poterci svegliare ogni mattina e guardare l'alba sopra le montagne. Doppi portici avvolgenti per guardare i fuochi d'artificio dal secondo piano. Wilder e Waylon ne fanno esplodere un sacco ogni quattro luglio".

"Wow… adoro. Mi immagino otto cani che corrono da una parte all'altra, che si tuffano nel laghetto e puzzano di calze bagnate, che giocano insieme. Dei bambini che li inseguono dentro e fuori dall'acqua, che ridono e creano bellissimi ricordi".

"Aspetta… *Otto?*"

Ride di nuovo, e assaporo ogni secondo.

"Da piccola non ho potuto avere cani, però li amo. Mio padre è allergico; quindi avevo criceti e pesci rossi".

"Oh, povera patita di cavalli bisognosa di un cagnolino!"

Mi spruzza dell'acqua in faccia e io la minaccio di buttarla in acqua, se non mi bacia.

"Non oseresti".

La spingo più vicina all'acqua e inarco un sopracciglio. "Mettimi alla prova".

Invece di smascherare il mio bluff, abbassa le mani fino alla mia vita e curva le dita per farle entrare nei pantaloncini.

Inarcando un sopracciglio per quanto si sta avvicinando al mio uccello, dico: "Vuoi togliermeli tu?"

"Oppure…" L'angolo delle sue labbra si incurva in un sorriso malizioso. "…potremmo spogliarci entrambi e continuare sotto la doccia, che dici?"

La prendo in braccio e la porto fuori dall'acqua il più in

fretta che posso. Lei ridacchia quando me la carico sulla spalla come un cavernicolo e poi la lascio sul sedile del passeggero del pick-up di Fisher. Si incazzerà da morire perché siamo bagnati fradici, ma di quello mi preoccuperò dopo.

"È un sì?"

Con un largo sorriso, avvio il motore. "È un *spero che tu sappia a cosa stai andando incontro*".

Ci vogliono solo cinque minuti per arrivare a casa mia e, non appena parcheggio, la porto dentro e la prendo tra le braccia.

"Temo di doverti togliere tutti i vestiti, altrimenti bagni la moquette…" dico con ironia, tirando il bordo della sua maglietta per sfilargliela dalla testa.

"Non sia mai", ribatte spiritosa. "Immagino voglia dire che anche tu devi spogliarti".

"Mmh… mi sa che hai ragione". Sbottono i pantaloncini e li faccio scivolare lungo le gambe, però tengo i boxer. Dopodiché, si toglie anche lei i jeans e rimane in reggiseno e mutandine.

"Cazzo, sei bellissima…" Prendendole il viso tra le mani, premo insieme le nostre bocche in un bacio ardente e disperato. Mi avvolge tra le braccia, io la sollevo finché non mi passa le gambe attorno al corpo e poi la porto in bagno. Apro l'acqua e, dopo che ci siamo tolti l'intimo, la trascino sotto il getto della doccia con me.

"Mmh… è bella calda!" mormora mentre le passo le dita tra i capelli.

Prendo il flacone dello shampoo, ne verso un po' sulla sua cute, per poi spargerlo con un massaggio.

"Sei sicura che per te va bene?" chiedo, scendendo giù fino alle punte.

"Farmi lavare i capelli da te? Lo trovo alquanto sexy…"

Sorridente, prendo il sifone e risciacquo lo shampoo. "Stare nudi insieme".

Abbassa lo sguardo sul mio uccello semi-eretto. "Mmm-mmh. Direi che mi sta proprio bene".

"Anche se abbasso la mano quaggiù?" Le palpo il seno e poi pizzico un capezzolo.

"Sì", sussurra, chiudendo gli occhi. "Mi va molto bene".

"Girati", le dico; poi finisco di sciacquare via lo shampoo.

Cambio il getto dell'acqua fino alla modalità "massaggio pulsante" e poi lo abbasso tra le sue gambe. "E se faccio questo?" mormoro nel suo orecchio.

Prende un respiro mozzato, quasi ansimando ancora prima che l'abbia toccata.

"Va… bene anche questo". Chiude gli occhi e mi posa la testa sul petto.

"Separa le gambe, piccola. Ti faccio venire con forza e in fretta…"

Mentre il getto d'acqua batte sul clitoride, io gioco di nuovo col capezzolo e le bacio il collo.

"La pressione è così perfetta", dice tra i gemiti. "Non credo di resistere ancora a lungo".

Il suo corpo comincia a tremare di più, e io le stringo il braccio libero attorno alla vita così che possa sentirsi sicura e tranquilla per lasciarsi andare. "Se devi aggrapparti a qualcosa, aggrappati a me".

Mi avvolge le dita attorno al braccio mentre i suoi gemiti si fanno sempre più forti.

"Così… Non ti trattenere, piccola". Le succhio il collo, sentendola irrigidirsi. "Vieni, Ellie".

Gemiti dolci escono dalla sua bocca non appena lo fa. Si regge a me e cade a pezzi tra le mie braccia.

Sollevo di nuovo il sifone e le do il tempo per riprendere fiato.

"È stato super sexy", le dico.

Si gira, arrossata e appagata. "È il tuo turno".

"Il mio turno per cosa?"

"Voglio guardarti mentre ti seghi".

Afferrando l'erezione dura, la massaggio per un po'. "Ok. A una condizione".

Solleva le sopracciglia, ma continua a concentrarsi sulla mia mano. "Sarebbe?"

"Ti voglio in ginocchio, pronta a ingoiare".

Le porgo una mano così che non cada, e lei si inginocchia di fronte a me.

Afferrandole il mento, le sollevo la testa verso di me e le ficco il pollice tra le labbra. "Che brava bambolina!"

Invece di fare l'impertinente come suo solito, apre la bocca e tira fuori la lingua.

"Cristo santo…" Scuoto la testa e continuo a fottere il mio pugno perché non mi ci vorrà molto, con lei che mi guarda così.

Concentra tutta la sua attenzione su di me mentre faccio ruotare la mano attorno alla cappella e poi, quando sento i testicoli ritrarsi e il corpo irrigidirsi, le schiaffeggio le labbra con l'erezione.

"Preparati…" la avviso e, pur facendo fatica a tenere gli occhi aperti, faccio uno sforzo perché non voglio perdermi questo momento.

Gemendo quando il piacere mi assale, continuo con movimenti rapidi e brevi finché non esplodo e le dipingo il bellissimo volto col mio seme.

"Maledizione, è stato fottutamente intenso!"

Prendendola per mano, la aiuto ad alzarsi e premo con forza la mia bocca sulla sua, ancora coperta di sperma.

"Cazzo, è stato troppo sexy!" mormora tra i baci. "Voto per le docce insieme, d'ora in avanti".

"Tutto quello che vuoi. In questo momento potresti chiedermi qualunque cosa, e lo farei".

Fa una risatina e mi passa le braccia attorno alla vita, posa il mento sul mio petto e solleva lo sguardo su di me con l'espressione più adorabile di sempre sul viso. "Mi piaci, lo sai?"

Ridacchio sottovoce, stringendo la presa su di lei. "Era anche ora che ricambiassi i miei sentimenti, accidenti! Ho aspettato quattro anni".

Dopo che l'acqua è diventata troppo fredda per restare nella doccia, asciugo con il telo ogni centimetro del suo corpo; poi le do una delle mie magliette mentre metto i suoi vestiti in lavatrice. Immaginavo che saremmo tornati qui per il dolce; quindi, dopo esserci messi comodi sul divano, ho servito una torta alle fragole con panna montata.

"È buona. Chi è che dice che non sai cucinare?" mi chiede scherzosa, leccando via la crema dalla forchetta.

"Non lo chiamerei proprio "saper cucinare". Ho mescolato le fragole con lo zucchero, le ho messe sopra una torta e poi ho aggiunto le guarnizioni".

Fa un sorrisetto. "Nonna Grace mi ha insegnato molto in queste due settimane. È un tesoro. Sei fortunato. Io non sono molto legata a mia nonna".

"No? Come mai?"

Fa spallucce, con nonchalance. "Era una madre single, e non credo abbia avuto un ottimo rapporto nemmeno con i suoi figli. Viene da noi per le feste e ogni tanto a cena, ma di solito gira tutto intorno a delle chiacchiere vuote, ed è una cosa che odio".

Dopo mangiato, mettiamo un film. Ma, a metà, finiamo per limonare ed Ellie si mette a cavalcioni sopra di me. Questa volta non le faccio cavalcare il mio cappello, ma le do modo di venire strofinandosi sul mio uccello.

"Vuoi passare la notte qui?" le chiedo quando si fa tardi. "Se non vuoi guidare col buio, posso accompagnarti io".

"A me non dispiace restare, se non dispiace a te".

"Nient'affatto". La bacio. "Mi sveglierò presto per il lavoro, ma posso tornare prima che tu debba andartene".

"Hai mai fatto dormire una ragazza da te?"

"Tipe da una botta e via sì. Una mia ragazza, no".

Mi guarda con aria di disapprovazione, e ridacchio. "Allora perché me l'hai chiesto?"

Fa spallucce. "Perché sono una masochista, suppongo. Almeno poi hai bruciato le lenzuola?"

"Oh, non esistono più. Le ho comprate tutte nuove per te. Top di gamma, lenzuola di lusso e una trapunta nuova".

"Davvero? Perché?"

"Perché volevo avere un nuovo inizio con te. Non appena abbiamo cominciato a frequentarci, volevo cancellare qualunque traccia delle altre donne. Non ho comunque avuto nulla di serio con nessuna di loro; quindi non è stato difficile sostituire tutto. Ho comprato perfino degli asciugamani perché potessi averne di ottima qualità quando devi farti la doccia".

"Non so se è la cosa più dolce che abbia mai sentito o la più presuntuosa perché eri convinto che mi avresti portata nel tuo letto…"

Mi gratto la barbetta, che dovrei tagliare. "Voto la prima".

Mi passa le braccia attorno al collo e attira la mia bocca verso la sua. "Ok, approvato".

Il mio telefono riceve la notifica di un messaggio, e lo prendo dal tavolino prima di andare in camera.

"Oh, merda…"

"Che c'è?" chiede.

CECILIA

STAI PER SPOSARTI?!?

"Mi sa che è uscita la tua intervista…" le dico, poi le mostro lo schermo.

"Mi sorprende che non l'abbia saputo prima". Sposta le coperte e strofina il palmo sulle lenzuola morbide. "Ooh, sono proprio belle!"

"Bene, mi fa piacere che approvi". Le faccio l'occhiolino.

Non le dico che ho portato con me Wilder e Waylon a comprarle, un mese fa. Eravamo come ciechi che guidavano altri ciechi per capire quale tipo di biancheria da letto fosse la migliore.

"Cecilia non è di qui, però sì, sarebbe stata solo questione di tempo". Faccio spallucce, mettendomi accanto a lei.

"Non so se voglio leggerla". Sbuffa. "Odio tantissimo rilasciare interviste".

"Fa parte del lavoro, ma da quello che ho visto e letto nel corso degli anni, sei sempre andata bene e sei rimasta molto professionale".

Indica il telefono con un cenno del capo. "Le rispondi?"

"No". La prendo tra le braccia, intrecciando le mie gambe alle sue. "Perché dovrei sprecare tempo a messaggiare con un'altra donna, quando ho la ragazza dei miei sogni nel mio letto?"

Si mette a cavalcioni sopra di me, baciandomi intensamente.

"Adesso tocca a te dirmi un segreto", le dico mentre mi bacia il collo. "Io ti ho raccontato uno dei miei".

Incrocia il mio sguardo e aggrotta le sopracciglia. "Adesso?"

Ridacchio piano per quanto sembra frustrata. "Sei così determinato a lasciarmi a secco?"

Scoppiando a ridere, ribalto le posizioni finché non sono sopra di lei. "Per quanto mi piacerebbe proprio non lasciarti a secco, non voglio approfittarmi della tua memoria".

Butta fuori un respiro lento, e sembra indecisa se dire le sue prossime parole. "Buffo che dici così… perché il mio segreto è che ho il terrore che mi ritorni e di spezzarmi da sola il cuore con la verità del perché non mi sei mai piaciuto. Non riesco a immaginare un mondo in cui non mi innamori perdutamente di te".

Le pareti si chiudono attorno a me e le sue parole si ripetono nella mia testa. *Si sta. Innamorando. Di me.*

Mai avrei pensato che un giorno Ellie Donovan avrebbe ricambiato i miei sentimenti, tantomeno che me li confessasse.

Ma, anche quando ricorderà il perché non dimenticherò mai che, almeno per un breve momento, abbiamo avuto tutto.

Capitolo Venticinque
Ellie

"Stai andando alla grande, Ranger… Sei proprio bravo!" Lo sto aiutando a fare affondi nel paddock dopo averlo cavalcato per la prima volta in sei settimane. Noah è rimasta al mio fianco per tutto il tempo e mi ha fatto indossare un caschetto, ma perlomeno ho potuto montarlo di nuovo.

Durante l'ultima visita, il neurologo mi ha imposto soltanto delle leggere restrizioni; quindi era solo questione di quando mi fossi sentita pronta a cavalcare di nuovo e Noah lo avesse ritenuto sicuro.

"Stai parlando di nuovo di me?" chiede Landen alle mie spalle, e sorrido nel sentire la sua voce.

Voltando la testa, lo trovo appoggiato alla recinzione con indosso il suo cappello Cattleman e un sorrisetto presuntuoso.

"Nei tuoi sogni, cowboy".

"Non ho più bisogno di sognare…" Mi fa l'occhiolino, e scuoto la testa per il suo continuo flirtare.

Porto dentro Ranger e lo guido verso il cancello.

"Ho saputo che oggi hai cavalcato. Com'è andata?" mi chiede, aprendomelo.

"Bene".

Gli racconto quello che è successo e quanto mi emoziona l'idea di seguire di nuovo una routine con il mio cavallo. Non potrò farlo per ore e ore, ma perlomeno una volta al giorno, così da non perdere il ritmo. Anche se sono fuori gioco per il resto della stagione, quella successiva comincia subito dopo; quindi voglio essere pronta.

"Lo sarai. Non ho dubbi". Mi bacia la fronte e mi sciolgo contro di lui.

Potrei farci l'abitudine.

Entra nelle scuderie insieme a me e mi aiuta a portare Ranger nel box per la toelettatura perché possa strigliarlo e passare qualche altro momento con lui, prima che torni nel suo box.

"Beh, c'è qualche possibilità che riesca a convincerti a venire da me, stasera? Volevo provare a preparare una ricetta di pasta con il pollo che ha trovato Noah".

Sorrido perché è tanto dolce a voler cucinare per me, quando nessuno dei due sembra eccellere nel campo; lui, perlomeno, è disposto a provarci. Io ho imparato un bel po' di cose da nonna Grace, però mi sento sicura solo quando ei accanto a me a osservarmi e assicurarsi che non faccia casini.

Aggrottando la fronte, rispondo: "Mi piacerebbe, però stasera i miei genitori vogliono parlarmi di qualcosa".

Inarca un sopracciglio. "Di cosa?"

"Non saprei. Hanno solo detto che dovevamo fare una riunione di famiglia. Qualunque cosa voglia dire".

"Non mi sembri troppo preoccupata".

Facendo spallucce, continuo a spazzolare Ranger. "Probabilmente si tratta delle gare o del finto fidanzamento. Erano un pochino scettici sul fatto che non fosse reale, quando mi hanno vista portare un anello. Ma chi lo sa? Comunque sia, resto volentieri domani sera".

Fa un largo sorriso e poi mi bacia di nuovo sulla fronte. "Affare fatto".

Quando entro in casa, vengo accolta dall'aroma di lasagne e grissini. Uno dei miei piatti preferiti. Come si può non amare la pasta e il formaggio?

"Ciao, tesoro". Mamma mi saluta con un sorriso caloroso. "Com'è andata oggi?"

Le racconto la mia giornata e di quanto sono emozionata di potermi allenare di nuovo regolarmente. Gli unici sintomi di cui soffro ancora sono i mal di testa occasionali e un lieve offuscamento della vista. Di solito mi dà fastidio solo quando guardo la TV, ma il dottore era ottimista sul fatto che prima o poi scomparirà.

"È meraviglioso! Scommetto che anche Ranger è emozionato".

"Mi do una ripulita e dopo ti aiuto ad apparecchiare", le dico. Saluto di sfuggita papà e zia Phoebe e poi vado a cambiarmi.

Quando lascio il telefono sulla scrivania, noto che ci sono dieci chiamate perse da un numero sconosciuto. È partita la segreteria, ma chiunque fosse non ha lasciato nessun messaggio.

Probabilmente sarà stato un altro giornalista che vuole chiedermi solo Dio sa cosa.

Dopo essermi data una rinfrescata con un altro po' di deodorante e spray per il corpo, sistemo le trecce e poi torno in soggiorno.

Papà e zia Phoebe non ci sono più.

Sono quasi le cinque; il che significa che dovrebbero trovarsi ancora qui a guardare *Seinfeld.*

Vado in cucina ad aiutare mia madre, ma non c'è nemmeno lei.

Che diavolo sta succedendo?

"Ehilà?" chiamo. "Dove siete finiti?"

"Non puoi stare qui! Non farai altro che confonderla!" urla mia madre all'esterno, e corro a controllare dalla finestra sopra il lavello.

Con chi sta parlando?

Papà è vicino a mamma, con zia Phoebe che si nasconde dietro di loro. Però da questa angolazione non vedo con chi stanno parlando.

Invece di aspettare, esco fuori.

"Ha i miei soldi! Mi servono per ricominciare, non certo grazie al suo *promesso sposo!*"

Il mio promesso sposo? Stanno parlando di me e Landen?

"Mamma?" urlo.

I tre si girano di scatto. Mia madre è chiaramente turbata, con le lacrime agli occhi, mentre papà sembra arrabbiato.

Zia Phoebe ha l'aria triste e affranta.

Non riesco a capire cosa stia succedendo.

"State bene? Che succede?"

Quando mi avvicino, finalmente vedo una donna appoggiata a una macchina, al cui interno c'è un uomo seduto al volante.

"Chi sei?" le chiedo.

"Molto divertente, Ellie", sbotta lei, spingendosi via dalla portiera per venire verso di me.

"Non fare così!" le urla mamma. "Ha perso la memoria e non ti riconosce. Non dobbiamo dirle niente che non ricordi per conto suo".

"È vero oppure stai solo fingendo?" mi chiede.

Studio i suoi lineamenti nel tentativo di riconoscerla: capelli castano chiaro che le arrivano alle spalle, tirati indietro da un paio di occhiali da sole sulla testa.

"N-Non sto fingendo. Ho perso parte dei miei ricordi per una commozione cerebrale", le spiego. "Non so chi sei... però ho l'impressione che dovrei saperlo".

Mi batte forte il cuore quando realizzo di aver dimenticato un'altra persona che conoscevo prima dell'incidente.

Si ferma a circa tre metri da me e incrocia le braccia; poi mi studia. "Sono tua cugina più grande, Angela".

"Mia figlia", mormora zia Phoebe.

Ha una figlia? *Dovrei saperlo, giusto?*

"Siamo cresciute insieme come sorelle. Non ci credo che ti sei dimenticata di me". Sembra offesa, e mi sento da schifo.

"S-Scusami, ho un vuoto di memoria. Hanno detto che probabilmente è temporaneo, però potrebbe essere permanente", le spiego. "La confusione mentale è proprio brutta".

"Immagino che questo spiegherebbe perché stai per sposare la mia nemesi", dice in tono di rimprovero. "Non riuscivo a crederci quando l'ho letto nella tua recente intervista".

"Landen è la tua nemesi? Lo conosci?"

Fa un sorrisetto. "Tesoro, ci sono stata insieme".

Quelle parole sono un pugno allo stomaco. Probabilmente Landen ha frequentato molte donne prima di me. So che ha un passato, ma non avrei mai pensato che in qualche modo si intrecciasse al mio.

"Perché lo odii?"

E, soprattutto, perché io lo odiavo?

Angela apre la bocca per parlare, però mamma la interrompe subito.

"Angela, aspetta…" la supplica. "Non lo sa".

"Sapere cosa?" L'ansia mi schiaccia il petto, e ho l'impressione che ci sia qualcosa che non va. "Qualcuno vuole dirmi cosa sta succedendo? Non mi importa quello che ha detto il dottore. Voglio saperlo".

Papà si mette accanto a me. "Angela è stata in prigione per gli ultimi undici anni ed è appena stata rilasciata per buona condotta".

"Porca troia!" mormoro, anche se non volevo pronunciare quelle parole.

"Ci scrivevamo tutti i mesi. Sei venuta a trovarmi a Nashville il giorno prima del rodeo. Abbiamo parlato del fatto che saremmo diventate coinquiline e avremmo viaggiato insieme per le tue gare".

Sembra sincera, e sono arrabbiata con il mio cervello perché non ricordo nulla di tutto questo.

"Non ho ricordi a partire da quando sono arrivata a Franklin", le dico. "Ma questo cosa c'entra con Landen e con il fatto che tu fossi in prigione?"

Angela incrocia il mio sguardo, con un'espressione quasi compassionevole sul viso. "È stato lui ad assicurarsi che ci finissi".

Mi si ferma quasi del tutto il cuore per l'accusa. Inizia a battere talmente forte che riesco a sentirlo nelle orecchie.

"Non può essere vero. No. *No*…" Cado in ginocchio prima di rendermi conto che mi hanno ceduto le gambe.

Mamma e papà arrivano al mio fianco prima che possa gridare aiuto.

Mi vengono le vertigini quando mi si serra il petto, e mi stringo la gola, lottando con i polmoni perché mi facciano respirare.

La mia mente lavora senza sosta quando alcuni pensieri su

Landen ritornano in superficie: ricordi dei tempi prima dell'incidente.

Quando ci allenavamo insieme.

Quando mi dava fastidio nei momenti più inaspettati.

Poi ricordo ciò che ha fatto ad Angela.

E perché lo odiavo.

Però il mio cuore prova ancora gli stessi sentimenti per lui.

"Stai avendo un attacco d'ansia, Ellie. Prova a inspirare ed espirare lentamente, tesoro". La voce rassicurante di mia madre è l'ultima cosa che sento prima che mi si chiudano gli occhi e perda i sensi.

Capitolo Ventisei
Landen

Dato che stasera non cucino per Ellie, vado a mangiare qualcosa per cena al Lodge. Wilder e Waylon sono seduti al nostro solito tavolo e fissano i loro telefoni.

"Ehi", li saluto, ma nessuno dei due si muove. "Ma state guardando un porno o cosa cazzo state facendo?"

Alla fine, sollevano lo sguardo. Ma c'è del rimorso nei loro occhi.

"Che c'è?" chiedo.

Si guardano e adesso sono sospettoso da morire.

"Che cavolo sta succedendo?" Incrocio le braccia, esigendo che uno dei due parli.

"È un articolo sul rilascio di Angela dalla prigione. Ha ottenuto la condizionale", dice Waylon.

"Sì, Warren me l'ha detto. Quindi immagino che adesso sia ufficialmente libera, giusto? È questo che dice l'articolo?"

Spero che dica chiaro e tondo che è un'*assassina*.

"Menziona Ellie", mi informa Wilder con esitazione.

Aggrotto le sopracciglia, prendendo uno dei telefoni. "In che senso?"

Scorrendo l'articolo, alzo gli occhi al cielo quando trovo un riferimento alla *buona condotta* di Angela prima di vedere il nome di Ellie sul fondo.

"Il "The Creek Chronicles" ha contattato la cavallerizza tre volte qualificata alle finali nazionali di *barrel racing* Ellie Donovan, che però non ha rilasciato alcun commento sull'imminente rilascio della cugina", leggo a voce alta.

"Ma che cazzo?" Sposto lo sguardo sui gemelli prima di rileggere le ultime parole. "Angela non è sua cugina".

"Stavamo facendo delle ricerche", dice Wilder. "C'è un vecchio articolo sul processo di Angela che menziona la madre, Phoebe Ryan, che però fa Cotton di cognome da nubile".

"E cosa significa?" chiedo.

"Anche il cognome da nubile della madre di Ellie è Cotton".

"La zia di Ellie è la sorella di sua madre. Le rispettive figlie sono cugine", spiega Waylon. "C'è una foto di Ellie e Angela su uno dei suoi vecchi profili Instagram di tredici anni fa".

Mi batte il cuore a mille mentre metto insieme i puntini. Non ha mai parlato di una zia o una cugina. In effetti, non parlava praticamente mai della sua famiglia.

"Conoscevo Angela da sempre. Non ricordo che avesse…" Mi fermo, pensando alla differenza d'età di sei anni. "Ellie doveva avere dodici anni durante il processo. Porca troia!"

Mi passo una mano sul viso, cercando di non farmi prendere dal panico, ma è inutile.

"Ti sei ricordato che aveva una cugina più piccola?" chiede Waylon.

"A volte se la portava dietro quando uscivamo insieme, però me ne sono ricordato soltanto adesso. Era molto più giovane di noi. I-Immagino di essermelo dimenticato, dopo tutti questi anni".

Dopo la condanna, ho provato a non pensare ad Angela.

Wilder si gratta la guancia. "Ellie non ti ha mai parlato di lei?"

"Prima dell'incidente, mi aveva detto che c'era una persona che ammirava che le era stata portata via. Ma che non era morta…" Butto fuori un respiro corto quando finalmente capisco il senso di quell'affermazione. "Si riferiva senz'altro al fatto che Angela era finita in prigione".

"Potrebbe essere per questo che ti odiava", suggerisce Waylon. "A seconda di cosa le ha detto Angela, potrebbe pensare che sia colpa tua se gliel'hanno portata via".

"A causa della testimonianza…" Annuisco. "O qualunque cosa che riguardi la morte di Talia. Sono stato piuttosto diretto con chiunque volesse darmi ascolto".

"Perché non te l'ha detto e basta? O non l'ha detto a qualcuno di noi?" chiede Wilder. "Perché venire ad allenarsi qui?"

"Perché nostra sorella è la migliore dello stato ed Ellie probabilmente temeva che Noah non avrebbe accettato di lavorare con lei se avesse saputo del suo legame con la persona responsabile della morte dei miei amici".

Com'è che nessuno l'ha mai scoperto in tutto questo tempo?

Non ho mica scavato nel passato di Ellie né ho preso informazioni sulla famiglia di Angela. Non avevo motivo di farlo.

"Quindi Ellie sapeva chi fossi, o che genere di persona Angela le aveva detto che fossi, e quando poi ha subito una commozione cerebrale se ne è dimenticata? Ha dimenticato perché ti odiava perché il motivo era collegato ad Angela…" Waylon solleva quegli stessi interrogativi che stanno vorticando nella mia mente.

"Non saprei… forse… immagino". Scuoto la testa. "Oppure si

è dimenticata di Angela, e tutto ciò che era collegato a lei è stato cancellato?"

"È pazzesco, bello. Le commozioni possono rimuovere i traumi; quindi è possibile…" Waylon scuote la testa come se fosse tanto sconvolto dalla faccenda quanto lo sono io.

Tiro fuori una sedia e mi ci accascio sopra, tenendo alta la testa, quando non vorrei fare altro che crollare. "Come cazzo faccio a dire alla persona di cui mi sto innamorando che finalmente so perché mi odiava?"

"Pensavo che non potessi dirle nulla che non si ricordi da sola, o no?" chiede Wilder.

"Ma per quanto tempo può tenerlo segreto?" ribatte Waylon. "Sarebbe quasi peggio".

"Se scoprisse che lo sapevo e non le ho detto niente, sarebbe un tradimento", confermo. "Ma non appena lo farò… potrebbe ricordare tutto e tra noi sarebbe finita".

"C'è comunque la possibilità che non si ricordi niente neanche se glielo dici", afferma Wilder. "Nel migliore dei casi, non se ne ricorderà".

"Nel peggiore, sì". Sbuffo.

Wilder solleva di nuovo il telefono. "E se l'avesse già letto?"

Faccio spallucce. "Non usa molto i social e non ha letto l'ultimo articolo che hanno scritto su di lei; quindi non penso che cerchi i risultati con il suo nome. Però questo significa che è solo questione di tempo prima che Angela torni e glielo ricordi".

Chi lo sa, a questo punto, quanto Angela l'ha manipolata o cosa le dirà quando tornerà nella sua vita? Ellie mi odiava sulla base di ciò che Angela le aveva detto e non ha mai chiesto di sentire la mia versione della storia; però non vorrà mai più saperla, quando si renderà conto di quanto le ho permesso di avvicinarsi a me.

"E la sua carriera? Tutti sapranno che è imparentata con

un'assassina… E se dovesse supportare Angela?" Waylon fa spallucce. "La sua carriera è già appesa a un filo. Questa cosa potrebbe spezzarlo".

"Potrebbe spezzare tutto". Chiudo gli occhi e mi massaggio le tempie.

Quando è uscita la notizia sulla morte di Talia e il coinvolgimento di Angela, la sua famiglia è diventata bersaglio di critiche da parte della comunità. Non sono stati dipinti sotto una luce positiva, visto che hanno preso le parti di Angela e, se ricordo bene, i suoi genitori hanno perso il lavoro e hanno divorziato.

Quando smette di vorticarmi la testa, mi alzo e metto la sedia sotto il tavolo.

"Dove stai andando?" mi chiede Waylon.

"Devo parlare con Noah prima di decidere cosa fare".

Questa storia non riguarda soltanto me. Lei e Noah sono amiche da quattro anni e, se Ellie crede che Angela sia finita in prigione a causa mia, l'effetto domino non si fermerà a me. Danneggerà anche la loro relazione lavorativa.

"Respira, Landen". Noah mi dà una sberla sulla guancia quando non butto fuori l'aria.

Sbatto gli occhi un po' di volte finché non la metto a fuoco di fronte a me.

"Sono *cugine*…" ripeto probabilmente per la decima volta.

"Sì, ti ho sentito tutte le altre volte. Smettila di dare di matto, altrimenti devo prenderti a ceffoni".

Mi premo il palmo sulla guancia dolorante. "L'hai già fatto".

Solleva una spalla. "La prossima volta più forte".

"Mi dici cosa devo fare o continui solo a menarmi?"

"Sto pensando…" Cammina avanti e indietro lungo il corridoio tra i box delle scuderie. "L'hai chiamata?"

"Non ancora. Aveva un impegno con i suoi genitori e di solito ci sentiamo su FaceTime prima di dormire; però ci siamo organizzati per domani a cena".

"Ok, quindi, sempre che non sappia nulla su questo articolo, dovrai dirglielo. Faglielo leggere e vedi se le fa scattare qualcosa. In caso contrario, incoraggiala a chiedere ai suoi genitori".

"E se i suoi genitori fossero dalla parte di Angela?"

"Non mi sembrano quel tipo di persone e non vi avrebbero mai permesso di frequentarvi o di fingere di essere fidanzati ufficialmente. E poi, l'hanno lasciata allenarsi qui per quattro anni. Quindi, o non sapevano fino a che punto ti odiasse Ellie oppure non condividevano il suo risentimento".

"Però potrebbe ricordarsi che mi odiava".

"Sì. Potrebbe succedere". Annuisce. "E tu ti sei preparando mentalmente a questo momento sin dall'inizio, e…"

"Non posso lasciarla andare".

"No. Lotterai con tutte le tue forze per lei, Landen. Qualunque storia le abbia raccontato Angela può essere smentita con la verità e, se anche lei è innamorata di te tanto quanto tu sei ossessionato da lei, probabilmente ti permetterà come minimo di raccontarle la tua versione".

E se non lo facesse?

Annuendo mentre parla, mi asciugo i palmi sudati sui jeans.

"Forse dovrei aspettare di poterle parlare di persona domani sera".

"L'importante è che tu capisca che potrebbe comunque non ricordare o – se, in caso contrario, le tornasse la memoria – non voler sentire la tua versione".

"Cristo! Com'è che è diventato tutto così fottutamente complicato?"

"Sei tu che sei andato dietro a una ragazza che ha dimenticato di odiarti…"

"Grazie, Capitan Ovvio. Adesso dammi qualche consiglio utile o…"

La notifica di un messaggio sul cellulare di Noah interrompe i miei pensieri.

Quando lo toglie dalla tasca, fa scattare lo sguardo su di me. "Si è appena complicato ancora di più".

"Che intendi?"

"È la signora Donovan. Ellie è all'ospedale. È svenuta".

Capitolo Ventisette

Ellie

"Ehi, cuginetta. Sono felice di riaverti con noi". Angela sorride quando apro gli occhi, e mi rendo conto di essere in una stanza d'ospedale. *Di nuovo.*

Ma perlomeno non sto sanguinando né ho mal di testa.

"Come sono arrivata qui?"

"Tua madre ha chiamato un'ambulanza perché era preoccupata che potesse venirti un'altra crisi epilettica".

"È successo?"

"No, sei solo svenuta. Tuo padre ti ha presa al volo prima che sbattessi di nuovo la testa".

"Dove sono i miei genitori?"

"Adesso stanno parlando con il dottore. Di una cosa riguardo alle analisi…" Agita una mano per aria. "Però starai bene".

"Non ci credo che sei davvero qui", mormoro, spostando gli occhi su di lei. Vederla con dei vestiti normali e truccata per la prima volta dopo più di dieci anni è strano.

"Prima di svenire, sembrava che ti stesse tornando la memoria. Cosa ti ricordi?" Mi prende la mano e la stringe.

"Credo… appena prima della gara, le gemelle Smith mi hanno dato qualcosa da bere. E alcune pillole".

"Hai preso delle pillole? E perché l'avresti fatto?"

"Mi hanno detto che mi avrebbero aiutato con i miei problemi di stomaco… non so. Sembravano innocue".

"E anche loro fanno *barrel racing*?"

"Sì, e sono piuttosto sicura che volessero eliminarmi dalla gara. Qualunque cosa mi abbiano dato ha funzionato". Sbuffo al pensiero. "Sono stata dannatamente stupida, ma, in mia difesa, mi stavo sentendo male e mi serviva qualcosa per placare lo stomaco, prima di vomitare".

"Beh, in ogni caso, devi denunciarle".

"Non posso dimostrarlo, Angela. Sarebbe la mia parola contro la loro, e la mia non è esattamente affidabile dopo un trauma cranico. Tanto negherebbero comunque".

"Beh, maledizione! Che stronzata! Ricordi di essere passata a trovarmi?"

"Più o meno… però è tutto confuso. Sto ancora cercando di rimettere insieme anche altri pezzi. È terribile dover lottare col proprio cervello per ricordare cose che dovresti sapere".

Un senso di frustrazione mi assale mentre cambio posizione per mettermi comoda su questo maledettissimo letto.

"Lo so, tesoro". Mi accarezza il braccio. "Non appena verrai dimessa, parleremo di tutto quanto e colmeremo le lacune che hai ancora".

"Non credo che sia questo il problema…" Deglutisco e mi brucia la gola quando cerco di schiarirmela.

"Che intendi?"

"Landen… Quello che mi hai detto su di lui. Ricordo tutto".

Sbuffa quando lo menziono. "Sto lasciando correre il fatto che in qualche modo sei finita col fidanzarti con lui solo perché hai perso la memoria. Ma, se vuoi, glielo dico io stessa che la vostra relazione è finita".

"No, il mio problema è che mi hai mentito".

"Su cosa?"

Assottiglio lo sguardo, chiedendomi come io possa non aver mai visto quanto è narcisista, oppure forse non volevo vederlo perché le volevo troppo bene.

"Su *tutto*. Mi… mi hai detto che è stata colpa sua se sei finita in prigione e se tutti ti hanno puntato il dito contro, ma che eri innocente".

"Sono innocente!"

Scuotendo la testa, non provo altro che pietà. "Landen non l'avrebbe fatto a meno che non fosse certo che fossi colpevole. Prima non la pensavo così perché non gli ho mai dato l'occasione di mostrarmi chi era davvero, visto che ti ho creduta senza mettere nulla in discussione. Ma, dopo che tutte quelle stronzate si sono cancellate dalla mia mente, ho potuto conoscerlo e rendermi conto di quanto sia meraviglioso, gentile e dolce. Non ho dubbi che non avrebbe mai fatto ciò di cui tu l'hai accusato".

"Oh, mio Dio… Scegli un uomo al posto della tua stessa cugina?"

"Perché lo conosco! E so che non mentirebbe mai su ciò che ha visto quel giorno".

"Tu pensi di conoscerlo, ma non quanto lo conosco io. È un *bugiardo* patologico e mi ha rovinato la vita!"

"No… no, no, no". Divertita dal suo sfogo, scuoto la testa mentre mi lascio andare a una risata priva di allegria. "Ti sei rovinata la vita da sola quando hai fatto ciò che hai fatto e poi non te ne sei assunta la responsabilità".

"Oh, mio Dio! Dev'essere che il tuo cervello non sta

ricevendo abbastanza ossigeno, perché ne abbiamo discusso ampiamente!"

"Intendi dire che mi hai fatto il *lavaggio del cervello*! Ero giovane e vulnerabile, e ti sei approfittata di me! Sapevi che ti veneravo e che avrei creduto a qualunque cosa mi avessi detto".

E l'ho fatto. *Per anni.*

Lascia andare la mia mano e trasalisce come se l'avessi colpita. Con le braccia incrociate, si acciglia. "Non ho fatto nulla di simile!"

"Hai dichiarato che quella ragazza si è tuffata e aveva un patto suicida con il suo ragazzo, però era una menzogna, vero? Landen e i suoi amici hanno testimoniato contro di te perché ti hanno vista spingerla, non perché volessero nascondere la sua depressione. L'hai spinta giù dal bordo ed è annegata".

"Non è vero! Sono tutti bugiardi", ripete quelle stesse tre parole che ho sentito per anni.

"Landen non mentirebbe mai su un qualcosa di così serio. Quando ho cominciato ad allenarmi con Noah ho cercato degli articoli su ciò che è successo e dicevano che Landen e un paio dei suoi amici si sono tuffati in acqua per cercarla. Ma non c'era scritto da nessuna parte che tu l'avessi fatto..." Scuoto la testa pensando a quanto adesso sia tutto ovvio.

"Beh, non c'era bisogno che lo facessi. Stavano già cercando loro..."

"Talia era la tua migliore amica e tu non ti sei tuffata subito per cercarla?"

"Landen era un bagnino! Cosa potevo fare, se c'era già lui?"

"È vero, lo è..." dico in tono beffardo. "Ed è forse per quello che ti sei sentita così tranquilla a spingerla giù: immaginavi che l'avrebbe salvata lui. Però non avevi calcolato l'eventualità che potesse sbattere la testa su una roccia e annegare prima che lui potesse trovarla, giusto?"

È la causa della morte che hanno descritto durante il processo ed è assurdo quanto dell'accaduto riesca a ricordare, adesso.

"Ora tutto ha un senso. Landen mi ha parlato del suo migliore amico, Tucker, e di quando si è buttato da un ponte dopo la morte della sua ragazza. Era Talia. Lei è annegata e lui voleva andarsene come aveva fatto lei. Se avessero stretto un patto, perché avrebbe dovuto aspettare due anni? I conti non tornano…"

"Non lo so! È stato Tucker a prendere quella decisione, non io".

"Sei perfino più spietata di quanto avrei potuto immaginare, se credi davvero che le tue azioni non abbiano conseguenze al di là della legge".

"Quindi sarebbe colpa mia, se Tucker ha preso quella decisione?"

"Hai spinto la sua ragazza da una rupe! È colpa tua se lei è morta ed è colpa tua se lui ha voluto morire". La trafiggo con uno sguardo torvo che avevo rivolto soltanto a Landen, in passato. "Mi hai fatto credere a ogni parola che dicevi! Pensavo fossi innocente e che stessero scaricando la colpa su di te senza motivo. Hai la minima idea di quanto io sia stata *crudele* con Landen? Di quanto astio provassi nei suoi confronti? E adesso capisco che non se lo meritava…" Sospiro, dando al mio cuore un momento per rallentare. "Però lo sai cos'è peggio? A prescindere da quanto io sia stata cattiva con lui, lui non lo è mai stato con me. In quattro anni, non mi ha mai trattata nel modo orribile in cui io trattavo lui".

È rendermene conto mi fa venire la nausea.

"A me sembra che sia stato lui a farti il lavaggio del cervello…" Fa spallucce con noncuranza. "È andato di fronte a un giudice e una giuria e ha detto a tutti che ho spinto Talia di proposito perché ero invidiosa. È ridicolo, Ellie! Non c'era nulla di cui essere invidiosa".

"Però *l'hai spinta…*"

Assottiglia gli occhi prima di alzarli al cielo e sbuffare. "*Va bene*. Però me l'aveva chiesto lei".

Mi sfugge una cupa risata. "Sei assurda. Dopo undici anni, finalmente confessi che non si è tuffata, ma non riesci comunque a essere abbastanza onesta da ammettere che l'hai spinta di tua spontanea volontà".

Solleva le mani in segno di falsa resa. "Sai cosa? Credi quello che ti pare".

"Vattene!" dico, abbattuta.

"Cosa? Non dirai sul serio".

"Vattene e basta! Per favore, non riesco più a guardarti. Sei il mio più grande rimpianto".

Sussulta in modo a dir poco drammatico, ma da come allarga le narici so che è tutta scena. È soltanto arrabbiata perché non mi bevo più le sue stronzate.

"Come puoi dire così? Passavamo quasi tutti i giorni insieme, da bambine. Pigiama party, giri di shopping, uscite al cinema. Ti amavo come se fossi la mia sorellina".

"Amavi manipolarmi. È colpa tua se ho perso il controllo su me stessa e sono diventata qualcuno che non ero".

"Non incolpare me per quei tuoi episodi depressivi. Se non fosse per quello che è successo, non avresti mai cominciato a fare *barrel racing* e non avresti mai avuto una carriera sportiva di successo. Dovresti ringraziarmi".

Mi stringo la radice del naso perché provare a farla ragionare è una causa persa. "Sei pazza da manicomio, Angela. E non lo dico per scherzo".

"Wow, questa fa male!" sbotta, facendo sbattere i denti come se stesse provando a controllare le emozioni. "E i soldi, allora?"

Dovevo aspettarmelo che avrebbe tirato fuori l'argomento, perché probabilmente è l'unico motivo per cui mi ha tenuta nella sua vita così a lungo. Mi apprezzava soltanto se la seguivo ciecamente.

"Va bene, puoi averli. Ma poi non voglio mai più rivederti. Te lo ripeto: voglio che tu esca dalla mia vita per sempre".

"Non puoi dire sul serio. Siamo una famiglia".

"E una famiglia non fa quello che tu hai fatto a me. Se vuoi i soldi, allora questo è quello che voglio in cambio. Vai a ricominciare la tua vita… molto lontano da Sugarland Creek. Non importunare i miei genitori o tua madre. Anche lei ha già sofferto abbastanza a causa delle tue azioni".

"Secondo me, i farmaci che ti hanno dato non ti stanno facendo pensare lucidamente. Forse dovresti prenderti del tempo per ripensarci e…"

Unisco le mani sul grembo e mi siedo più dritta. "Sto pensando più lucidamente che mai e adesso ciò che hai fatto è così ovvio. E non ne sei nemmeno pentita".

"Come dici tu". Si gira e prende la borsa dalla sedia; poi se la carica sulla spalla. "Ti mando il mio numero di conto per messaggio, così ci puoi trasferire i soldi. Dopo aver finito i sei mesi al centro di reinserimento, io e Gage ci troveremo una casa fuori dal paese".

"*Gage?*"

"Sì, il mio ragazzo. È mio amico di penna da due anni. Giurerei di avertelo detto, no?" Fa spallucce con nonchalance. "A lui ho raccontato tutto di te".

Oh, mio Dio!

"Angela, no. Non puoi andare a convivere con lui".

Anche se non voglio avere niente a che fare con lei, non significa che voglio che le accada qualcosa di brutto. Gage è un poco di buono.

"Perché no?" Incrocia le braccia, mettendo il broncio come un'adolescente ribelle. "Mi hai appena detto di smammare e adesso vuoi dirmi cosa posso o non posso fare? Non lo conosci neanche".

"È…"

Prima che possa spiegare, la porta si apre e i miei genitori entrano con zia Phoebe.

"Sei sveglia!" esclama mia madre e si precipita verso il bordo del mio letto; poi mi prende la mano. "Ti senti bene?"

Angela se la fila senza voltarsi indietro né salutare sua madre, e osservo la porta chiudersi dietro di lei.

Annuisco. "Benone".

"Ti hanno dato qualcosa per calmare il battito accelerato del cuore e ti ha stesa per un bel po'".

"Quando Angela ha accusato Landen di averla fatta rinchiudere in prigione, sono andata in shock e ho cominciato a ricordare cose avvenute prima dell'incidente", le dico.

"Hai avuto un attacco d'ansia estremo". Mamma si asciuga gli occhi prima che le lacrime possano cadere. "Sono così felice che tu stia bene".

"Mi ricordo tutto", ammetto. "Perché non me lo avete detto quando l'ho dimenticato? Quando mi stavo avvicinando a Landen?"

"Oh". Risucchia il labbro inferiore nella bocca come se fosse nervosa. "Non potevamo dirtelo e…"

"E non volevamo farlo. Landen è un brav'uomo", si intromette papà, cogliendomi di sorpresa perché è stato proprio lui a mettermi in guardia dall'avvicinarmi troppo. "Ti tratta come meriti. È un gran lavoratore. Spiritoso. Mi piace".

Scoppio a ridere e mi si gonfia il cuore, perché ha ragione. Ma, per tutto questo tempo, non pensavo che i miei genitori lo avessero mai preso troppo in considerazione. In realtà, nemmeno loro volevano che mi ricordassi di odiarlo.

"Pensavamo fosse la tua seconda opportunità di vivere la tua vita senza il peso del trauma che hai subito", spiega papà. "Hai potuto fare tutte le cose che volevi, anche se l'equitazione non era compresa".

"Non ti abbiamo mai vista più felice, tesoro". Mamma sorride dolcemente.

"È vero", interviene zia Phoebe per la prima volta, e si infila tra i miei genitori. "Sei passata dall'essere una stacanovista depressa a una giovane ventenne vivace. Proprio come dovresti essere".

"Mamma mia... Grazie?" Rido.

"Tesoro, Noah e Landen sono nella sala d'attesa", mi dice mamma.

"Landen è qui?" Sorrido raggiante, anche se la cosa non mi sorprende.

"Sì, ed è un fascio di nervi", dice papà.

Mamma mi dà una pacca sulla mano. "Poni fine alle sue sofferenze, d'accordo?"

Faccio una risata strozzata, annuendo. "Ditegli di entrare".

Capitolo Ventotto
Landen

Stare seduto in questa sala d'attesa riporta a galla i sentimenti contrastanti che ho provato l'ultima volta che Ellie era in ospedale. Mi sarei accampato lì tutta la notte per starle vicino, ma sono felice di non averlo dovuto fare, perché quelle sedie non erano fatte per gli uomini più corpulenti. E adesso, non mi sto nemmeno prendendo la briga di sedermi. Riesco soltanto a camminare avanti e indietro, in attesa.

Guardo Noah che parla con i genitori di Ellie e zia Phoebe. Quando mi sono presentato, la signora mi ha guardato dalla testa ai piedi un po' di volte e poi mi ha rivolto un sorriso discreto.

Quindi penso di aver superato qualunque test a cui mi abbia sottoposto.

"Passiamo a controllare come sta e torniamo subito", mi dice la signora Donovan dopo che il dottore se ne è andato. "Vi faccio sapere quando potete entrare".

Il signor Donovan mi dà una pacca sulla spalla. "Faccio il tifo per te, non preoccuparti".

"La ringrazio, signore".

Fisher aspetta insieme a Noah. Non è molto loquace, però a volte vorrei che lo fosse per avere qualcun altro da ascoltare, oltre ai miei stessi pensieri.

Quando Angela attraversa con rabbia il corridoio facendo ondeggiare le braccia e con un cipiglio sul volto, non capisco se la sua reazione sia diretta a me o alla situazione.

Non sapevo cosa aspettarmi venendo qui, ma di sicuro non di vedere la mia ex dopo undici anni, e adesso ho più domande che risposte.

"Andiamo…" dice a qualcuno alle mie spalle.

Quando volto la testa, vedo… *Gage?*

Ma che cazzo?

La prende per mano ed escono dalla sala d'attesa.

Ok, beh, adesso ho perfino *più* domande che risposte.

"Smettila di agitarti! Mi stai rendendo nervosa", mi sgrida Noah. "Almeno siediti".

"Sto *bene*…" Mi scrocchio il collo e tutte quante le nocche e, quando non mi è rimasto più nulla da scrocchiare, cammino nella sala d'attesa.

"Landen? Noah?"

Rivolgo l'attenzione alla signora Donovan. "È sveglia e pronta a vedervi".

Noah balza in piedi dalla sedia. "Finalmente!"

La guardo con la coda dell'occhio quando mi supera di corsa.

Seguendola, butto fuori un respiro teso ed entro nella stanza d'ospedale.

"Non ti avevo forse detto che non puoi morire?" la rimprovera Noah, prendendola tra le braccia.

"Ehi, perlomeno non sono morta tre volte su tre".

Sta facendo la spiritosa. È un buon segno.

Ellie mi guarda. "Ciao".

"Ciao", rispondo.

Noah sposta lo sguardo tra di noi. "Ehm… vi lascio un momento".

Quando mi supera, mi dà una pacca sul petto. "Buona fortuna!"

"Grazie", mormoro.

Vado accanto al letto di Ellie e faccio vagare gli occhi sul suo corpo. "Stai bene?"

Annuisce. "Sì".

"Ecco…" Vengo interrotto quando prova a parlare nello stesso momento. "Vai pure tu", le dico.

"Mi dispiace, Landen".

Deglutisco perché il momento è arrivato. Mi sta lasciando.

"Prima posso almeno avere l'opportunità di lottare per te?" chiedo, respingendo le emozioni che minacciano di affiorare. "Anche se solo per cinque minuti".

La sua espressione cambia, e annuisce. "Ok, fai pure".

"Oh, ehm… d'accordo". Non mi aspettavo che avrebbe accettato, ma ci metterò comunque tutto me stesso.

Avvicinandomi, raddrizzo la schiena. "Ho capito che una persona di cui ti fidavi, che ammiravi e idolatravi ti ha raccontato una versione dei fatti, però spero che tu mi dia l'occasione di dimostrarti che quella persona ti ha mentito e ti ha sfruttata. Io e Angela stavamo insieme a intermittenza durante le superiori e…"

"Puoi fermarti". Tengo saldamente chiusa la bocca. "Non ho bisogno di sapere di Angela".

"Oh. Ok… beh. Allora permettimi di parlarti di Talia e Tucker", la imploro, sentendo il sudore sulla fronte.

Annuisce ancora una volta, e passo tre minuti buoni a parlare più in fretta e nel modo più eloquente possibile di quanto erano fantastici i miei amici e del futuro luminoso che li attendeva.

"Sembrano persone davvero stupende".

"Già…" Sollevo il berretto e mi passo una mano tra i capelli. "È per questo che ho lottato così tanto perché Talia avesse giustizia".

"Bene. Angela ha avuto ciò che si meritava".

"Già, e… Aspetta, cosa?"

Sorride per la prima volta da quando sono entrato, e un peso enorme mi cade dalle spalle.

"Stavo cercando di dirti quanto mi dispiace non perché ho recuperato la memoria e sto dalla parte di Angela, ma perché mi sono ricordata come mi comportavo nei tuoi confronti prima dell'incidente. Me ne vergogno e mi sento umiliata per averti trattato in modo così orribile, quando tu sei stato soltanto gentile con me. Accidenti, mi hai perfino salvato la vita dopo che ti avevo trattato così male!"

"Mi stai chiedendo scusa?"

Cerca la mia mano e gliela lascio prendere; poi mi siedo sul letto accanto a lei.

"Sì, e non accamperò scuse per come mi sono comportata, però volevo che sapessi quanto mi dispiace e che non ti tratterò mai più in quel modo".

"Ellie…" Mi commuovo perché ero pronto al peggio. "Potresti investirmi con un quad, sputarmi in bocca e poi prendermi a calci nelle palle, e io ti amerei comunque con ogni fibra del mio essere".

Sbarra gli occhi, e io sorrido. "Lo sapevo che sei un masochista!"

"Solo per te, però, ricordi?" Le faccio l'occhiolino.

"Accetti le mie scuse? Sul serio…"

Le prendo il volto tra le mani, mi chino su di lei e premo la mia fronte sulla sua. "Sì, le accetto. Però non te ne faccio una colpa né provo rancore. Hai agito basandoti su ciò che sapevi a quei tempi. Sarebbe diverso se avessi continuato a odiarmi dopo aver saputo la verità".

Si ritrae, incrociando il mio sguardo. "Mi crederesti se ti dicessi che, anche se volevo odiarti e dicevo di farlo, non ci riuscivo? Detestavo di certo il fatto che mi sentivo attratta da te e cercavo di resistere con tutte le mie forze".

"Lo sapevo, cazzo!" urlo vittorioso.

Sospira, alzando gli occhi al cielo. "Non avrei dovuto ammetterlo".

"Però è bello averne la conferma per poterlo sbattere in faccia ai miei fratelli".

Fa una risata nasale, scuotendo la testa, e le faccio l'occhiolino.

"Te lo devo chiedere… Cos'è successo con Angela mentre era qui dentro?"

"Le ho detto che non volevo più vederla. Che la volevo fuori dalla mia vita per sempre".

Sollevandole il mento, incrocio i suoi occhi tristi. "Per il tuo bene, mi dispiace che tu abbia dovuto farlo. Fa male essere traditi da qualcuno di cui ci si fidava".

"È vero, ma vale la pena soffrire per ricevere in cambio qualcosa di molto meglio".

Mi sporgo verso di lei, rubandole un bacio. "Quando stavo facendo ricerche sulla perdita di memoria, ho trovato qualcosa di interessante: dopo la morte, si dice che il cervello umano continui a essere attivo per diversi minuti per ricordare i momenti migliori, prima che moriamo completamente".

"Davvero? Non lo sapevo. È un qualcosa di bellissimo in modo devastante".

Intrecciando le mie dita alle sue, mi porto le nostre mani giunte alle labbra e premo un bacio sulle sue nocche. "Quando arriverà il mio momento, ogni minuto che mi resterà lo passerò a rivivere ricordi di te".

"Landen…" Chiude forte gli occhi mentre le lacrime le ricadono sulle guance, però le fermo subito prima di catturare la sua bocca. "Non ti merito". Si asciuga il viso. "Sei sicuro di voler stare ancora con me, dopo tutto quello che ti ho detto?"

Una risata mi gorgoglia in gola, ma cerco di trattenerla. "Se mi fossi offeso per ogni ringhio e commento sarcastico che mi hai rivolto, avrei smesso di provare ad attirare la tua attenzione anni fa. Ma, a proposito, speravo di poter discutere di questo finto fidanzamento e renderlo reale".

"Che vuoi dire?" Fa rigirare l'anello tra le dita, e credo che non se ne stia nemmeno rendendo conto.

"Porti già l'anello di mia nonna; quindi al momento non ho nulla da darti, però sarei felice di mettermi in ginocchio e supplicarti".

"Landen…" Il suo respiro accelera quando abbassa la voce a un sussurro. "Non abbiamo neanche fatto sesso".

"Beh, no… però…" Parlo anche io a voce bassa nonostante non ci sia nessun altro nella stanza, per prenderla in giro. "Ho *voluto* farlo per quattro anni. Dici che conta?"

Mi dà una spintarella, cercando di trattenere una risata senza però riuscirci. "No, non conta, però apprezzo che tu ci abbia fatti aspettare, perché adesso so che sarà ancora più speciale".

"Fidati, non è stato semplice tenere le tue mani lontane da *tuuuuutto* questo". Faccio scivolare un palmo dal mio petto fino agli addominali.

Incrocia le braccia. "Sei proprio un pallone gonfiato, vero?"

"È arrivato il momento in cui mi dici che ti ricordi perché mi odiavi nella tua vita passata?"

Sbuffa. "Oh, ricordo anche perché lo faccio in quella presente, Maggiore Ego".

"Sì, signora". Agito le sopracciglia. "Abbiamo parlato di sposarci al nostro terzo appuntamento e poi hai detto a tutta la comunità del rodeo che siamo fidanzati ufficialmente. Non sei stata forse tu a dire che continueranno a tirare fuori l'argomento durante le interviste finché non ci sarà un matrimonio?"

"Non mi sembra una buona ragione per farlo sul serio", ribatte.

"Chi lo dice?" Sollevo un sopracciglio, perplesso, e lei sospira. "Adesso, dimmi che mi sposerai".

"Mmh. A una condizione".

"Spara".

"Possiamo sposarci solo *dopo* che avrò conquistato il primo posto alle finali nazionali".

"Hai la possibilità di farlo solo una volta all'anno…" le ricordo.

"Già; quindi ti conviene assicurarti che l'anno prossimo vinca, se vuoi fare di me tua *moglie*".

Le porgo la mano con sicurezza. "D'accordo, affare fatto. Sempre che tu sia pronta per le mie sessioni di allenamento, che includono molti esercizi di *resistenza*".

Tende anche la sua, ma poi la ritrae. "Ok… però tengo il mio cognome. Fa parte della mia carriera, ormai".

Abbassando un sopracciglio, ribatto: "Uniti con un trattino".

Butta fuori un respiro, riflettendoci sopra. "E i nostri figli? Mi sembra una cosa crudele da fare a dei bambini".

"Prendono il mio". Avvicino la mano. "E costruirò per noi la casa dei nostri sogni".

Le brillano gli occhi e fa un sorriso raggiante. "Con i portici avvolgenti doppi e la vista sul laghetto e il tramonto?"

"Sì, e ci metto pure qualche cane".

Inspira con forza, sussultando all'idea di avere dei cani per la prima volta in vita sua. "Giochi sporco".

"Abbiamo un accordo, Diavoletta?" Sorridendo al sentirmi pronunciare il suo vecchio soprannome, avvicino ancora di più la mano.

Mentre ride e piange, annuisce e fa scivolare la sua mano nella mia.

Attirandola verso di me, premo le nostre bocche insieme e faccio scivolare la lingua tra le sue labbra morbide.

"Nel caso tu non l'abbia ancora capito…" sussurro contro la sua bocca. "Sono perdutamente innamorato di te".

"Era anche ora! Ci sono voluti solo quattro anni", dice ironica.

"Mi dispiace. Dovevo assicurarmi di non essere l'unico che si stava buttando".

"Non lo farai mai più. Promesso".

Le bacio la punta del naso e sorrido.

"Ti amo", sussurra con le lacrime agli occhi. "Grazie per avermi aspettata".

Capitolo Ventinove

Ellie

"Questo anello è assurdo…" Aggrotto la fronte, sollevando la mano sinistra con il gigantesco diamante da tre carati che adesso la appesantisce. "Non posso portarlo mentre cavalco. C'è il rischio che voli via e lo perda, oppure che lo rovini grattandolo contro un barile".

Landen si avvicina nudo alle mie spalle, mi scosta i capelli di lato e poi stampa dei baci delicati lungo il mio collo. "L'unica cosa che cavalcherai stasera sono io, e *lo terrai* al dito mentre lo fai".

"Altrimenti, Maggiore Ego?"

Il suo sguardo ardente trova il mio nel riflesso dello specchio a figura intera, e la sua mano scivola tra le mie cosce. Quando fa scorrere la lingua sulla pelle, dei brividi mi percorrono la schiena.

"Altrimenti non ci penserò due volte a usare quell'anello come butt plug".

Faccio scattare il mio sguardo verso il suo. Non ne ho mai usato uno. È davvero possibile?

No, mi sta prendendo in giro.

"Non sto scherzando…"

Maledetto!

"Quanto cazzo sei autoritario…" dico, poi gemo quando col dito inizia a massaggiarmi in cerchio il clitoride. Appoggio all'indietro la testa contro il suo petto. "Cazzo, che bello!"

"Adoro vederti così…" sussurra piano nel mio orecchio. "È terribilmente sexy quando posso vederti da ogni angolazione".

"Sono contenta che ti piaccia… perché è l'incubo di ogni donna".

"Tu sei la fantasia di ogni uomo, piccola. Non osare sottovalutarti".

"Mmm-mmh", mormoro, abbandonandomi alla sensazione che mi sta travolgendo.

"Dillo!" esige, spostando l'altra mano sul mio seno, per poi strofinare il capezzolo tra le dita. "Dimmi quanto sei sexy quando sei in bella mostra così per me!"

Ignorandolo, mi concentro sul piacere che si sta propagando tra le mie gambe. Quando il mio respiro accelera, così fanno anche i suoi movimenti. Infila due dita tra le pieghe, e sussulto nel sentire quanto ce l'ho stretta quando le spinge dentro.

"Non ti sento, Ellie… Dimmi quanto sei bella con le mie dita nella figa".

"È così bello!" Porto un braccio dietro la testa e glielo avvolgo attorno al collo, attirandolo più vicino. "Così sexy, con te che mi fotti la fighetta con le dita".

Fa un grugnito, girando il polso per poi arrivare ancora più in fondo. "Non è quello che ti ho chiesto di dire, ma porca puttana, è stato eccitante!"

La sua erezione preme contro la mia schiena, e mi spingo verso di lui. Sono stata portata senza sosta al limite per due settimane perché voleva aspettare che fossero scomparsi tutti i sintomi del trauma cranico, visto che aveva intenzione di –

parole sue – "sballottarmi come una bambola" e non voleva rischiare di causare ulteriori danni.

Direi che sono pronta perché faccia esattamente quello.

"Landen, ti prego… Basta con questa tortura".

"Prima vieni sulla mia mano e poi puoi avere il mio cazzo, piccola". Mi succhia più forte il collo, e so che domani mattina sarà ricoperto di suoi segni. "Tieni gli occhi puntati su di me dallo specchio. Non li chiudere".

Faccio del mio meglio per tenerli aperti; però è difficile, quando le sue dita sono così tremendamente abili. Lunghe, grosse e callose… mi riempiono completamente.

"Sì, mi manca pochissimo. Ti prego, non fermarti…" lo imploro, con respiri affannati e corti.

"Porca troia, guardati! Sei così splendida ed eccitata. *La perfezione*".

Le sue parole sono una dolce melodia, che mi lodano in modi che non ho mai sentito prima. Mentirei se dicessi che all'inizio non mi mettevano un poco a disagio, ma quando mi guarda come se fossi l'unica persona al mondo è impossibile non credergli.

"Così perfetta per *te*", gli dico, con il piacere che aumenta tra le cosce, quasi pronto a esplodere.

"Mmh, proprio così, tesoro. E poi ti divoro. Ti mangio quella passerina finché non tremi e ti tengo ferma finché non ho finito con te a dovere".

Le paroline magiche. Un'ultima carezza finale sul clitoride e il senso di pienezza mi fa annegare in un'ondata di gemiti impercettibili. Landen stringe la presa su di me quando le mie gambe minacciano di cedere.

"Aspetta…" Mi carica su una spalla, e per poco non sbatto la testa contro il suo sedere nudo.

"Landen!" lo sgrido, aggrappandomi alle sue cosce. "Non

voglio un'altra commozione cerebrale!"

Una risata riverbera nel suo corpo mentre mi trasporta fino al letto e poi mi lancia sul materasso. Agito le braccia per aria nel tentativo di reggermi a qualcosa.

"Oh, mio Dio!" butto fuori in un respiro.

Torreggia su di me, premendo le mani ai lati del mio corpo per intrappolarmi.

"Tra qualche minuto lo urlerai molto spesso…" Fa l'occhiolino prima di scendere lungo il mio corpo.

"Adesso dovresti scoparmi", mi lamento quando mi separa le cosce.

"Rilassati per me". Fa scivolare lentamente la lingua sul mio sesso prima di catturare il clitoride e succhiarlo. Poi incurva due dita talmente in profondità dentro di me che preme contro la cervice.

"*Porca troia!* Sì, proprio lì". Il gemito che fuoriesce dalla mia bocca non è mio. Non so da dove provenga, però si leva vibrando dalla mia gola e riecheggia nella stanza.

Landen solleva la testa. "Stavi dicendo?"

"Non so che cos'hai fatto, ma sono ancora in estasi".

Sorride compiaciuto prima di far scivolare di nuovo la lingua su di me.

"Avevi detto che mi avresti fatta venire sul tuo cazzo dopo averlo fatto sulla mano", gli ricordo, sollevando il bacino mentre mi porta sempre più vicina al limite ancora una volta.

"Oh, lo farai…" Baci delicati si posano sull'interno coscia. "Però prima volevo gustarti sulla bocca".

Gemendo, stringo le coperte sotto di me. "Sei malvagio".

"Questo è solo l'inizio della mia vendetta per i quattro anni di frustrazione sessuale".

Non ho le energie per rispondere prima che il piacere mi

travolga di nuovo. Stavolta grido il suo nome, supplicandolo, mentre cado a pezzi, di riempirmi con il suo membro.

Il mio corpo affonda nel materasso, ed erano settimane che non mi sentivo così rilassata.

Però la bocca di Landen non si ferma. Continua a leccare via i miei umori e gemere contro di me.

"Landen… ti prego".

Si solleva un poco. "Solo perché tu hai finito non significa che abbia finito anche io…"

"*Cosa?* Non ce la faccio più".

"Sì, invece…" dice in tono provocante prima di infilare tre dita dentro di me, e sussulto per quanto è stretta. Mi tremano le gambe perché mi sento tanto bagnata e piena.

Dopo altri gemiti e suppliche, finalmente si inginocchia tra le mie gambe e fa scorrere la grossa erezione sopra il mio sesso.

"Sei pronta per questo?"

Accetto come la donna bisognosa di sesso che sono e allungo una mano verso di lui. "Aspetta che lo bagno per noi".

Sollevandomi sui gomiti, spalanco la bocca e tiro fuori la lingua. Lo fa scivolare tra le mie labbra e gemo perché adoro sentire il suo sapore.

"Rilassa la mandibola, tesoro". Mi posa una mano sulla guancia, accarezzando la pelle con delicati movimenti circolari. "Brava bambolina, proprio così".

Dopo che gliel'ho succhiato per un paio di minuti, mi dice di stendermi.

"Dimmi se ti fa male, d'accordo?"

Annuisco, però io voglio che faccia male.

Scivola dentro di me, all'inizio in modo così terribilmente lento che sollevo il bacino per accelerare il processo.

"Ellie…" Sussurra il mio nome come una preghiera, e

divarico le cosce perché possa arrivare più in profondità. "È come stare in paradiso".

Avvolgendogli le braccia attorno al corpo, lo attiro più vicino. "Non mi rompi. Giuro".

Finalmente smette di trattenersi e mi dà quello di cui ho bisogno, creando una connessione tra di noi in un modo che non ho mai provato prima. Mi batte forte il cuore per tutte le sensazioni che mi stanno travolgendo – quanto lo amo, quanto siamo perfetti insieme, quanto è profondo il nostro legame – e riesco a malapena a sopportare tutto quanto prima di raggiungere di nuovo il limite.

"Landen, sì… Sto…"

"Sono qui, tesoro". Avvolgendomi un braccio attorno alla vita, mi solleva e si spinge dentro con più forza, stimolando il clitoride con vibrazioni potenti che intensificano il mio piacere.

Le mie cosce tremano attorno a lui quando l'orgasmo mi assale rapido e intenso, e trascino le unghie sulla sua schiena mentre urlo per l'intensità del momento.

Lui affonda il viso nel mio collo e mi morde dietro l'orecchio, riempendomi completamente e facendomi quasi venire di nuovo.

Respiri corti riecheggiano tra di noi, e Landen crolla su di me, prendendomi il viso tra le mani.

"*Ti amo*", sussurra tra baci lenti e teneri. "Ma la prossima volta che ti penetro, ti piego di fronte a quello specchio e penserai che non sia vero perché ti fotterò quella passerina fino a distruggerla".

I miei occhi gli studiano il volto, su cui appare un sorrisetto malizioso.

"Allora questo cos'era?" chiedo.

"Adesso ho fatto l'amore con la mia futura sposa…"

"E cosa c'è di male?"

Mi preme la bocca sulla punta del naso. "Assolutamente niente. Però non voglio perdermi la tua espressione la prossima volta che ti faccio venire".

"Sei ossessionato dal guardarmi", lo schernisco.

Leccandosi il labbro inferiore, mi fa l'occhiolino. "Non immagini quanto, Diavoletta. Ho passato più di quattro anni a guardare la ragazza dei miei sogni da lontano. Adesso, non voglio perdermi un bel niente".

Mi sveglio terribilmente indolenzita ma con un dolorino piacevole che mi fa sorridere. Dopo un mese di sesso senza sosta, il mio corpo avrebbe dovuto farci l'abitudine. Però Landen è il primo uomo con cui sono stata dopo anni e non mi sta lasciando un giorno di riposo da quattro settimane.

Perfino Gesù si è potuto riposare il settimo giorno.

Io no.

Però non mi lamento perché è l'attività più pazza e divertente che abbia mai fatto.

E sono follemente innamorata di lui.

Perfino quando eseguivo la mia versione della cura di sé, non mi sono mai sentita così.

Beatamente appagata e dannatamente felice.

"Chiedo scusa, futura signora Donovan-Hollis? Ti ho preso un caffè…"

Sbuffando, rotolo dall'altra parte e assottiglio gli occhi quando il sole mi acceca. "Vorrei rivedere i termini del nostro imminente matrimonio. Niente trattino".

Lascia due tazze sul comodino. "Quindi solo Hollis?"

"Solo Donovan", confermo.

"No".

"Non puoi rifiutare. È il mio cognome!"

"E diventerai mia moglie; quindi dovresti avere il mio".

"Ma il mio cognome professionale è Donovan. Sono conosciuta così".

"Per questo c'è il trattino".

"È troppo lungo e ci sono troppe parole. Ancora prima che il presentatore abbia finito di annunciarlo, io avrò già tagliato il traguardo".

Fa un sorrisetto, e un'espressione divertita appare sul suo viso adorabilmente innocente. "D'accordo… a una condizione".

"No… basta condizioni!" Metto il broncio. "È così che siamo arrivati a questo punto".

Sale sul letto, intrappolandomi tra le braccia. "Però non l'hai nemmeno sentita".

Sposto il mio corpo, dandogli lo spazio per posizionare le sue gambe tra le mie. "D'accordo… ma spero che sia buona, altrimenti la scarto".

"Mi sposi tra un mese".

Sbatto rapidamente le palpebre. "Un mese? Abbiamo concordato che l'avremmo fatto dopo che avessi vinto le finali nazionali. Non posso trovare un vestito e prenotare tutto così in fretta!"

"Nessun problema. Non c'è bisogno che sia sofisticato".

"Landen… non puoi dire sul serio".

Si abbassa e fa scivolare la lingua tra le mie labbra, zittendomi senza sforzo.

"Diamo all'intero paese… cavolo, allo stato… qualcosa di cui valga la pena parlare. Se bisbigliano e criticano comunque, tanto vale tirarne fuori qualcosa di fantastico. Saranno troppo impegnati a spettegolare sul nostro matrimonio lampo per discutere di un possibile *scandalo dell'omicidio*".

Pochi giorni dopo che è stato pubblicato l'articolo sul rilascio di Angela con il collegamento al mio nome, in paese si sono diffuse rapidamente delle voci sul fatto che sono imparentata con una pregiudicata. L'hanno soprannominato *lo scandalo dell'omicidio* dato che Landen aveva testimoniato contro di lei, e adesso hanno fatto delle congetture sul perché io mi sia messa con lui. Poi sono entrati in gioco i giornalisti ippici, che hanno messo in dubbio la mia legittimità solo per attirare l'attenzione.

Ma ho imparato che le persone faranno supposizioni su di me a prescindere da quello che dico o faccio e non posso farci niente; quindi perché preoccuparmi di oppormi? Non parlerò pubblicamente della questione di Angela, e non posso cambiare con chi sono imparentata. Dovranno farsene una ragione.

Landen non è così accomodante. Vuole rintracciare ogni giornalista che parla di me e mandargli una cassa di sperma di cavallo per potergli farcire il culo come a un tacchino.

Dopo aver trasferito ad Angela le centinaia di migliaia di dollari che avevo messo da parte per lei, mi sono tolta un peso enorme dal petto. So che non ero costretta a darle niente e che avrei potuto lasciarla al verde, ma ho preferito farlo sapendo che così non l'avrei mai più rivista. Certo, potrebbe riapparire e causare problemi, ma non ho dubbi che avrei Noah, Landen e tutti gli altri Hollis a guardarmi le spalle. Se tornasse, dimostrerebbe di essere più stupida di quanto pensavo.

Magari userà quei soldi per comprarsi un bel po' di integrità.

"Lasciali parlare… Chi se ne frega". Faccio spallucce.

"A me frega quando dicono stronzate sulla mia donna".

Landen preme le labbra sotto il mio orecchio e aggiunge: "E poi, pensa a quanto sarà eccitante il sesso quando potrò dire a mia *moglie* di strisciare verso di me. Mi sta venendo duro solo a immaginarlo".

"*Strisciare?*" Lo spingo via. "Adesso so che hai davvero perso la ragione".

"Oh, piccola, ti farò mettere a quattro zampe. Promesso".

Il suo tono fiducioso mi fa contemplare l'idea di dargli una ginocchiata alle palle.

"Ti ricordi che ho recuperato la memoria, giusto? E che mi sono ricordata tutti quei modi in cui hai provato a flirtare con me o quando mi provocavi per avere la mia attenzione? Credi che *quella* Ellie si metterebbe a strisciare per un uomo?"

"Sul mio letto… striscerai verso di me… se vorrai il mio cazzo dentro di te. Supplicherai per averlo. Te lo garantisco".

"Sei assolutamente delirante, ecco che cosa sei".

Mi blocca i gomiti sopra la testa, tracciando una scia di baci delicati lungo il collo fino al petto. "Dillo!"

"No".

"Di' che mi sposerai fra trenta giorni!"

"Tra mille".

Fa roteare la lingua attorno al capezzolo, e sussulto per quanto è sensibile.

"Trenta. Giorni".

"Un *milione*".

Ci chiude i denti attorno.

"Ahia!" Inarco la schiena, spingendomi verso di lui. "È delicato!"

"Marchierò ogni centimetro del tuo corpo finché non accetti…"

"Sono piuttosto sicura che questa si chiami "coercizione"".

"Chiamala come ti pare…" Appiattisce la lingua calda e la fa scorrere verso l'alto, tra i seni. "Però questa è la mia offerta. Puoi tenere il tuo cognome solo se dici *lo voglio* il mese prossimo".

Gemo nel sentire il suo corpo contro il mio, che stuzzica e lecca. "Direi più *non lo voglio…*"

Solleva la testa con uno sguardo torvo ardente. "Non costringermi a divorarti la passerina finché non accetti. Perché sappiamo entrambi che prima o poi cederesti, con la mia faccia seppellita tra quelle cosce".

I muscoli del mio sesso si contraggono alle sue parole, percependo quasi la sensazione della sua bocca lì sotto.

Maledetto!

"A una condizione…" controbatto.

"Aspetta… a quante condizioni siamo adesso?"

Con un largo sorriso, faccio spallucce perché ho perso il conto. "Posso sedermi sulla tua faccia mentre lo fai".

"Piccola, non c'è bisogno che mi supplichi per quello…" Si mette supino, massaggiandosi piano attraverso i boxer, e poi mi guarda. "Beh… forza!"

Mi metto a cavalcioni sul suo grembo e poi ci ripenso. "Non l'ho mai fatto in questo modo. Non è che ti soffoco?"

"Non credi che sarebbe il modo migliore per morire?" Fa l'occhiolino. "Non lo farai. Sono capace di respirare mentre ti divoro la figa".

"Ok, ma se cominciano a sfrecciarti dei nostri ricordi nella mente, picchiettami la coscia o fa' qualcosa. Non voglio diventare vedova ancora prima che ci sposiamo".

Scoppia in una risata. "Tesoro, questo ricordo sarà in cima alla cazzo di lista, quando morirò".

Arrossendo per l'eccitazione e il nervosismo, mi muovo sul suo corpo fino ad arrivare alla bocca. Mi palpa il sedere e mi spinge addirittura più vicina.

Abbassando lo sguardo, vedo soltanto i suoi occhi e una

piccola parte del naso. "È impossibile che tu riesca a respirare così".

Risponde facendo scivolare la lingua tra le pieghe e premendomi di più verso il basso. Mi aggrappo alla testiera e gli cavalco la faccia come facevo con il suo cappello da cowboy.

"Sì… è bellissimo. Proprio lì…" Sussulto quando la sua lingua mi invade e si torce dentro di me.

Landen mi afferra le natiche, affondandoci dentro le dita mentre continuo a strofinarmi sul suo viso.

Quando sono pronta a esplodere, ho la pelle d'oca e un brivido mi percorre il corpo. Il modo in cui la radice del suo naso mi sfrega il clitoride mi manda in estasi, e poi sto fluttuando.

"Oh, mio Dio, Landen! Sto venendo…" lo avverto, gettando indietro la testa mentre stringo le cosce attorno alla sua testa.

Quando gemo per l'orgasmo lui grugnisce contro il mio sesso, e le vibrazioni mi fanno venire più intensamente di quanto non abbia mai fatto prima.

Appena mi picchietta la coscia, mi sollevo subito. "Stai bene?"

Si lecca le labbra, mi stringe più forte e poi fa un cazzo di sorrisetto. "Trenta giorni, amore mio".

Detto ciò, mi dà uno sculaccione.

"Sei un cavernicolo", gli dico, scendendo dal letto.

Invece di negarlo, ringhia come un orso.

Mi pare ovvio.

Alzo gli occhi al cielo quando mi fa l'occhiolino; poi vado a pulirmi in bagno e indosso le mutandine e una delle sue magliette bianche larghe.

Non appena torno in camera, lo trovo in ginocchio.

"Che stai facendo? Mi hai già fatto la proposta", gli ricordo.

"Ti sto *proponendo* di sposarci a Willow Branch Mountain. Hanno una location bellissima e un panorama imbattibile. Inoltre, potrei avere qualche *aggancio* con i proprietari".

Faccio una risata nasale, considerando che sono i suoi zii.

"Vorresti organizzare una cerimonia nello stesso posto in cui è morta la tua amica? Non sarebbe… macabro?"

Si alza, mi prende le mani e poi mi bacia. "Quello che è successo a Talia è devastante. Non dimenticherò mai né lei né Tucker. Però adesso mi piacerebbe provare a creare di nuovo dei *bei* ricordi in quel posto, così da non associarlo più a pensieri così tristi. Mi piace pensarlo come ciò che deve essere: un'esperienza positiva e irripetibile".

"Proprio non vuoi aspettare, eh?"

"Ho già aspettato abbastanza che ti innamorassi di me. Non vedo perché dovremmo posticipare l'inizio della nostra vita insieme quando è chiaro che siamo la persona giusta l'una per l'altro. Quella che apparirà nei nostri ricordi finali".

Sciogliendomi tra le sue braccia e sorridendo in modo irrefrenabile, alla fine annuisco. "Ok. Trenta giorni".

Restiamo così e ci baciamo per qualche minuto prima che una delle nostre sveglie suoni.

"Lo diciamo alla mia famiglia alla cena di stasera?"

"Certo… Dobbiamo cominciare a organizzare tutto il prima…"

Dopo aver abbassato lo sguardo sul mio petto, comincia a scompisciarsi dalle risate. Con la mano sulla pancia, piegato in avanti, sghignazzando a più non posso.

"Cosa cavolo ci sarebbe di così divertente?" Mi guardo intorno, chiedendomi se per caso ho un insetto o un ragno addosso.

Se è così, brucio al suolo la casa.

"Guarda la tua maglietta!"

"Cristo santo…" mormoro quando vedo due frecce nere: una punta verso l'alto, l'altra verso il basso. "Perché ce l'hai ancora?"

"Se questo non è un segno, piccola…" Mi attira tra le sue braccia, sollevandomi il mento finché le sue labbra non sfiorano le mie. "Io e te siamo sempre stati destinati a stare insieme".

Capitolo Trenta

Landen

Ellie si sta allenando costantemente da due mesi, vale a dire da dopo le nozze; quindi è sempre bello quando riesco a farle prendere una breve pausa e a portarla con me per le attività dell'organizzazione giovanile.

Mi sono unito a una di quelle locali come rappresentante, e ogni sabato mattina una dozzina di adolescenti scalmanati vengono al ranch, dove insegno loro una varietà di sport equestri.

Proprio oggi tengo una lezione sul *barrel racing*.

Non sorprende nessuno, ma si sono presentati più ragazzini del solito. Mi fa sorridere orgoglioso sapere quanto la ammirano. Non voleva altro che fare la differenza e diventare un mentore.

E adesso lo è.

Quando ha finito di dispensare consigli e svelare alcuni trucchi del *barrel racing*, intervengo io: "Il suo più grande segreto è avere me come allenatore", mi vanto, mettendomi dietro di lei.

Mi dà una gomitata allo stomaco, e mi sfugge un grugnito.

"Ignoratelo". Ellie si porta le mani sui fianchi. "Non

permettiamo agli uomini di prendersi il merito per il nostro duro lavoro, giusto?"

"No!" urla Mallory più forte di tutte le altre ragazze, perché ovviamente è venuta a rompermi le palle. Potrebbe ricevere lezioni da Ellie in qualunque momento.

Ma sono piuttosto sicuro che si trovi qui per Antonio.

Hanno la stessa età e non smettono mai di parlare durante gli incontri. Quando l'ho detto a Wilder e Waylon, hanno minacciato di "fargli un discorsetto", però Mallory li ha implorati di non farlo.

Poi Tripp l'ha avvisata che essere la più piccola della famiglia significa che ha quattro fratelli maggiori che la proteggono.

Noah le ha rivelato che è stato terribile crescere con dei fratelli più grandi, ma, dato che lei è stata la prima a sposarsi ed è pure la più piccola, non ha molto di cui potersi lamentare.

"Selliamo i cavalli e cominciamo", dice Ellie dopo aver concordato alcune regole di base con gli allievi e aver discusso con loro delle aspettative di ognuno.

Aiuto i ragazzi con le selle e l'attrezzatura e poi mi assicuro che i caschi siano fissati bene.

Nessuna commozione cerebrale sotto la mia sorveglianza.

Ellie lavora sulla loro postura, sul come devono reggere le redini e altre competenze varie. Anche se do una mano quando qualcuno ne ha bisogno, adoro guardarla destreggiarsi in un ambito diverso dall'equitazione.

È un'insegnante eccellente.

Ha più pazienza di me, questo è sicuro.

"Beh, è stato divertente!" Sorride raggiante quando l'ultimo ragazzino viene portato via.

"Mi è piaciuto!" esclama Mallory. "Magari farò *barrel racing*".

Incrocio le braccia sul petto. "La settimana scorsa volevi diventare una cantante famosa".

"E quindi? Non posso fare entrambe le cose?" Mi risponde male come soltanto una quindicenne potrebbe fare.

Ellie fa una risata nasale, dandomi una pacca sul petto prima di superarmi. "Buona fortuna".

"Certo, vai a spalare il letame dai box e nel frattempo puoi esercitarti a cantare".

Mallory fa spallucce. "Mi dispiace per te, ma lo faccio già".

Passo l'ora successiva a pulire il centro d'addestramento, mettendo via i barili e spazzando il terreno per livellarlo.

"Ehi, qui hai finito?" mi chiede Tripp, sbucando dall'ingresso.

"Sì, proprio adesso. Perché? Che succede?"

"Ho appena beccato Antonio e Mallory che pomiciavano in uno dei box".

Rimango a bocca aperta. "Non ci credo! Papà darà di matto".

"Oh, io non mi preoccuperei di lui…" Ha la faccia di uno che sta trattenendo un sorriso. "C'erano i gemelli con me".

"Oh, cazzo!"

Seguo Tripp alle scuderie, aumentando il passo quando sento delle urla.

"Lasciami andare!" grida Mallory.

Quando entro, Wilder ha fissato Antonio contro la parete come una bacheca, mentre Waylon sta stringendo il braccio di Mallory in una salda presa.

"Che state facendo?"

"La stava palpando. L'ho visto!" spiega Wilder.

"No, non lo stava facendo!" ribatte Mallory, dimenandosi per liberarsi dalla presa ferrea di Waylon.

"Stava tastando… quest'area…" Wilder fa scorrere la mano sopra il petto, e trattengo una risata per il modo in cui sta cercando di specificare con discrezione la zona a cui si riferisce. "E toccava posti che non avrebbe dovuto toccare".

"Non se lo fa da sopra la maglietta, idiota!" replica Mallory, e io mi stringo la radice del naso.

Non può averlo detto davvero.

"Non dovrebbero toccarsi più giù del collo, alla loro età!" Wilder stritola Antonio. "Mi hai sentito?"

"D'accordo, lascialo andare prima di beccarti una denuncia per aggressione". Mi metto fra di loro, aiutando Antonio a scendere. Si precipita subito fuori dalle scuderie, e scuoto la testa guardando Wilder.

"Che cazzo stai facendo?"

Allunga la mano verso Mallory. "Si stava approfittando di lei".

"Non è vero. L'ho baciato io", ammette lei.

"Mamma e papà ti ammazzano", le dice Waylon. "Andiamo, ti porto a casa".

"Siete proprio degli ipocriti. Come se voi non facevate sesso, alla mia età".

Noi quattro facciamo schizzare gli sguardi verso Mallory.

"Che c'è? Sono una quindicenne, non una stupida. Mi hanno fatto il *discorsetto* mezza dozzina di volte". Alza gli occhi al cielo e poi marcia verso il pick-up di Waylon.

"Cristo santo, non avrò mai figli, se quando crescono diventano così!" dichiara Wilder, passandosi una mano tra i capelli. "Quell'Antonio è fortunato che non l'ho trapassato con un forcone".

Mi giro verso Tripp, dandogli una pacca sulla schiena. "Tu a casa hai una bambina… Buona fortuna tra quattordici anni!"

Attraverso il portone d'ingresso di casa mia e passo nel soggiorno, ora stracolmo di decorazioni natalizie. Sebbene non abbiamo ancora festeggiato neanche il Ringraziamento, Ellie era determinata a rendere le nostre prime feste insieme extra-speciali.

Pochi secondi dopo, la trovo in cucina con indosso la mia maglietta bianca preferita.

"Mia moglie in cucina con soltanto una maglietta e delle mutandine mentre mi prepara la cena? Sto sognando?" Faccio scivolare le mani attorno alla sua vita, attirandola contro la mia erezione.

"Ti piacerebbe", ribatte con insolenza, tenendo lo sguardo fisso sugli ingredienti disposti sul bancone di fronte a lei. "Sto lavorando su una cheesecake per l'*open house*".

"Ma è tipo fra… tre o quattro mesi".

"Lo so, però devo esercitarmi. La ricetta di nonna Grace è complicatissima".

La nostra casa dei sogni è in costruzione. Si trova nello stesso posto in cui abbiamo avuto il nostro primo appuntamento, vicino al lago, e non potrei essere più emozionato di così. Soprattutto non vedo l'ora che arrivi il giorno del trasloco.

Ho già tantissimi piani per noi due in quella casa.

Sollevandola in tutta fretta, la lascio sul ripiano e mi metto tra le sue gambe.

"Mamma mia, la prossima volta avvisami". Rimane aggrappata alle mie spalle.

"Ho un regalo per te. Resta qui", le ordino; poi vado in soggiorno, dove l'ho nascosto in uno dei cassetti della libreria.

Quando abbiamo organizzato il matrimonio, abbiamo optato per una cosa il più possibile sobria; quindi non abbiamo potuto farci regali eccessivi. Però ho lavorato su qualcosa di speciale per lei e, invece di aspettare Natale o il suo compleanno, voglio che l'abbia adesso, visto che tra un anno si terranno le prossime finali nazionali.

"Chiudi gli occhi", le dico, tornando indietro con la scatola.

Sospira, però li chiude. "Ti conviene non mettermi nulla di strano sulle gambe".

"Non sei per nulla brava a ricevere regali, vero?"

Fa spallucce e, quando le lascio la scatola tra le mani, apre gli occhi, per poi sbarrarli quando capisce di cosa si tratta.

"È uno *scrapbook*?" Fa scorrere le dita sulla fotografia in copertina. "Questo è il lago? Il *nostro lago*?"

Con un largo sorriso, annuisco. "Gli ho fatto una foto e ho chiesto a qualcuno di dipingerne una bella versione ad acquarello. Ne ho fatta incorniciare una più grande per l'interno della casa nuova. Pensavo potesse starci bene in camera da letto o in soggiorno".

"È stupendo, Landen! Wow…" Sposta lo sguardo su ogni centimetro dell'album. Delle piccole decorazioni floreali circondano l'immagine avvolta da un rivestimento in feltro.

"Sono contento che ti piaccia così tanto. Però adesso aprilo".

Sussulta quando volta la copertina e legge ciò che è scritto sulla prima pagina.

"*Il mio anno fino alle finali nazionali*", legge ad alta voce, poi solleva lo sguardo su di me. "L'hai fatto per me?"

"So quanto è importante per te questa prossima stagione perché è l'anno del tuo ritorno; quindi ho pensato che dovremmo documentarla. Ho già inserito alcune foto tue con Ranger, ma ogni mese, prima della finale, aggiungeremo una pagina con una vostra nuova foto e scriveremo un aggiornamento su come procede l'allenamento, sulle cose su cui stai lavorando, su quali sono i tuoi obiettivi e tutto quello che vuoi. Durante il mese della finale, l'anno prossimo, avrai tutto un anno di progressi da riesaminare. Quindi, a prescindere dalla posizione in cui arriverai, avrai un qualcosa che ti ricorderà che devi essere fiera di te. Perché, indipendentemente dal resto, io sarò per sempre fiero di te".

In cuor mio Ellie sarà sempre una vincitrice, però so che lei è molto più dura con se stessa.

"E ho incluso una nostra foto all'interno, così non dimenticherai mai che sono il tuo fan numero uno".

"Maledizione, Landen!" esclama, sfogliando le pagine. "È la cosa più dolce che qualcuno abbia mai fatto per me".

"Speravo ti piacesse". Le sollevo il mento, rubandole un bacio.

"Ti sposerei di nuovo, se potessi. Sono contenta che tu mi abbia costretta a sposarci prima".

"Costretta o *convinta* con la mia lingua?"

Fa una risata nasale. "Con te c'è differenza?"

Mi stringo giocosamente nelle spalle, avvolgendo una ciocca dei suoi capelli tra le dita. Adoro quando li tiene sciolti e mossi. "Sapevo cosa volevo, e me lo sono preso".

"L'hai proprio fatto, Maggiore Ego". Mi passa le braccia attorno alle spalle, attirandomi in un abbraccio. "Sono contenta anche di questo".

Le faccio l'occhiolino e lei prova ad asciugarsi le lacrime prima che noti che sta piangendo. "Potremmo sempre organizzare il rinnovo delle promesse fra qualche anno".

"Forse… però adoro i ricordi che abbiamo creato nel giorno del nostro matrimonio. È stato perfetto. Non cambierei assolutamente nulla". Preme le sue labbra calde sulle mie.

"Sono d'accordo. È stato il giorno migliore della mia vita".

Dire *lo voglio* alla ragazza dei miei sogni e poi trascorrere con lei una settimana nelle case sull'albero di lusso dei miei zii è stato un bonus aggiunto. L'ho portata a fare un giro di Willow

Branch Mountain e le ho mostrato tutto ciò che il loro resort ha da offrire. Abbiamo fatto shopping nel loro paesino e provato i loro ristoranti, per poi passare tutte le sere a letto.

Anche se non c'ero andato quest'estate per discutere con gli altri la dichiarazione congiunta per la condizionale di Angela, sono soddisfatto di come siano andate a finire le cose.

Ora non ci sono più segreti tra me ed Ellie.

Lei ha potuto chiudere con il passato e ha finalmente voltato pagina.

E, anche se Angela meritava di stare dentro più a lungo, ciò non avrebbe comunque potuto cambiare quello che è già successo.

Quindi aspettare di tornarci fino al nostro matrimonio è stata la scelta migliore perché mi ha permesso di ricominciare da zero in quel posto.

La parte peggiore è stata tornare a casa e alla realtà.

Però so che ci riandremo presto.

Warren e Maisie se ne sono assicurati.

Epilogo
Landen

"Eccola che arriva, gente! Ellie Donovan. Qualificata per la quarta volta alle finali nazionali nell'anno del suo ritorno. State attenti, lei e Ranger sono i concorrenti da battere!" urla il presentatore nell'arena gremita.

Dieci giorni consecutivi di gare con quindici delle migliori cavallerizze della nazione e oggi è arrivato finalmente il decimo e ultimo round. Scopriremo chi ha vinto il campionato in base alla media dei tempi di ognuna.

Ellie si è posizionata in alto in quasi tutti i round e ne ha vinti alcuni, portandosi a casa dei discreti premi e guadagni. Ma, adesso, è in lizza per ottenere una delle medie dei tempi più veloci e vincere l'intero campionato.

So che è esausta dopo due settimane di viaggi, interviste e gare. Sta andando avanti soltanto grazie all'adrenalina e ha una sete di vittoria che non avevo mai visto prima.

È la cosa più snervante che abbia mai guardato.

Sono terribilmente orgoglioso di mia moglie.

Non appena la musica viene sparata a tutto volume dagli altoparlanti, Ellie e Ranger si precipitano nell'arena e il pubblico esulta più forte di quanto abbai fatto nell'ultima settimana. Lei è agghindata, come suo solito, con il cappello e gli stivali rosa brillante, con l'aggiunta di una delle sue nuove fibbie, e oggi ha raccolto i capelli in due treccine.

Tutto di lei è stupendo.

"Dai, cazzoooooooo!" urla Noah a pieni polmoni, balzando su e giù mentre regge un cartellone con su scritto: *Finisci prima di un uomo e non puoi perdere!*

Un tantino inappropriato, considerando che questo dovrebbe essere un evento per famiglie, però è comunque esilarante. Non mi aspettavo niente di meno da mia sorella, onestamente.

In piedi accanto a lei e con Magnolia sull'altro mio fianco, guardo Ellie mentre vola attorno al primo barile senza alcuno sforzo, per poi lanciarsi verso il secondo.

Continuiamo a urlare per lei e Ranger, ma poi trattengo il fiato quando passano attorno al terzo.

Butto fuori il respiro quando lo superano.

Grazie a Dio!

"Vai, vai, vai!" grido con Noah mentre sfrecciano verso il traguardo.

Tutti guardano lo schermo.

"Tredici punto tre sette!" urla Noah – o meglio, strilla – nel mio orecchio mentre salta.

"Porca troia…" Faccio un fischio. "È il suo tempo più veloce in assoluto".

"È impossibile che non la porti al primo posto, vero?" chiede Magnolia. "È stata veloce come un lampo fatto di crack!"

"Al momento è in testa per questo round, però dipende da come vanno le altre ragazze. Quando avranno gareggiato tutte, determineranno la vincitrice del decimo round e poi le loro medie finali", le spiega Noah. "Però direi che c'è molto vicina".

Continuiamo a guardare le altre cavallerizze, e passo soprattutto il tempo a trattenere il fiato e sperare che nessuna di loro batta il suo tempo.

Due ragazze rovesciano i barili e non vinceranno.

Quando entra l'ultima, la osserviamo tutti con il fiato sospeso.

Ci siamo...

Tredici punto cinque sei.

"Sì! Così dovrebbe essere la vincitrice del decimo round!" urla Noah, saltando da una parte all'altra con il cartellone che mi colpisce ancora e ancora. "Adesso aspettiamo che calcolino le medie".

Il nervosismo e l'ansia prendono il sopravvento, e vorrei poter essere con Ellie. Ma lo sarò presto.

La lista finale del round appare sullo schermo, mostrandola come vincitrice. Esultiamo di nuovo, sperando che possa sentirci. So che sarebbe felice anche solo per questo. Vincendo i round ti porti a casa dei bei guadagni e premi.

Ellie ha avuto un anno incredibile, prima di questo evento. Si è fatta in quattro senza sosta e merita tutto il suo successo.

Il peggior scandalo dell'anno è venuto fuori sei mesi fa, quando Sarah e Samantha, le gemelle Smith, sono state squalificate dalla PRCA per comportamento non etico. Qualcuno ha trovato delle prove e le ha denunciate per uso di droga e alcool; il che è severamente vietato per motivi di sicurezza.

Non so chi potrebbe averlo fatto...

Il karma arriva per tutti.

Quando la schermata cambia per mostrare le medie dei tempi, mi si blocca il respiro in gola e giuro che il mio cuore smette di battere per dieci secondi buoni.

1. Ellie Donovan - 13.5

Ha spaccato tutto, cazzo!

E ha vinto il campionato.

Dalla nostra sezione si solleva un boato; tutti saltano e urlano per lei, scambiandosi abbracci.

È surreale.

"Dobbiamo andare a cercarla!" grida Noah, e tutto il nostro gruppo corre fuori dall'arena.

Ellie sta già venendo da noi e, quando ci vede, la prendiamo d'assalto.

"Ce l'hai fatta, amore! Lo sapevo", le dico all'orecchio. "Sono così fiero di te!"

Quando la lascio andare, sta piangendo. So che odia farlo e che la stiamo soffocando, però merita tutte queste cerimonie anche se sono esagerate.

Ha appena vinto le sue prime finali nazionali di campionato.

"Perché ultimamente sei sempre incollato al telefono?" chiedo a Waylon, dandogli una spintarella perché stia attento a non prendere in pieno un palo. "Soprattutto alle sette del mattino".

"Non sono affari tuoi".

Il suo tono presuntuoso mi fa alzare gli occhi al cielo. "Eddai! Io ti dico tutto; quindi spara!"

"Già…" aggiunge Wilder, anche se sembra avere la testa da un'altra parte.

Però non lo biasimo.

Abbiamo dormito solo tre ore prima di doverci svegliare per raggiungere l'aeroporto. Ellie sta riportando indietro il rimorchio in macchina con Fisher e Noah, mentre noialtri torniamo a casa in aereo per raggiungere prima il ranch.

Però abbiamo passato quasi tutta la notte a festeggiare la vittoria di Ellie. Poi siamo andati in albergo e noi due abbiamo fatto una festicciola nudi.

"È una tipa, vero?" chiede Wilder.

"Tecnicamente è una chat di gruppo. Ma qui c'è una che ci prova sempre con me".

"Che tipo di chat di gruppo?"

"Il mio amico Jake mi ha aggiunto al suo club di equitazione. Parlano soprattutto di cagate a caso, tipo cavalli e roba sui rodei".

"Un *club* di equitazione? Sei sicuro che non sia un codice per qualcos'altro?" lo prende in giro Wilder, agitando le sopracciglia.

Ovviamente il suo gemello lo schernisce. Non ricordo neanche l'ultima volta che Waylon ha avuto una ragazza o che è stato anche solo interessato a più di un'avventura.

"A me sembra sospetto…" mi associo.

"Vaffanculo, non lo è".

"Per caso avete una parola d'ordine?" chiede Wilder. "Tipo "Pisellone gigante" o "Cazzo di cavallo mostruoso"?"

Gli do una gomitata, cercando di trattenere una risata perché so che Waylon non lo sta tollerando.

"Ma tu, comunque, che ne sai di cazzi grandi?" ironizza

Waylon, e questa volta perdo la battaglia e scoppio a ridere. Questi due stanno per avere un duello verbale, e al momento sono coinvolto anche io.

"Non saprei… Perché non lo chiedi alla tua ex? L'ha visto…"

Sbarro gli occhi mentre li guardo, aspettando di vedere se partono i pugni per poterli schivare.

"Stai alla larga da Delilah, coglione!" sputa fuori Waylon.

"Che c'è?" L'altro fa spallucce. "Voleva fare un upgrade…"

"Ooook…" dico strascicando la parola. "Se devo stare seduto vicino a voi in aereo per le prossime quattro ore, risparmiatevi la rissa per quando siamo a casa".

Quando ci sediamo ai nostri posti e allacciamo la cintura, mi sporgo verso Waylon. "Dai, parlami della ragazza che ci prova con te. Come si chiama?"

"Non lo so. Vedo soltanto il suo numero di telefono".

"Non vi siete presentati?"

"No, Jake non l'ha fatto. Sono stato aggiunto dopo che avevano già formato il gruppo e tutti erano nel bel mezzo di una conversazione. Quando uno di loro ha detto qualcosa per cui potevo essere utile, mi sono aggiunto. E da lì è andata avanti…"

"Beh, hai il suo numero, no? Mandale un messaggio e scrivile: 'Ciao, sono Waylon della chat di gruppo. Come ti chiami?'"

Aggrotta la fronte. "Mi sembra troppo da scuole superiori".

Inarco un sopracciglio. "Chiedere a una ragazza come si chiama?"

"Ci penserò". Fa spallucce, evasivo.

"È del luogo?"

"Credo di sì".

"Beh, fammi vedere il numero. Magari lo riconosco".

"Come? Riandando al periodo in cui eri un puttaniere,

cinque anni fa?" chiede ridacchiando, ma poi va nella chat e mi passa il telefono.

"Quello lì…" Indica un numero che riconosco assolutamente.

E lo riconosco perché, qualche settimana fa, stavo aiutando Noah a compilare alcuni documenti sui clienti e ricordo di aver riso da solo perché quel numero aveva tre sei alla fine. Mi ha ricordato il soprannome di Ellie: *Diavoletta*.

666.

Harlow Fanning.

La sorella di Delilah.

La sorella molto più giovane della ex di Waylon.

"Beh… lo conosci?" mi chiede mio fratello quando continuo a fissare il numero.

Gli restituisco il telefono. "No. Mi dispiace, bello".

Non voglio spezzare il suo spirito, quando finalmente sembra interessato a una ragazza per la prima volta dopo anni. E senza nemmeno sapere com'è fatta.

Mi gratto il mento, cercando di celare il sorrisetto sul mio volto. "Ma buona fortuna per scoprirlo!"

Aggrotta la fronte e solleva una spalla. "Sì, grazie".

A Sugarland Creek le cose si stanno per fare molto interessanti.

* * *

**La storia di Waylon e Harlow ti incuriosisce?
Scopri cosa succede in *Solo con me***

Circa L'autore

Brooke ha cominciato il suo percorso nel 2013, sotto gli pseudonimi di autore bestseller di *USA Today*: Brooke Cumberland e Kennedy Fox, e al momento **Brooke Montgomery** e **Brooke Fox**. Ama scrivere romanzi d'amore che catapultano il lettore in piccoli borghi unici, con famiglie numerose e storie che si concludono con un lieto fine. Abita nella gelida tundra di Green Bay, la "Nazione dei Packer", insieme a suo marito, una teenager ribelle e quattro cani. Brooke non può vivere senza il caffè freddo, i leggings e i pisolini. Ha scoperto la sua passione per la scrittura durante un inverno universitario… e nessuno è più riuscito a fermarla.

www.brookewritesromance.com
Seguimi sui social:

facebook.com/brookemontgomeryauthor
instagram.com/brookewritesromance
amazon.com/author/brookemontgomery
tiktok.com/@brookewritesromance
goodreads.com/brookemontgomery
bookbub.com/authors/brooke-montgomery

www.ingramcontent.com/pod-product-compliance
Lightning Source LLC
Chambersburg PA
CBHW061111310726
48974CB00002B/489